U0869252

時光机
圖|書|工|作|室
TIME TO CHANGE
在 阅 读 中 改 变

卿，见信如晤

檀丽 著

SPM
南方出版传媒
广东人民出版社
·广州·

图书在版编目（CIP）数据

卿，见信如晤 / 檀丽著 . — 广州 : 广东人民出版社 , 2020.4
（2023.1重印）
ISBN 978-7-218-13827-5

Ⅰ . ①卿… Ⅱ . ①檀… Ⅲ . ①书信体小说—中国—当代 Ⅳ .
① I247.5

中国版本图书馆 CIP 数据核字 (2019) 第 196406 号

QING,JIANXIN RUWU
卿，见信如晤
檀　丽　著

出 版 人：肖风华

责任编辑：钱飞遥
责任技编：吴彦斌　周星奎
出版发行：广东人民出版社
地　　址：广州市大沙头四马路10号（邮政编码：510199）
电　　话：（020）85716809（总编室）
传　　真：（020）83289585
网　　址：http://www.gdpph.com
印　　刷：永清县晔盛亚胶印有限公司
开　　本：890 毫米 ×1240 毫米　1/32
印　　张：11.875　　　**字　　数：**270 千
版　　次：2020 年 4 月第 1 版
版　　次：2023 年 1 月第 2 次
定　　价：59.80元

如发现印装质量问题，影响阅读，请与出版社（020-85716849）联系调换。

目　录

前言

我是那样怀念书写的岁月！

在敲键盘的年代，我几乎忘记手写汉字的感觉，除了五笔、拼音输入法，也几乎忘记书写的艺术，偶尔用笔在纸上写字，会懊恼地发现曾经行云流水的书写已变得扭扭捏捏。

我是那样怀念书写的岁月！

蕴含中华民族古老智慧的汉字，如今变成了一个程序；飘着古朴典雅之韵的篆书，动静完美相融的隶书，如风一样飞的草书，闺秀般婉丽的楷书……变成了一个软件。

我远离了墨与纸的香，更不用提书信。邮戳和邮票已像博物馆里的记忆，将一张张美丽邮票小心翼翼放进集邮本的爱好也遥远得像天边明月。

我远离了墨与纸的香。然而，我又在努力地不离不弃。一本有墨与纸香的书，一杯在阳光下飘着热气的清茶，能让我度过多个美妙时日。源于大自然的墨与纸香，自然将我的心灵与大自然相连……

在怀念和感伤里，我突然记起多年前，曾有一个美丽女子送给我一箱书信。当时的我，在美丽女子走后，只草草扫了一眼那些书信，便将其束之高阁。

于是，我开始翻找，发现有个小箱尘封在柜顶。

我拖下它。抹净。打开。

箱内全是书信……全是书信……一股久违的漫山遍野的山野清香扑面而来，遥遥的朴素和亲切在心底被唤起，它漫出身体，浸润肌肤，洋溢春暖花开的芬芳。我仿佛看到那个单纯沉静的年代，在天空的高远下，纯真的笑靥、清澈如水的目光在枝叶间晃动，爱在时间里绵延，思念如青山绿水般不老……

我记起这箱书信的来历。

那是个凉风习习的夜。我坐在一座美丽花园的一把白色扶手椅上，仰望满天繁星。花园暗香浮动。在一支舞曲结束，一首轻柔抒情曲响起后，我收回视线，轻晃两下高脚杯里的红酒，小抿一口，瞟到身边悄无声息站着一个人。

转头一看，是个宝蓝裙装的美丽女子。

“您好！”她见我转头，对我伸手。

“您好！”我伸手轻握。那手，细嫩，略有寒意。

“风有点凉。”她笑。我也笑。

“听茜媛说，您是作家。”她眼眸含光。

我默然一笑，睃看一眼正站在树下和客人聊天的茜媛。她是今晚这个派对的主人。

“我叫兰英子。兰花兰，英姿英，子时子。茜媛的朋友。”她说。“您的电话？”她问。我掏出名片。她接过，颔首一笑，道声再见后，轻盈离去。

“十指如葱。”我内心闪念，脑中浮起刚才眼前的细嫩纤手。

派对后第三日，我接到英子电话，说想见我。我与她约在周末。

我住城郊，三面环山，一面临湖，美如桃源。我给陋室起名静安居。那个周末，天气晴朗，阳光当头时，门上响起三声清脆的剥啄。

开门一看，是兰英子，白底蓝花长裙，手提一只小箱，亭亭玉立。

我招呼她进屋，陪她坐在阳台藤椅上，品茗，赏景。凉爽清风吹拂着不远处葱葱郁郁的树林，也吹拂着我和她。英子抿了口红茶，黛眸望着脚边的小箱，说里面有些东西，不知对我的写作是否有用。

小箱枣红色，小巧精致，带黄金般闪亮的镀金扣。她打开小箱。

“哇……”我轻叫一声。

箱里全是信，信封各式各样。有盖了邮戳，有没盖邮戳。

“这是兰家书信。”她说。她优雅坐着，娓娓道起箱中书信的由来……时间飞逝，不知不觉到中午。我说附近有家餐馆，饭菜可口。她说就在家随便吃点。我说自己是素食者，冰箱不存鸡鸭鱼肉。她说，煮面条。我下厨煮了素面。

吃完素面，英子将小箱留在静安居，要告辞。临行前，她充满期待望着我，说：“信里记载的故事让人难忘。让人难忘的东西，拿出来分享，比锁在箱底好。信件，给您的写作做素材。”

她走后，我草草翻了一下书信。心中并没英子那般重视和不舍。我把箱子搁上视线不能企及的柜顶，想，有空时，再说。

这一搁，便是多年。这期间，也全然将它忘记。

当我几乎要遗忘手写汉字的美妙时，却忽然记起，有箱书信还在我的柜顶。于是，便有了开头叙述的翻找。

找出书信，我花了半个月阅读。读完后，有种想把箱里书信公之于众的强烈愿望。我找出当年英子留下的电话号码。

电话通了。是她的声音。“您有空了？”她脱口而出。

我有些不好意思。

“没关系。放放，更有情愫。”她说。

我花了一年时间，断断续续整理那箱书信。在整理时，多有感动，屡受启发。

下面的文字，就是那箱整理后的书信，对那些岁月的书写。在淡淡的墨与纸香里，在月色皎洁的夜，娓娓相道、温柔相执……

第一章

初恋

信一

遇见

英子上生母书

母亲，一切可好？女儿与您虽血脉相连，却不识您，脑海也没对您的记忆。但我内心对您的想象和渴念却从未止息。我有许多话，想向您倾诉，虽给您的信无处投递，但我会耐心等待，等待那个在将来某一天或许会到来的通邮时刻。

母亲，女儿今年二十二岁，住在嘉洲。

二十二岁的我，肤如凝脂，眼如墨玉，粉面娇娆，一米七五的个头，亭亭玉立，如玉树临风。二十二岁的我，已在《美丽之苑》杂志社上班。这是一本双月刊生活时尚杂志，以图片为主，印刷精美，号称要发布一流的时尚潮流，讲述缠绵的风花雪月，是流行先锋睁大的眼。办公室设在一栋六十层高、玻璃外墙对街道行人闪耀着刺眼光芒的写字楼里。站在窗前，俯瞰楼下大街，行人车流，犹如蚁行。

这份职业我还算喜欢，但并非一蹴而获。

在从事这份职业前，我曾在嘉洲艺术博物院工作。我大学修哲学，毕业时有电视台主持、公司文秘等职业对我招手，但我不喜抛头露面，也不喜枯燥单调。恰巧有一天，我去嘉洲艺术博物院参观一个古青铜器展览，当我走进有两只古兽头形门环、雕饰精致的土砖红大门时，放眼一望，内心顿感喜悦。艺术博物院的院内建筑应地势高低、地形广狭而错落有致，树木翠竹、小桥流水蜿蜒其间。我想，若能在此工作，多好！

走进古青铜器展厅，厅正中一只青铜四方大鼎一下吸引了我的视线。我走近它，仔细观赏。“它价值连城。”我耳边响起一个男子声音。“在这里工作，真好！”我沉浸在青铜大鼎的辉煌历史里。“那你来吧！”那声音说。我抬起头，看到身旁站着一个中年男人。我狐疑地盯着他，以为他开玩笑，可他随后掏出的名片，让我打消了这个想法。

他是艺博院院长！

我非美术系毕业。但院长认为哲学与美术相通，要我在工作中培养对视觉艺术的敏感。我谨遵教诲开始在这里的工作。但我在艺博院只待了一年，就递交了辞职信。院长问何因。我说，梵高绘画色彩的浓烈，需要极其敏锐的感觉，哲学的理性和极其敏锐之感，是平衡木的两个端点。“不妨事，在工作中慢慢学。”院长鼓励我。

画家出身的院长，喜看美丽女子穿美丽衣裳，喜画美丽女子的美丽优雅，喜拍美丽女子的美丽照片，院长娶过三任太太，都是美丽女子。我婉谢了院长的挽留，望了一眼馆内随风拂动的青枝绿叶和头上晴朗的蓝天，迈出了有两只青铜古兽门环的土砖红艺博院大门。

几天后，我按报纸登载的一则招聘启事的地址，走进一扇被风雨剥蚀的楼房大门。我沿着水泥楼梯上到二楼，站在挂有一块《文史哲研究》牌子的门前。我环顾了一下，停了几秒，才抬手敲门。

一个素面朝天的女子问我找谁。我说找主编，心里却在想，这女子是否营养不良以至于面色如菜。“进来吧。”她说。我跨过门槛，看到每张桌上都零乱堆积着杂志纸张。室内光线有些暗，墙壁有点斑驳，一个脑门心子秃得有些发亮、穿灰夹克、坐在靠窗办公桌后的中年男子站起身，满面笑容领我去隔壁会议室。

我坐在一张黑皮靠椅上，递上简历，和秃头男子交谈了几句，便拿着他赠送的最新一期《文史哲研究》杂志告辞。走出编辑部，我回望了一眼被光线照得有些灰扑的大门，心想，这里，应不会是我想待的地方。

翌日，主编打来电话，邀请我去杂志社上班。我说，我认真拜读了杂志，也认真考虑了，觉得自己才疏学浅，不太适合。我的话半真半假，因为我对哲学的喜欢只限于浏览，若整天钻入故纸堆，既费脑也单调，不是自己喜欢的生活。

随后，我来到《美丽之苑》。

当我走进它的办公室时，我心里即刻浮出两个字“就这”。一切顺利，在办妥手续后，我开始了第一天的工作。我上午八点半准时走进办公室，开门开窗开灯。九点，女主编穿着大花裙进来时，我正弯腰扫地。她从包里拿出一张枣红色的精美硬纸，笑眯眯对我说：“是个新闻发布会的请柬，你去吧。”

这里上班弹性制，不用朝九晚五打卡。我拿了请柬，等到九点半其他人陆续回来后，就和摄影记者小刘动身前往会场。发布会十点半开始。第一次参加这类活动，我的内心有些忐忑，早我三年入行的小刘告诉我，发布会有新闻通稿，杂志以图片为主，他的任务较重。

到达会场后，我在进门处签到桌的红色签到簿上写下名字，桌后的人递给我一个资料袋和一张名片。我接过纸袋与名片，扫了一眼名片上的字，内心有点想笑。我忍住笑，将名片放进挎包，对刚给我递资料袋与名片的那个白衬衣、领带笔挺、头发梳得苍蝇都站不上去的人点点头，随小刘走进会场。

发布会是法国芳菲菲化妆品公司为新产品在中国上市而召开。会议开始后，刚才给我递名片的人，以该公司中国分公司总裁身份坐在主席台上。我坐在台下，翻看对方的资料袋，袋中有盒芳菲菲化妆品套装，一本公司简介，一份新闻通稿，一个内装现金的信封。

“允许收红包呀？”我悄声问小刘。

“这是车马费，坐出租车的钱。难道要我们坐公共汽车来？杂志社不报销路费。”他说。

我“哦”了一声，将信封放进挎包。

发布会结束后，芳菲菲公司安排了午餐。整个会场都是陌生人，看小刘不断和那些扛摄影包的人打招呼，我有些孤单。小刘带我坐到一张餐桌边，把我介绍给同桌者。我寒暄了几句后感到没话讲，就拿出芳菲菲公司的画册翻看。

翻看了几页，就听到有人在我耳边说了“你好”两个字。转头一看，是刚才坐主席台的那个头发梳得光溜溜的人。他脸上的笑，让我想起春天枝头怒放的花朵。对着那笑，我也像花朵一样笑了下。他问，画册做得怎样。我说，印刷和图片都很精美。他问我是不是《美丽之苑》的。

我有些惊讶，对他在诸多参会者中能记住自己，不由生起一些亲近。我迟疑一下，才说，是的。小刘接我的话，说，小兰今天刚上班。他“哦”了一声，说，难怪以前没见过。

我心里浮出“米杰”两个字，这是刚才他递给我的那张名片上的名字，也是刚才让我想笑的原因。我眨眨眼，问，百家姓里有米姓吗。他咧嘴笑笑，露出一口洁白整齐的牙齿，说，百家姓说少了，万家姓才差不多，米是常姓，还有更生僻的，说出来吓你一跳，壹、贰、叁、肆、伍、陆、柒、捌、玖、拾是姓，粪、尸、妖、丑、虫、酱，也是姓。

我“噗嗤”一下笑出声，说，姓粪的叫粪便，姓尸的叫尸体，姓妖的叫妖魔，姓丑的叫丑恶，姓虫的叫虫子，姓酱的叫酱油……姓米的，可以叫米饭。同桌的一个打扮时髦的年轻姑娘听罢，笑得将一口茶水喷在地上，其他人也都笑得脸红得像番茄。

吃完饭，我和小刘走出酒店，站在台阶上等出租车。小刘说他要去相馆冲洗照片，先上了一辆的士。在我等下一辆的士时，那个头发梳得光溜溜的人走到我身边，问去哪。我说回杂志社。他说他去那附近办事，顺路送一程。我“嗯”了一声。他要我稍等，他去车库开车。我等了一会，看到一辆黑色“本田”停在我面前。我打开前座门，坐上副驾驶座。

从酒店到杂志社需十多分钟，车驶出五分钟后便遇上塞车。坐在车内的我，对这个刚认识的人感到陌生，不知说啥好。但很快，我旁边的男人，开始主动说些天气话题。我“嗯”“是”应答着，又在心里默念了三次他的名字“米杰”，以便能记住。他说，现在不是上下班高峰期，可能前面出了车祸。我半信半疑“哦”了一声，视线落在他随意搭在方向盘上的手上。那手结实干净，肤色光洁，衬衣袖口扣得整整齐齐，衬衣上散发出一股淡淡的清香味。

几分钟后，反向车道上“呜—呜—呜”，十万火急逆行而过一辆警车和一辆救护车。“神算。”我说，竖起大拇指。他淡笑一下，说做了多年司机，凭经验就能判断。“你是嘉洲本地人吧？”他问。

“是。”

“做你们这份工作很有趣吧？”

“我刚入行。”我说。

我和他，就这样一句一句扯开话题。说着说着，他就谈到他的家庭。他说他父亲早逝，母亲辛苦将他拉扯成人，他靠奖学金读完大学。我一边聆听，一边嗅着弥漫在车内的淡淡香水味。

没多久，车开始流动。路经前方十字路口时，我看到一辆摩托朝天翻倒，一辆小货车的挡风玻璃支离破碎，地上一摊血迹。我坐的车没有停留，平稳快速绕离车祸现场，很快便到了我工作的杂志社楼下。

“我到了，再见。”我对他挥挥手。一番闲聊下来，我对他已没有陌生感。

“再见。”他说完，便从驾驶座下来，绕到副驾驶座，为我打开车门。

我下车，朝办公楼走了几步，忽然又停住脚步，转身回到车窗边，用有些期待的眼，望着紧闭的驾驶座的窗玻璃。车内的他摇下车窗，问我啥事。我欲言又止。他笑笑，若有所思了一下，问可否再次相见。我“嗯”了一声，嘴上说，到时电话联系，心里却在想，他转头的样子很好看。

“再见。”他说。

“再见。”我挥起手晃了晃。

走进写字楼电梯，倚着冰冷钢壁，我感到自己在一种兴奋的状态里，内心流动着一股热乎乎的暖流，像揣着一只蹦蹦跳的小兔，也像刚喝了一杯浓咖啡，全身弥漫着香醇。

一九九二年五月十八日，于嘉洲

信二

思念

英子上生母书

母亲，又一个夜到来，我临桌摊纸，给您写信。最近，嘉洲天气晴朗，风和日丽，我却心里潮湿，水分重重。我感到在自己潮湿的心里萌生了一棵小芽，小芽日复一日抽枝壮大，搅得我开始坐立无宁。

自与米杰邂逅后，他的样貌总出现在我脑海，挥之不去，转身又来。我时时会忆念他的形象与言行，内心充满喜悦。我将他的名片压在书桌玻璃板下，上面的内容已记得滚瓜烂熟。我以为他认识我后，会像其他男子一样频献殷勤，但我错了，自分别后，他犹如人间蒸发。但我却想再见到他。我桌上有部嵌圆黑键的白色电话，只要拿起话筒，拨通名片上的号码，就能联系他。但每当我拿起话筒，心跳总会不自觉加速，我会迅速找出很多理由让自己放下话筒。比如，我会想，他此时一定很忙，不方便等等。

在这些理由支撑下，我放下话筒，起身踱步，延宕一会，又拿起话筒，按下号码只差最后一个数字时，左手不由自主又按下叉簧。

如此这般，终究没能打通这个电话。

我向远在千里的好友美茵诉说这个困境。她听罢哈哈大笑，说我得了相思病，得相思病的人都这样胆怯懦弱。

“没可能。”我否定。

“别否认了。”她说，并支招给我，要我克服胆怯，像对其他人那样从容。“别想太多，你只是想见他，你只是表达了自己，这不是丑事坏事。你马上拨通他的电话。”她说。

美茵的话，让我内心蓦然明朗且充满勇气。在这股勇气还没消退前，我一鼓作气按完已记得滚瓜烂熟的号码。话筒里是接通的铃声。当铃声响到第三下时，怯弱又开始在我心里冒头。我颤抖了一下，心想，如果响到第六下还没人接，就挂电话。就在我默数到六时，有人接了，并“喂”了一声。我的心跳到嗓子眼上，左手拧了一把右手，咽口口水，礼貌且轻声问：“请问是米杰吗？”

“是的。”对方答。

“我是兰英子。”我说这话时，耳朵在异常灵敏地捕捉和辨析对方声音的热度。当听到对方声暖如春时，我悬在嗓门上的心放下了，声音随之轻松了一些。我本想约他喝茶或喝咖啡，话到嘴边却变成了对芳菲菲公司新产品的报道已见刊，是否需要邮寄杂志样刊之类的话。他谢了我，说要两本。

我感到他的声音有点急促，说了“好”字后，咽回了后面要说的话。他说他马上要开会，接着补充了一句：“开完会，会给你电话。”

“好。”等了几秒，感到他是在等我挂电话后才放话筒。

我放下话筒，吁口气，站起身在屋里踱步，哼起一首轻松快乐的流行歌曲。那股塞满内心的渴望，也随刚才那个电话的接通而大海退潮般退去，回复到风平浪静的状况。我喜滋滋想，如再勇敢地前行一点，约他出来，他一定会答应。

一九九二年七月十日，于嘉洲

信三

相约

英子上生母书

母亲，女儿内心如此跌宕起伏，或许是真已怀春。虽不知您现身在何处，女儿仍向您唠叨如斯。母亲，自那以后，我和米杰的交流开始密切。在电话里，我什么都聊，其实每次都想约他相见，但说出的话却与此全然无关。

有一次，他在电话里说，他刚收到儿子的照片。他说得轻巧，我的心却“咯噔”一声直往下沉。他说，儿子六岁了，虎头虎脑逗人爱。我的大脑刹时一片空白，失语般哑然，像在鸟语花香的踏青里突然看到一道荆棘丛生的屏障横在脚下。他继续轻描淡写说，他前妻带着儿子在法国生活，他两年前离婚了。他听我没声音，“喂”了几声，我才像是小心翼翼拨开荆棘继续前行却又走得战战兢兢般“嗯”了一声。

“你不舒服吗？”他问。

“没。”我说。

“那你好好休息。”他说。

“好。”我说，放下了话筒。

我扑在床上，泪水悄然流出，犹如掉进了深涧。他刚才说的“前妻”“儿子”盘旋在我脑中，我就像在平坦的行走中突然看到一道深壑，我停步站在壑边，望了一眼它的深度，感到头晕，惧怕地后退了两步。

我擦干泪水，开始躲避他。每当看到电话上来电显示的是他的号码，我就任电话响到不再响为止。

有一天快下班时，我如常坐在办公椅上发呆，准备下班的摄影记者小刘走到我桌前，说：“小兰，你最近忧郁了？”我听了不由“扑哧”一声笑出来，摇头说没有。小刘属新新人类，嘴里不时冒出潮流新词，或名词当动词用。

“搽粉进棺材，死要面子。你脸上的表情，说明了一切。”小刘狡黠一笑。这时我桌上的电话响了起来，小刘说：“接吧，接了总比愁眉苦脸坐在这儿好，我下班了，明天见。”

我以为自己的心思没人知，没想到办公室里的每一个缝隙都是眼。或许是受到小刘的鼓励，我拿起话筒，慢悠悠地“喂”了一声。来电者果然是我估摸的人。米杰的声音在话筒里响起，他说他现已在我办公室楼下，想邀我一起吃饭。我望望空荡荡的办公室，本想说没时间，话出口时却鬼使神差变成“好”字。我将桌面收拾了一下，去洗漱间补好妆，来到一楼大厅，看到保安正对坐在车里的米杰说门口不许停车，米杰一眼望到我，喜笑颜开说，等的人来了。保安转头望我一眼，退到一边。

我上了车。车平稳地驶上马路，十分钟后来到一家咖啡厅门前。米杰去泊车。我先下车，在咖啡厅靠窗占了个位。我曾在心里千百次设想的约他相见的场景，就这样实现了，但我的心却如落入深潭般虚弱。

我无精打采坐着。米杰进来，坐在我对面，问我是否病了。我摇头。他又问是否有心事。我摇头。“晚上睡得好吗？”他继续问。

“一般。”

“昨晚呢？”

“浅。平时家里天花板上常有老鼠跑来跑去，但昨晚它们好像去串门了。屋里很安静，我却醒了好几次。”

“是看书太晚，影响了睡眠？以后要早点睡，书看多了头会疼，问题想多了头发会白。你和父母一起住吧？”他问。

我看到他眼里流露出真切关怀，虚弱纠结的心不由流进丝丝暖意，我嘴角浮上一丝笑容，说自大学毕业后，我就在外面租房住。他蹙下眉，眼露疑问。我说，我没亲妈，有个继母，彼此关系冷漠。他收回眼神，盯着面前的咖啡杯，用亮闪闪的不锈钢小匙搅拌几下，端杯呷了一口，然后问我最近读啥书。我说，读尼采的《查拉图斯特拉如是说》、瓦西列夫的《情爱论》和弗洛姆的《爱的艺术》。他有点惊讶，眼里飘过一丝笑意望向我，说，像你这样可人的姑娘，怎会喜欢思辨的哲学。我说，人喜欢一样东西，会从中发现乐趣，历史上许多大家的思想往往超前，但与他同时代的人不能理解，就说他们是疯子。实际上，这段时间我阅读最多的，是书摊上生活杂志里登载的爱情故事。我想从中找启发和共鸣。

“世上俗人多。俗人自然只过俗人的日子，直至老死。我是其中一员。”米杰自嘲。

我避开他直视的目光，抬眼望向对面墙上一幅土洋结合的草绳画，画上一只盛满咖啡的杯子冒着腾腾热气。

“看自己编的杂志吗？”他问。

“看。”我说。

“欣赏自己的杰作？”

“找错别字和配错的图片。出现错别字或者图片错误，要扣钱。大标题错，扣二百。小标题错，扣五十。错别字每个扣五块。图片错，每张扣三百。所以得睁大眼瞧。”

“图片怎么个错法？”

“比如张冠李戴。”

“够严厉的了。”他说，做个鬼脸。

面对他的鬼脸，我不由一乐，扑哧一下笑出声。这一笑，让我纠紧的心放松许多，桌上的气氛也顿时轻松起来。

“你错得多不？”他问。

“刚开始时多一点，做熟后就少了。”

“很认真。”

“还行。”我谦虚，但被夸奖后内心不能免俗地高兴。

“你的照片上过自己的杂志吗？这么好的资源。”他问。

“上过。曾利用业余时间，参加嘉洲一个礼仪小姐大赛，拿了亚军。杂志出了一期特辑。”

“没想到。”他瞪大眼现出惊讶状。

“我十六岁时，就无意插柳柳成荫，被一家著名模特公司的星探看中，代表公司参加一年一度全国模特大赛，获最上镜奖和季军。庆功宴上，媒体把我当成一匹杀出重围的黑马，询问成功秘诀。我说走在台上时，眼里没有舞台和观众，心里没有要拿奖的压力。”我说。

“你有这方面的天分，为何不把它当主业？做模特比做编辑风光。”他问。

“我不喜欢聚光灯下的热闹和五彩斑斓的舞台。父亲对我大学选修哲学，曾感到困惑。大学四年，我的书包经常装着柏拉图、尼采、康德的书。柏拉图的《理想国》，我读了三遍，把书还给图书馆时，书角卷得像包心菜。我曾大段大段摘抄过尼采的文章，他有美丽的文采。我也爱梵高的画，爱那种对色彩的艳丽、夺目、辉煌的渲染，对世界认知的天真。”

“哲学是思维是理性是系统，美丽是感性是风光是外在。两种似乎沾不上边的东西，却在你这融合。我有些困惑。”他问：“还存有辑录了你图片的那期杂志吗？我想要一本。”

“有。在办公室。”

“吃完后去拿，这事很重要。”他说。

一九九二年七月二十五日，于嘉洲

信四 女儿照

英子上生母书

母亲，女儿的舞台照和生活照曾风光地登载在精美的《美丽之苑》杂志上，共占五个页面。那期杂志，封面是我的一张艺术像。我穿白长裙，站在碧如翡翠的绿茵地上，翘首眺望远方，微风拂起鬓角发丝和裙角。杂志内页有张照片，背景是一面挂满世界著名哲学家头像的墙，我坐在墙前的黑椅上，手抱一本柏拉图的《理想国》，图片说明是“哲学女郎”。

米杰看罢这照片，说构思巧妙。我说是杂志摄影记者小刘的创意设计。

“没想到，你在清冷的外表下，有如此风情。”他翻着杂志，冷不丁蹦出一句。

我愕然。

“只是感觉。个人之见，别当真。”他说，把杂志小心拿在手中，说要放在办公桌上，随时都可翻看。

我的思维停留在他刚说的“清冷”二字上。他用卷成筒的杂志轻敲一下我，说：“发啥愣？”

“没啥。”我摇摇头。

“聊聊你过去的恋爱故事？肯定不少。”他说。

我苦笑一下，想，这样说有些冤枉。过去的我，只有一个一起散过步的男友。那是大三的事。那男生不像其他男生给我送花、请喝用咖啡豆当场调制的咖啡、吃昂贵雪糕，他只陪我去图书馆、自修室，陪我喜欢哲学，交流阅读体会，讨论《理想国》在正义基础上描绘出的完美国家到底能否实现，陪我观赏梵高的向日葵……当他陪我在校园漫步时，会看着天空朗诵“当我们仰望星空的时候，自由、平等、公平、正义，正是人类的理想，恒久地照耀着人类历史的过去、现在还有未来！”那时那刻，天空繁星闪烁。

“你们，因何而分手？”米杰听罢，抬眼瞧着我，问。

“可能终究无缘。毕业时，吃完毕业生的告别宴，我们去湖畔散步。走到第三圈时，他停步，有些艰难地说，明天要离校了，他很忧伤，和我相处的日子，他有许多美好记忆……他家境一般，在我面前，他有沉重的压力和对未来无法把握的茫然……他说话时，带着伤风般的鼻音。我默然听着，心里明白他的意思。走到宿舍楼下时，我说，到了。他说，他看着我走，直至消失在他的视线里。我没说再见，也没回头，径直上楼，回到宿舍，用被子蒙头，郁闷地躺了一夜。翌日一早，我便拎着行李，离开了学校。从此我和他没再联系。”我说。

“简单，朴素，有些伤感。”米杰听罢，说。

“像小孩子过家家吧？”

“比过家家认真和成熟些。你像是在述说一个与己无关，但让自己感动了的故事。”他说：“一般男人在比自己优秀的异性面前，会感到压抑。”

“哦？这样吗？那你呢？”

“我？懂得欣赏，所以理解。有了理解，所以爱惜。累了吧？送你回去 。”他说完顺手多拿了一本杂志，说一本翻阅，一本珍藏。

他把我送到家的楼下。我下车，道声再见后，打开楼道铁门走上楼梯。我站在楼道的玻璃窗后，看着楼下他的车调头驶离，听着渐行渐远的汽车马达声，突然觉得内心一阵轻松，那个纠拧在心里的结，于此时居然突然松开掉落下来。我如同在摸着穿过一个潮湿黑暗的溶洞后，抬头一下子看到洞外广阔的青山绿水和明媚阳光般豁然开朗……我深深吐出一口气，心想：“过去，我们不相识。未来，不知会怎样。现在，遇到了，就在一起吧！”

我脚步轻盈走到家门前，掏出钥匙，打开门。

一九九二年七月二十六日，于嘉洲

信五

金锁

英子上生母书

母亲，嘉洲的阳光十分明媚，我多想让您在明媚的阳光下，分享我内心有了思念后的灿烂笑容。自内心的纠结松开后，我充满喜悦。没过多久，就到国庆长假，这是一个很多人出门的拥挤假期，但我还是打算去华山。我想，和另一个人在异地行走，彼此照顾，就是挤也有意义。

我对米杰说了我的计划。我还说，华山上有个金锁关，我们也去锁一把。米杰说我傻，那锁只是对人心的安慰，他和我不需锁也牢固，何况心是锁不住的。但他还是依了我。

出发前，我查阅了大量资料，向去过华山的朋友珍珍取经。我得到的答案是，华山奇险峻峭，有晚上登山凌晨到达山顶看日出的习俗。我说晚上黑漆漆，迷路了怎么办？珍珍说，自古华山一条路，不会迷路，也因晚上黑漆漆，人不知自己正行走在万丈深渊的悬崖上，会无畏。

被珍珍一鼓励，我生出初生牛犊不怕虎的勇气，赶紧收拾好行装，买妥车票，满怀信心和米杰出发了。我们下了火车转中巴，到华山脚下时，是下午三点。我跳下中巴车，站在布满小石子土坷垃的地上，扭扭久坐有些麻木的双脚，扫视四周，看到有些商铺民居和三三两两的行人。我掏出地图查阅，对米杰说，在附近逗留一下，等黑夜降临后再登山。米杰表示同意。

我和他坐在玉泉院一棵大树下的石头上，沐着透过树枝漏下来的阳光，说着闲话。我们坐到下午四点，才开始向华山山脚走去。站在山脚，抬头仰望陡峭山势，我才真正感觉到华山之险峻。阳光很好，十多个游人三三两两走在我们前后左右。

上山的路曲折蜿蜒。我走在石阶上，说，这路不险呀。米杰说，险的在后面，大半个夜晚都要在攀登中度过，走慢点。我放慢脚步，天快黑时，我们来到一间卖食品和水的茶亭前。茶亭用木搭建，主人是个扎花头巾的中年妇人。她招呼我们歇会儿。我和米杰坐在用木条钉成的长凳上，要了两碗热米粉，买了两瓶矿泉水和两包蛋糕饼干。茶亭主人指指叠放在柜台上的黑毛领军绿色大衣，说山上的夜很冷，要不要租两件。米杰问冷到什么程度。妇人说要穿大衣才能保暖。我看到大衣领口和袖边油腻腻一层污垢，想拒绝，但米杰说有备无患。他挑了一件污垢稍轻的大衣，放进自己背包。

我们继续往山上走，不多久，天完全黑了。

月亮已悄然移到半空中，皎洁的月光照着奇险陡峭的华山。我左看右看，发现刚才走在前后左右的游人全不见了。“路上就我俩啦。”我说。山上空气清新，但山野的寂静和不可知却让我有些害怕。我的声音有些胆怯和虚弱无力。米杰拍拍我的肩，说在一个月光皎洁的夜晚，慢慢走向峰顶，是件惬意浪漫的事。

“那是你想的。”我说。

“不怕，有我在。”他说。

越往上走，茶亭商铺越稀少，到最后只剩下山路和黑夜。我有些忧虑，不知到达峰顶还要多久，脚下的路似乎永无尽头，但看到米杰镇定自若，我心里的底气又足了些。经常，在很长的山路上，只有我俩。临出发前的浪漫想象，因寂静无人的山路而变得有些紧张，但我和他已没有退路，只能勇往直前。

子夜十二点，我们到了一面峭壁下。

月光朗朗地照着峭壁上悬挂的两条粗铁链。这段路只能手攀铁链垂直往上爬，米杰让我先上，石阶很窄，我的脚几乎踩在他脑袋上。攀了一段路后，我听到头顶有人语，抬头一看，是群老太太。老太太也和我一样手脚并用抓着铁索攀爬。看到她们，我忽然平添力气，一鼓作气爬上铁索，歇在一个相对平坦的平台上。那群老太太也歇在平台，月光照着她们，有好几个头发全白牙齿掉光，但精神矍铄。我歇在她们旁边，听她们交谈，浓重的地方口音加上缺齿漏风，我隐隐明白她们要赶在黎明前去道观烧头香。

“要不，我们随她们一起走？”我对米杰说。“我们是去看日出，和她们去的是两个方向。”他说。

老太太歇够后继续攀爬。

我们也起身往山顶进发。米杰将我的背包拿去，让我空手走路。此时，我已筋疲力尽。临出发前，在地图上看到的用绿线标着的上山路清幽宁静十分诱人，当时还想一路走走歇歇定有不少乐趣，现在的我只感到小腿肚子发胀发抖。我叹口气，弯腰揉揉酸痛的腿，心想真是不知者无畏，没来过华山的我，不知山的险峻陡峭，不知到达峰顶的路是如此漫长……啥都不了解，就不知天高地厚要夜登华山。

“歇会吧。别坐，坐下更累。”米杰说。

我站在路中，喘了几口粗气，开始继续行路。越往上走，温度越低，我的里衣已被汗水湿透，外冷内热焐着，鼻子很快有些堵塞，在寒风里打了好几个喷嚏。

“再歇会。”米杰说。

我就这样停停走走，走走停停。走着走着不小心踩空一步，左脚扭了一下，痛得我龇牙咧嘴。我弯腰揉了好久，待疼痛稍有减轻后，苦笑一声说，今晚要当瘸子了。我拖着米杰的胳膊，慢慢前行，走到一座像城楼一样的石拱门洞前时，我实在挪不动了。

“在这个门洞坐到天亮吧，门洞能挡风。”米杰说。他扶我进门洞，背包垫地，让我坐在背包上，又拿出大衣替我穿上。

这件大衣此时起了很大作用，我十分感激着那个茶亭主人。米杰拿出蛋糕饼干，我吃了蛋糕喝了口水，矿泉水的凉气还没进喉咙就逼进心田。我放下矿泉水，抹把嘴，摸摸米杰衣服的厚度，脱下大衣要两人一起穿。

“我血气足。”他拒绝了。他的手热乎乎像小火炉，我感慨万分，说男人和女人的体质就是不一样。

米杰陪我坐着，说估计离山顶已不远，待他出去观察观察。他走出门洞，借着月光看看周围地形，忽然惊喜地说：“到了！”

“到哪啦？”

“金锁关。”

“你怎知？”

“门洞上写着。”

我想起身，腿却有千斤重，加上脚踝扭伤，费尽力气都没成功。米杰走进门洞搀起我，扶我到门洞外。我借着月光看到门洞上写着“金锁关”三字，一条险峻的路的两边有两条粗铁链，链上锁着密密麻麻的锁。

“我们也锁一把！”我一下子有了干劲，从背包翻出一把黄灿灿半个手掌大的锁，递给米杰。

“你真信？”他哂然一笑。

“大家都这样。”我说。

“都是在找心理安慰。”他说，就着月光将那把金锁小心翼翼锁在铁链上，锁好后将钥匙扔进山涧，良久都无回声，我的心不由颤抖了一下。

“我们发个誓？”我说。

“好。”他点头。

站在万丈深渊的悬崖边，面对苍茫夜空，我与他十指相扣，他说：“金锁关作证，我米杰对英子的爱，山无陵，江水为竭，夏雨雪，乃敢与她绝。”

我跟着说：“金锁关作证，我英子对米杰的爱，山无陵，江水为竭，夏雨雪，乃敢与君绝。”

这时，一阵凛冽的山风吹来，我听到自己的声音像是被卷走了般虚幻缥缈。

米杰将我搀进门洞。我倚壁而坐，一坐下去就再也不想动。他说就在这坐到天亮，但不能睡，睡过去更冷。我们依偎坐着，这时月光已隐进云层，唯有夜的幽蓝笼罩着黑漆漆的山，周围只有风声和树在风中的沙沙声，不闻人语不见人来的寂静扑面而来。

“此时，整座山是不是就我俩睁着眼？”我问。

“刚才那群去道观烧头香的老太太，或许还在爬山。想想她们，就知道这座山，无论昼夜都不会寂寞。我们说说话吧。”他握住我冰凉的手。

“说啥呢？”

“说说你的小时候，人对小时候的记忆总是很深。”

我的手在他热乎乎的大手里暖和着，却不想说。

“是不是你对小时候的记忆不太好？”他问。我点头，这么漆黑的夜晚，他不能观色但能察言。

“我家里经济条件很普通，但母亲开通，把儿女当朋友。能说说让你不快乐的记忆吗？”他说。

我的心如深水般沉默。

“我想分担。”他握紧我的手。

“以后吧。”我有点抗拒，在这个寒冷寂静的夜里，我只盼望黎明的太阳早点到来。

一九九二年十月八日，于嘉洲

信六

签语

英子上生母书

母亲，那个夜晚，冷彻心扉，我却感到无比温暖。我和米杰坐在门洞里说话，时间飞逝，不久天空就现出黎明曙光。米杰走出门洞看看天，回来问我，能走否，现在赶去山顶看日出。

我说能。在天寒地冻的山上，若只有我一人，非冻坏不可，但现在有他在，我的斗志昂扬起来。我站起身，活动一下伤脚，试走几步，然后拖着他的胳膊，精神饱满向山顶进发。米杰说话带些鼻音，他说受了点寒，多打几个喷嚏就好了。

在山顶观日处，我们看着太阳缓缓从地平线露出红彤彤的脸，跃出地面。太阳出来，暖照大地，山上的一切开始活跃，蒸腾起生命的热浪。在暖意融融的阳光里，我们欣赏着在夜晚无法看到的美丽山景。山顶上游客不多，我们逗留了两小时，便打算下山，我的伤脚需要休息。我们沿着蜿蜒石级往下走，到一处陡峭悬崖处时，我看到沿悬崖凿有一条曲曲弯弯的狭窄通道。

“那路通向哪？”我感到疑虑，难道在如此险峻的路那边还有人居住？米杰从背包拿出地图和简介，查阅后说，险道尽头有个道观。

“下趟山多不方便。”我说。

“利于清修。”他说。

“灵吗？”

“书上记载它灵。”

“去看看？”

“好。”

我小心翼翼走上险道。二十分钟后，一个小道观出现在眼前。它犹如一只独立寒秋之飞雁耸立在陡峭山壁上，一股檀香味悄然飘进我的鼻孔。小道观是两层楼建筑。我走进一楼，看到靠墙一字儿排开几个小摊，卖些纪念品和奇趣小玩意，一个坐在角落、穿藏青色长褂的中年人对我招手，说着“过来看看，姑娘长相有福，要富贵得富贵”之类的话。我没睬他，径直沿楼梯上二楼。二楼供着两尊神像，左边的不认识，右边是观世音菩萨。神台前有张素色榆木长供桌，一个已被握得乌黑发亮的签筒放在莲花灯和烛台之间。

“想摇一支吗？”米杰看我的眼盯着签洞，问。

“若摇了支坏的，怎么办？”

“信则有，不信则无。权当玩玩，不必当真。”

“好。”我走到蒲团前，焚香跪拜后，起身取过签筒，跪下，闭住双眼，双手摇晃签筒。我啥都没想，既没问事业婚姻，也没问身体健康，只是随意摇晃。我只摇晃了几下，便听到有签跳落到地面的声音，我睁开眼，弯腰拾起，起身放好签筒，走到解签桌，将手中的签递给桌后一个穿黑褂的男子。男子接过看了一眼，转身从贴满签文的木板上撕下一张红色小纸。

我接过一看，心顿时往下一沉。我一言不发转身下楼，走到道观门口，黑着脸要将那纸签文抛至熊熊燃烧的香炉中。

“让我看看。”紧跟我的米杰，冷不丁一把抢过签纸。“下签”他说，念起签文“得宝醒来在梦中，自是南柯一场空，若问婚姻并问病，别寻条路为相通。”

我一把抢过签纸，一扬手丢进火炉，有些恶狠狠地说：“你怎么给我，我就怎么还给你。”看着它瞬间化为灰烬后，我气鼓鼓走出小道观。

“我过去也喜欢抽，常抽到上签，但结果几乎都是空欢喜，后来就不抽了。”米杰随我走出道观，在后面说。

我想，是呀，信它干啥！虽如此，但心里还是阴影重重。米杰说附近另外有个道观，据说比这个灵。但我再也不想进啥观门。“没关系，再去抽抽，看结果是不是一样。”米杰鼓捣我。我转念一想，也是，反正心情已坏透，再坏一次也不为过。

米杰顺着地图标识，带我走进距小道观不远的另一所道观。这所道观比刚才的小道观气派宏伟，院里弥漫的檀香味也比小道观浓。米杰先在三清殿供奉的三圣神像前恭敬上炷香，默默祈祷了一番，然后起身告诉我供桌上有签筒。

我看到深红色长供桌上放着三个签筒，我条件反射般转身，走到门边一张桌前，翻看桌上摆放的与香客结缘的书。桌后坐着的青衣小道士，望了我一眼。

米杰拿过一个签筒，摇摇放回桌上，然后走到我身边，说：“这里香火旺，你一定要再试试。”他满脸真诚，让我不忍拒绝，我勉强来到供桌前拿过签筒，闭眼摇晃着。只摇了几下，就听米杰说，签跳出来了。我睁开眼，拾起地上那签，说，真快！

米杰说："是呀，真快，什么签号？""一百零八。"我说。"好签。一百零八，是个吉祥数。"他说。

我在解签台拿到一张紫红色小纸片，纸片眉端写着"上签"二字。我不由一喜，念起纸片上的字，"赤绳系足有情恩，不用求谋事已成，明月夜深丝竹下，静中琴瑟凤凰鸣。"

我念了几遍，将纸片递给解签台后的人。那人拿过一本书，翻到其中一页，说："姑娘，你婚姻大吉。"

我谢了他，眉开眼笑拿着小纸片，走出道观，边走边念了好几遍，然后将纸片小心翼翼放进钱包夹层，转头对米杰说，没想到神仙也会自打嘴巴。米杰笑笑，没吱声。

亲爱的母亲，女儿这次远足十分快乐，想让您分享，就唠叨如斯！渴望您在嘉洲，在女儿身边，圆女心中期盼母爱之心愿。恭祝母亲，六时吉祥。女儿英子敬叩。

一九九二年十月九日，于嘉洲

信七

我的祖传家规

英子与米杰书

米杰如晤。你离开嘉洲，一走便是半年，远赴巴黎参加公司总部培训。学习辛苦否？生活习惯否？远在异国孤独否？随着你的离去，我的心变得空空荡荡，熟悉的嘉洲也变得空空荡荡。在空荡季节，我的心被忆念充满，被我俩在一起时说的话语充满，被你的音容颦笑充满。

记得你曾问起我的童年。我一直回避，是因它在我的记忆属灰色地带。但在这个嘉洲没有你的季节，我要把它悉数细告于你。

我的家，说来话长。总而言之，我家在嘉洲属殷富之家，比上不足，比下有余。

我家的家业是我曾爷爷时代创下的。

我曾爷爷家境贫寒，民国初年，十三岁的他随人去上海当小伙计，因聪明肯干，脑子肯琢磨，学到了本事，二十岁回家乡开了家小衣店。那时服装业在嘉洲是新鲜事，生意还算兴隆，不久小衣店变成兰氏服装店。兰氏服装店的生意也一直红火，我曾爷爷也因操劳过度，五十出头就病逝。曾爷爷逝去后，我爷爷接管了服装店。

在公私合营年代，我家服装店被并入国营企业，我爷爷既拿工资还拿股息，家里生活没多大变化。后来，就只有工资，没了股息。我爷爷为人处世长袖善舞，在那个风云变幻的年代，虽受到冲击，但比起很多人，他是幸运的，我家的日子也无太大变化。

随着时代发展，社会到了允许个体和私营经济发展的年代，我爷爷认真思量后，决定捡起我曾爷爷的老行当，并要求我父亲全心全意协助他。

我家有栋三层小楼，建筑面积约四百平方米，屋前屋后有个近三百平方米的庭院。小楼是曾爷爷攒下的家业。曾爷爷发迹后，首要事是买地置屋。他请人四处勘测，观山水形势，将这宅子作为百年基业来建，用料做工极为讲究。我家老宅背靠青翠的山，前依蜿蜒河水。山不高，河呈半圆形，河水不急不缓从屋门前流过，如清风明月自由自在。这屋子坐南朝北，藏风聚气，风景吉秀，没有人说这房屋风水不好。

我曾爷爷只置了这一处房产，传到我爷爷手中时，曾把一楼租给一户人家住过几年。兰家生活也应了曾爷爷择吉址多行善积德福荫后代之心愿，大体殷实平顺。唯一美中不足，是兰家始终三代单传，即使在曾爷爷可以纳妾娶小的年代，也只延续一根独苗。我父亲兰扬威是家里三代单传独子。

我父亲结婚时，那户租住的人家搬走了，这栋房子又完整回到我爷爷手中，我爷爷将房子重新装修，修缮得像土豪的锦缎华服，金碧辉煌。

我曾爷爷在建此宅时，筑了一道三米高墙，将房子和庭园包裹其中。围墙隔断了外人视线，也隔断了屋里人朝外张望的视线。四周有邻居，但和我家往来不勤。

我家有栋祖传宅院，还有个祖传规矩。那就是男人赚钱养家，女人只能相夫教子做家庭妇女，没有批准不能随意迈出家门。无论外面世界发生怎样的变化，这个规矩都根深蒂固像幽灵一样存在于我家。

别看我曾爷爷、爷爷在外面很会为人处世，但对家里这个规矩却从来都是铁面包公，没有通融余地。凡嫁入兰家的女子，只能做家庭妇女。在女性大门不出二门不迈的封建时代，我的曾奶奶、奶奶对此习以为常，家庭生活也就风平浪静。但到了女人成为半边天、职业妇女遍街走的年代，兰家女性的生活仍然如此，就会产生诸多问题和矛盾。

我父亲结婚时，社会提倡男女平等。这时，我家有两位成年女性，一位是我父亲的母亲，即我奶奶；一位是我父亲的妻子，即我母亲。我奶奶经媒妁之言、父母之命嫁给我爷爷后，心甘情愿遵循夫家要求。她在兰家生活多年后，由一个温顺俏丽的小女子变成了兰家规矩的坚决执行者和监督者。我奶奶在她儿子娶妻、自己熬成婆后，面对儿子新妇的自由个性时，她的苛求便都发泄在这个新来的女子身上了。这个女子，就是我的生母。

我的生母，名叫夏枫荻。

在我记忆里，没有生母的记忆，因为在我牙牙学语时，她就离开了兰家。

一九九三年五月二日，于嘉洲

信八

我的家

英子与米杰书

米杰如晤，一切可好？昨夜行笔至有倦意时，抬头望窗，月光如水，大地安详，遂搁笔。今日再续昨夜行文。

我六岁时，父亲说女孩早点启蒙好，给我备了新书包、新文具、新衣服，准备送我进学堂。想到很快就要背上小书包，神气地去到小学堂，开始新生活，我异常高兴。我问父亲，是不是上了学，就没时间玩了？“你玩得还不够？”父亲看着我，表情凄楚，自言自语感慨说，英子你长得越来越像某个人了。

“哪个人？”我问。

父亲苦笑一声，没吱声。

我惦记着儿童公园。父亲答应我，在我去学校前，一定带我去玩个够。第二天他就兑现诺言，在儿童公园给我拍了很多照片。父亲精选了几十张放大做了本相册，说上学前的孩子和上学后的孩子是两个阶段，应留个纪念。

“我要读书了，我要成为小学生了。”虽然家里人都知道，我仍拿着那本精致相册，像只小花蝴蝶楼上楼下跑，高兴地展示给每个人。

全家人都赞我漂亮，除了我的继母刘珍果。当我将相册展示给奶奶看后下楼时，坐在一楼客厅的刘珍果对我招招手。她的脸上浮着笑容，我却感到那笑容比冰还冷，我有些怯地站住，自懂事起我就有些怕她。

“你的照片，拿来看看……”她说。我小心挪到她面前，将相册拘谨地递过去。

继母盯了我一眼。我看到她的眼皮像被一只黄蜂蛰了一口般跳了一下。她说：“我又不是老虎，会吃了你？”她一把拿过相册，草草翻翻，嘀咕道：“小狐狸精！”声音不大，但我听到了。

我白她一眼，一把抢过相册，一言不发走开了。我知道她看我不顺眼。

我的继母婚前是小学老师，她的职业要求她爱每一个孩子。在她嫁给我父亲后，对我却爱不起来。但我身上流淌的毕竟是兰家血脉，这对将家族利益看得很重的兰家来说，并不允许刘珍果对我有所虐待。在公婆和丈夫的虎视眈眈下，刘珍果倒不敢将心里的排斥形于色，但可以不闻不问。

我并不知那是冷漠。

继母对我的态度，让老保姆郑金银看在眼里。郑金银家在农村，育有一儿一女，丈夫体弱多病，通过介绍来到兰家。她老实厚道，做事利索不偷懒，让曾经为请保姆伤透脑筋的我奶奶决定不再更换。在郑金银之前，我奶奶更换了十多个保姆，最长的做了两年，最短的做了三天。除了管吃管住、春节有十五天探亲假外，郑金银的月薪每隔几年会涨一次。奶奶说，不怕花钱，只怕请不到合适的。

质朴的郑金银不仅见证了我父亲的第一次婚姻，我的出生和我生母离开兰家的跌宕起伏，也目睹了刘珍果嫁入兰家的喜怒哀乐。她曾悄悄告诉我，说她喜欢我生母的亲切随和，不喜欢刘珍果的狭隘小气，但她每天要做川流不息的家务，对我的照看也就停留在保证我吃饱穿暖，不饿着冷着，至于精神需要，她爱莫能助。

当父亲不在家时，我就只能被继母的冷漠包围。家里有个儿童室，是继母为她儿子兰佳骏设的。儿童室里堆满玩具，继母每天都会和她儿子在里面玩。很多时候，我站在儿童室门前，期盼能进去和弟弟佳骏玩，但继母好像没看见。我在门前站了一会，也终于什么都没说，默默离开，重新走到郑婶身边，看她清洁桌子凳子或做别的家务。

继母和她儿子在儿童室里玩够了，就把她儿子放进童车推出家门，说要去门前河堤上透气。我站在郑婶身边，眼睁睁看着弟弟快乐地坐在童车里，沐浴着艳丽阳光。弟弟佳骏能走路了，可继母还让他坐童车。那童车有美丽坐垫和天蓝色纱遮幕，我曾梦想自己也能坐在里面，被人推着去看清新原野。我用企盼眼神望着继母，但她像没看见，径直推着儿子出了门。

郑婶叹口气说，没妈的孩子是根草，你亲妈真狠心，扔下你走了。“我亲妈没死？她走了？去哪了？”我很有些吃惊地问，因为爷爷奶奶告诉我，我亲妈得了一种治不好的病，死了。

“我也不知。”郑婶摇头。

我说要去问爸爸。郑婶一听，吃惊地拍了几下胸口，说句“吓我一跳”，接着又自打一下嘴巴，说嘴多。她蹲下身，看着我的眼，千叮咛万叮咛，要我千万不要去问。

但我对能与母亲一起推着童车去青山绿水中漫步的渴望，让我忘了郑婶的叮嘱。晚上全家人吃饭时，我问：“奶奶，我亲妈去哪啦？”

桌边人如石破天惊般愣住，没人吱声。沉默一会后，父亲放下筷子，指着刘珍果说：“英子，她就是你妈。”

“她不是。”我撅起嘴说。

“是谁在乱嚼舌头？”父亲有些严肃。我被吓坏了，小嘴一歪哭起来。

“看把孩子吓的？”我奶奶盯了我父亲一眼，夹块肉放进我碗里，说：“好孙女，你亲妈得了一种治不好的病，死了。别听人乱嚼舌头。”

我听后，哭得更厉害。父亲把我搂进怀里，替我擦去泪水，说：“英子，别哭了，爸爸过几天带你去儿童公园，啊？”我在哭声里点点头。

事后，有两个人受到责问。郑婶首当其冲，说她在孩子面前说不该说的话，念在她多年对兰家忠心耿耿的份上，不炒她。我奶奶明白，郑婶是打着灯笼都难找的忠厚、不偷懒的好帮手。另一个受责问的人是刘珍果，说她没尽到做母亲的职责，否则孩子不会想到去找亲妈。我爷爷告诉她：“英子是兰家骨血，你要像对亲女儿一样对她。”

刘珍果面对责问，唯有唯诺点头。点完头后，她避开其他人，狠盯了我一眼。我从她眼里看到了厌恶。

翌日，当爷爷和父亲都出门后，刘珍果抱着儿子坐在花园秋千上，招手叫我过去。她递给我一根香蕉，看着我，轻轻说：“你要听话一点，知道吗？我打算再生个孩子，最好是个女儿。到时，你在我眼里，什么都不是，你在这个家里，也什么都不是。”我本能直觉到她眼里毫无顾忌的厌恶，感到害怕恐惧，把香蕉往地上一扔，转身急急走开，好像香蕉被下了毒。

因为有爷爷奶奶盯着，刘珍果对我还不太敢怎样。

我爷爷奶奶在我十四岁时相继去世。那一年的除夕，全家人吃罢年夜饭，聚在客厅看电视节目，等待农历新年钟声敲响。晚上十点，爷爷说有些困倦，要上楼先睡。十一点半时，我想叫爷爷下楼放鞭炮，来到爷爷门前，听到房里有声音，推门一看，见爷爷正在床上手舞足蹈，好像正和虚空中的什么东西激烈拉扯。

那吓人的样子，我至今仍记忆犹新。

我当时吓了一跳，忙跑下楼告诉父亲。全家人冲上楼，站在爷爷床前。原来是老爷子想见家人最后一面，叫了半天没人听见，幸亏孙女心有感应。

爷爷看着床边的人，想说话但发不出声，只挥舞着双手，两行浊泪从昏花老眼滚出。他挣扎了一会，突然用手指向我，嘴里艰难地挤出几个字：“你要好……好……”全家人凝神屏气，但他下面的话终究没说出，便双手一伸，去了。爷爷吐出最后一口气时，新年钟声刚好敲响第一下。一个月后，奶奶也跟着去了。

我不明白爷爷的“你要好……好……”是啥意思。父亲说，爷爷未尽的话里有很多意思，是要孙女好好生活，可能还有担心，爷爷向来不太放心这个孙女，说这孙女脾气倔。

爷爷去世后，兰家家规传给了我父亲。我父亲虽继续遵循，但已没爷爷那般严厉。到我弟弟佳骏这辈时，几乎废除。我弟弟佳骏是一个有许多新思想新观念的人。

一九九三年五月三日，于嘉洲

信九

卿卿如晤

米杰与英子书

英子如见。信收悉，我心泪流。

我自责问你小时候，让你陷入不愉快记忆，但让你说出来也好，那些事那些话，有我在倾心聆听，在明白你，你心里会好受些。

但是，英子，把过去忘记，好吗？过去已逝，将来未到，把每一个今天过好，这是我对你的唯一要求。英子我爱，如果时光能倒流，我愿在你身边，替你承担所有悲伤孤寂，愿它们都加到我身上。虽世人都说梅花香自苦寒来，但我却只愿你快乐生活。我希望你成为傲霜雪的梅花，但如果一定要经历苦寒，我宁愿你只成为一朵普通的花，在风和日丽中快乐成长。英子，在以后的日子里，我不会让你再流泪，也不会让你再感到孤独痛苦。相信我！

这边的培训学习，每天课程排得很满，很充实。寥寥数语，字字是我绵长相思。巴黎气候宜人，在这个时尚与浪漫之都，我徘徊在塞纳河边，掬你在手，念你忆你在心。米杰手书。

一九九三年五月二十五日，于法国巴黎

信十

离别

英子上生母书

母亲，给您的信，即使无法投递，我仍在写。现在的我，需要倾诉，尽情倾诉。遍览四周，您是最合适的倾诉对象。想要倾诉的内容太多，还是从那个夜晚说起吧。

那是个让女儿记忆深刻、难以忘怀之夜。

那日，吃完晚餐，我来到嘉洲酒店 1008 房。敲开房门，迎接我的是从巴黎学习归来不久的米杰。他站在门后，灿烂笑迎。我扑进他的怀抱，贪婪地嗅着他身上仍然满溢的塞纳河畔的洋味和香水味。

满满的思念在拥抱中获得释放后，我放开他，踩着厚重的咖啡色暗格地毯，参观这个一室一厅的商务套房，我看到屋里除了酒店应有的套房设施外，还有许多鲜花。

“像花房。”我说。

“好名字。”他说。

我看到那些花有的随意置于桌上、电视柜和衣帽架上，有的插在花瓶。花色缤纷，有黄、红、粉、蓝，多是玫瑰。花瓶形状各异，颜色也异，都精致美丽。客厅桌上放着一只蓝色玻璃花瓶，净如琉璃，蓝如澄澈海水，瓶里插着开得正好的两枝红玫瑰，两枝康乃馨，两枝蝴蝶兰。

“谁住这？”我问。

“猜。”他故弄玄虚。

“生意上的贵客？”“不。”

“你自己？”“聪明。”

“为何住酒店？”“与你约会。”

“去了趟巴黎，浪漫起来了？”“嗯！嗯？”

“你心里有事。”我看出他表情后收藏着东西。

“是。”他坐在椅上，让我坐在另一张椅上，说：“这事本应在得到通知后第一时间告诉你，但现在才说，是怕你难过。”

“啥事？”我问，有些紧张。

“如果有不高兴的事发生，就尽可能让快乐时间长一点，不快乐时间短一点。我想让快乐时间长一点。”他说。

“这是你的人生态度。快说，啥事？”我有些着急。

“我在巴黎的培训成绩很优秀，公司十分欣赏，要调我去巴黎总部工作。”他说。

“啊？多长时间？”我感到有些措手不及。

“总部说时间不长，最多一年，要看总部安排。我这次回来，一是看你，二是移交一下工作。”他的表情没我那般惊讶。

“啥时走？”

“明天。”

“啊……”我的五脏六腑一下全被堵住，几乎喘不过气来。过了好一会，我才感到五脏六腑内的气有些流动，我掩饰着失落和忧伤，尽量轻描淡写说：“不会不回来了吧？”

“不会。”他说。

我一时说不出话，也不知说什么话。

“确会很快回来。”他说，语气肯定。

“你不在嘉洲时，我怎么办？”我鼻头一酸，啪嗒啪嗒开始掉泪。

“到那边后，我会常给你写信和打电话。”

“山长水远，电话和信有用吗？”

“思念，在山长水远里，会更绵延，更坚固。”

“什么事在你嘴里都会变甜。”我的泪水瀑布般哗哗流。

“我很快会回来。”他抽出面巾纸，替我拭去泪水。“为了这个离别前的约会，我花了很多心思，不仅精心打扮这个约会之处，也刻意打扮了自己。”他说。

我仔细望了一眼他的穿着，西装笔挺，头发烫成潇洒蓬松的波浪形，在这间充满温馨气氛的房间里，看起来很精神。

“去吃晚饭吧？”他抬腕看表。我毫无食欲，但还是随他下楼来到酒店中餐厅。餐厅很大很安静，只有一桌客人，像是酒店住客。他选了一张靠窗位，抬手招唤服务生。我望着他扣得整整齐齐的洁白的衬衣袖口,想起他第一次送我因塞车被堵在路上时、握着方向盘的手上扣得整整齐齐的衬衣袖口，再次涕泗横流。

“你再哭，我也要哭了。”他说，递过手帕纸。待我擦干泪后，他才点菜。他点了四菜一汤，两个人吃奢侈了一点。我喝了几勺汤后，眼泪不争气又流了出来。这餐饭我吃得很不是滋味，半小时便结账，剩下满桌珍肴，暴殄天物。

上楼时，米杰叫服务生送盆水果到客房。

母亲，回忆至此，我内心风云涌动，过去事仿如电影历历在目，泪水不知不觉流出，一阵肆意滂沱后，我内心感到轻松了些。抬眼望望闹钟，已过子夜。搁笔离桌，明晚再叙。

一九九三年十二月十二日，于嘉洲

信十一 美酒夜光杯

英子上生母书

母亲，那天，吃完晚餐后，我随米杰回到客房。他从酒柜拿出一瓶法国葡萄酒和两只高脚酒杯，往杯里倒满酒后，摇晃着紫红酒液，将其中一杯端到坐在沙发上的我面前。

“喝点。”他说。

我没酒量，迟疑一会才接过，在手里握了会，又放回茶几上。

“喝点，不醉人。”他言词恳切。

我的泪再次涌出。他用纸巾轻拭我面，又端杯到我唇边：“喝点，法国葡萄酒，香味浓郁，酒质甘醇，不醉人。”我望望杯，酒被盛在高脚玻璃杯里，像饮醉者的红唇。

“这一杯，为我们的相识干杯！”他先将自己那杯一饮而尽。

“又一杯，为我们的执手干杯！”他又灌满一杯，一饮而尽。

“再一杯，为你的美慧干杯！”他再灌满一杯，一饮而尽。

被他的蛊惑所动，我也喝了三杯。三杯下肚，我感到血液像赛跑一样加速，并向外散发热量，面部发烧，眼波快速迷离。“粉面桃花。”他望我一眼，旋开另一瓶酒的木塞，去酒柜拿袋花生和腰果，撕开口，边吃边喝那瓶红酒。

酒瓶见底时，他眼里跳动着火焰，走到我身边，拥我入怀耳语道：“肤如凝脂，眼如墨玉。”我的四肢不听使唤，软绵绵像在云雾里飘，但大脑却清醒，我从被惆怅塞得不透一丝缝的内心细若游丝吐出一句：“你走了，我怎么办？”

“我很快会回来。”他喃言，将唇压在我唇上，拥我入内室，室内弥漫淡香，像茉莉但更清幽。我躺在床上，枕在两个丰满而惬意叠加在一起的枕上，嗅着白床单、白被套散发出的洁净味，嗅着他身上让自己迷醉的气息，内心装满对眼前这个人的爱意。但当醉意的他俯身下来时，我仍然不由自主紧张，肌肉逐渐僵硬。他拿过床头柜上一枝鲜艳欲滴的玫瑰，在我眼前晃晃。“漂亮吧？”“漂亮。”“香吧？”“香。”他将花放回原处，唇抚我的颤栗，“放松，放松……”他耳语般呢喃。在他连串耳语里，我原本紧张僵硬的肌肉慢慢变得松弛……我闭上眼，感到不适，想用牙咬他的嘴，又怕伤及那个柔软之处，就扳过他结实的肩膀咬上去，将自己的紧张和不适转移到啮咬的力度上……我感到汗珠一颗颗掉落在我的眼、脸和唇上，咸咸的，如大海之泪，厚厚盐腌着我的记忆……

这一夜，除了不适和紧张我没有丝毫愉悦，但我忧伤地忍着，我知道明天他就要离开我……这一夜，我们没有入眠，躺着说了一夜话………

当晨曦透过窗帘照进房间时，他一跃坐起，尽管一夜无眠，他还是神采奕奕，从洗漱间出来后，他将留着一排咬痕的左肩袒露到我眼前。“比小豹子还厉害。”他说。我掀开被子准备起身，看到洁白床单上印着梅花图案，吓了一跳，忙盖上被子。他抱我吻了一口，电话唤来客房服务生，递给服务生五十块钱，烦请她将床单换洗干净。

他是上午十一点的飞机。收拾好行李后，他带我去一楼西餐厅吃早餐，然后退房。我一路陪他到机场。办好登机手续后，在安检门前，我站在黄线外望着他，嘱他早点回来。他盯着我，爱怜地说：“会的，一定会的。”

“真的？”我看着他的眼。

“真的！一定是真的！”他的眼眶红了。

我忍不住在大庭广众之下哭起来。

“不要哭，不要哭呀。”他退出安检门，站在我身边安慰我，直到最后一刻才恋恋不舍走进安检门。

望着他边走边回头的身影，我泪眼模糊。候机大厅人来人往，一个姑娘这样哭鼻子可不太雅观，我忙走到一个角落，掏出纸巾将泪水拭掉，涩着眼，走出候机大厅……母亲，我和他，就这样离别了。不知您在他乡，是否一切都好。今夜叙述至此，恭请您福安。英子叩禀。

一九九三年十二月十三日，于嘉洲

第二章

手足情

信十二

年已三十

佳骏与姊书

英子姊姊，亲密手足，近在咫尺，我却将内心话语录于书信，记下自己对你殷殷之心迹，记下你我相处的美好和睦。不期盼你的阅读，只是为弟的内心记录，怕被流逝的岁月冲淡了。

姊姊，今年你年已三十。

当你二十岁时，我觉得你那样年轻美丽，三十岁离你遥远且是个老年龄，但当三十瞬时而至时，我却一点不觉得你有多大变化。

时光如梭，我也不再是从前那个依偎着你哭的小男孩了。岁月这个雕塑师，将我变成了一个浓眉大眼，自认还算能干，性格爽快，做事干脆利落的英俊青年。我按父亲意愿，大学毕业即回家协助他打理兰家生意。兰家服饰经营至今，已颇具规模，这是父辈们的心血。我有个梦想，就是把它发展为集团公司。

姊姊，我俩虽同父异母，却手足情深。一个是手，一个是足，缺一不全。我们走在一起也和谐，我一米七八，比姊姊略高，但姊若穿高跟鞋，和我一样高。在街上碰到熟人，你总是自豪地介绍“这是我弟”，我的心在你的自豪里喜悦。

走在嘉洲大街上，我看到地上有片片枯叶，惊觉季节已入冬，我记起快到你生日了。你的生日在冬天，一个棵棵树木落尽叶子向天空伸展光秃秃枝丫、漫山遍野都弥漫着清冷覆盖着冰雪的日子。

满十生日，人们都要隆重庆祝。我想替你操办。在征询你的意见时，你说：“过一个生日老一岁，女性最怕听老这个字，有啥庆贺的？”你想一如既往悄然度过。但我却在内心执念此事。三十，生生不息，怎能无声无息？你为何如此说？生老病死平常事，每逢一个节日都要庆贺，那才叫乐观。

“你的心意，姊领了。以后吧！以后还有很多个。现在没心情。”你说。

“以后？没时间了。”我说。

“瞎扯！大把时间。你想出国呀？”你白我一眼。

“不是，是我要为自己的梦想开始忙碌了。”我说。

“我不太想。”你说。

“姊，依我这一次吧。”我请求。

“你如此执着，是为何？你为何一点不理解我？”你说。

“姊误会了。我理解你，你也要理解我呀。”我在你的嗔怪里一脸委屈，我不理你的拒绝，继续死皮赖脸游说：“不需你做任何事，你只需到场。就像你平时从办公室回家一样，你只需下班后到另一个地方。这么多年，你总不愿过生日，但这次不行。你如果不同意，我会很难受。”

“这么严重和委屈？”你有些吃惊。

“是的。”我说。

“理由呢？”

“不需理由。”

“我不想见人。”

“出现在你眼前的，都是你想见、心里不会排斥的人。”

“嗯？”你狐疑地看着我。

“你要好的朋友，我一清二楚。我要好的朋友，你也大多认识。对吧？”我说。

“是。”

“那你就一万个放心。”我说。我对邀请名单，已了然于心，连父亲都不在其中，因为我知父亲在场，气氛热烈不起来。你至今单身，急坏了他，父亲唠叨多了，你干脆就躲他。实际上，我也着急，但我不像父亲总是唠叨，我是悄悄地不断为你物色，被我认可配得上你的人，我才不动声色安排你们见面，当然不会告诉你是在替你牵线，只说是朋友聚会，否则你连去都不会去，但我经过多次努力，均无成效，你总心不在焉。

姊姊，弟弟对你的感情和照顾都尽心尽力，能做的，我都在极尽所能。这次，我如此诚恳，你若再拒，就是对我没有体谅。还好，你最终应承，但要求规模尽可能小。只要你答应，我啥条件都接受。至于什么形式，我暂时保密。到你生日那天，你只管来就行，顺便还可考察一下我这个操盘手是否善解你意。

二〇〇〇年十二月十八日，于嘉洲

信十三

生日快乐

佳骏与姊书

姊姊，我订下了嘉洲酒楼最好的包间凤仪厅。凤仪厅装修豪华雅致，内外套间。外间有沙发和电视，供早到客人闲聊。里间放着一张可坐十五人的大圆桌，桌上铺着奶黄色桌布，转盘上有篮娇艳欲滴的玫瑰，花叶上滚动着颗颗水珠，如晨曦露珠，在明亮的灯下，泛着晶莹光芒。

姊姊，这是我替你庆祝生日之处。

那天，你下班后直奔酒楼。一进凤仪厅，沙发上的一排客人像排练好般齐齐起身，异口同声喊："寿星婆万岁！"尔后一个个从背后拿出礼物递到你面前。你欣喜得"哎哟"了一声，接着叫了更大一声"美茵"。出你意料地站在你眼前的美茵，含笑给你一个拥抱。"啥时到的？好去接你。"你问。"佳骏去接了。"美茵说。你很高兴，接过大家的礼物，招呼所有人坐在桌边。姊姊，我没食言，只请了一桌，都是你想见愿见的，也请来了你最好的朋友，远在千里的美茵。

我招呼服务生上菜开酒。

姊姊你一脸乐呵，当场一一拆开礼物包装，“哇！哇！哇……”惊叹声不断。我知，那都是你喜欢之物，香水、丝巾、装饰品……质量优良且精致美丽。我神秘地说：“我的礼物，等你吹熄生日蜡烛许过愿后，才亮相。”

大家围桌坐好，我将大生日蛋糕放在桌中央。蛋糕设计得像棵小树，树上缀满寿桃。我在蛋糕上插上五颜六色小蜡烛，将蜡烛点燃后，要服务生灭灯。

微微烛光在黑暗里摇曳，静谧的屋里，像从海底升起仙乐般响起《祝你生日快乐》旋律。“姊姊，闭眼。吹蜡烛时，许个心愿。”我说。你依言合掌闭目。“这时许的心愿，十有八九能实现。”我说，同时在心里默默祈祷，祈祷姊姊一生平安吉祥，所有在座的人一生平安吉祥。

你一口气吹熄蜡烛，大家拍掌齐唱祝愿歌。当房间重新亮灯时，我从衣服口袋掏出一个中国红锦缎小盒。你接过盒子，打开一看，是条闪闪发亮的铂金项链，项链坠子是一朵小巧玲珑的翡翠玉兰花，雕工十分优良精巧。

“价格不菲吧？你开印钞厂了？”你说，略有嗔意。

“它是我的心意。”

“你的心意，我早知了。”

“姊姊，如我拥有全世界，我会把它送给你，但我力所不能及。姊姊，以前的日子，逝去如流水；以后的日子，从今天开始，幸福快乐！”我举杯。

“干杯！”大伙儿齐齐起身，将杯中酒一饮而尽。

我情绪很高，一杯接一杯给在座的人敬酒。我备了白酒、红酒和饮料。你和美茵都喜欢金黄色玉米汁，说装在高脚玻璃杯里，有暖暖的手感和味感。

酒酣话热时，我掏出一张纸，说为姊姊的生日涂鸦了一首诗。“写诗是业余爱好，不登大雅之堂，见笑了。”我说：“这首诗的题目叫《子夜迷醉》。”

在大家的掌声里，我站起身，展开手中的纸，清清嗓门朗读起来：

子夜迷醉

或许 这是最后一杯
玫瑰的花露
在子夜的迷醉里
当新年钟声敲响的时候
酒神微瞌双眸 筵席即要散场

我不知 我不知
是谁敲响新年悦耳的钟声
我只听见 在深深的幽谷里
落满我的祝福
我只看见 那个时刻
期盼 在黑夜里绽放
微笑 在青枝绿叶上璀璨

离别 浇灌下一次相聚

你我的相聚
是轮回里的一朵绚丽之花
花落　花开
花开　花落
是我对你最绵长的眷念

我一读完，你一把从我手里拿过那纸，细读了一遍，说："写得是好，但有些惆怅。"我说："写这诗时高兴，高兴过了头，可能会有些茫然。"你将纸折好，放进拎包，说要好好保存，这是最好的纪念品。

"吃！喝！开怀畅饮！"我鼓捣大家。大伙儿在温暖热闹得一塌糊涂的凤仪厅里，将满桌让人馋涎欲滴的菜吃得七七八八后，我说，下面还有活动，至于内容，大伙儿到场就知。

二〇〇〇年十二月二十一日深夜，于嘉洲

信十四

长巾飘起来

佳骏与姊书

姊姊，接下来安排的是一项游览活动。

在凤仪厅吃饱喝足后，我带大家来到嘉洲河边的码头。码头边停泊着一艘白色游艇，艇身上画着一条跃出水面的蓝海豚。“游艇是从船运公司租的，这个活动是夜游嘉洲河。”我一边指挥大家上游艇，一边说。大伙儿叽叽喳喳走上游艇，看到舱内桌上摆满水果、点心、花生瓜子等食品和饮料，还有麻将桌和牌桌、卡拉 OK，又是一阵欢呼。

待大伙在舱内坐好，游艇启动了。

月的清晖照耀着波光潋滟的河水，两岸璀璨的灯光七彩斑斓倒映在水面。透过舷窗，可欣赏远处山脉上隐约闪着银光的积雪。我拿起话筒唱了两首歌，又拿着摄像机，把每个人的表情、动作都记录下来。游艇在河上缓慢行驶，舱内欢声笑语，直至子夜十二点，有人困了，游艇才驶回码头。

姊姊，当你从游艇甲板跳上码头时，脖子上的长围巾像缎带一样飘起来，像夜空里的一抹彩虹，我将最后一个镜头留给了你这个动作。

“开心吗？”我问。

“非常开心。”你回望我一眼，脸上由衷笑着。姊姊，你笑起来很美。好久没见你这样笑了，今晚能见你这样笑，我很开心。天上月亮皎洁，河上微风醉人，河水潋滟得那么美……姊姊，人生路上，无论发生什么，都会有我在你身边。这时的我，站在嘉洲河边，心里暗暗这样说。

你站在码头上，谢了各位好友赏面光临。

我送你和远道而来的美茵到你住处。家有大宅，你不肯住，跑到“嘉洲阳光”小区买了一套三居室。送你到楼下，你要我回去。

“太晚了，楼道黑，我送你俩到家门口。”我说。

“以前你都只送到楼下，这次破例了？”你有点惊讶。

“是的。”我说。

“佳骏，姊姊觉得你这段日子比较执著。不过，你送上楼也好，这段时间，我常做噩梦。”

“在枕头下放把刀，或在枕头边放本《易经》，可驱逐梦魅。”

“哪来的方法？”

“道听途说。”我送你和美茵到门口，看着你们开门进屋。

“进来坐会儿。”你说。

“不坐了，你们好好休息。”我眼望美茵，问：“多住几天吧？”

“不，明天回去。”美茵摇头。

“佳骏这几天辛苦了，明天我送美茵去机场。”你说：“今天多喝了几杯，脑子有些朦胧。估计会有一个好梦。”

我向你俩道罢晚安，走下楼梯，走了几级，又折返对你说：“还记得我们小时候的滴血之盟吗？”

“没忘哩。”

“不忘，就好。再见。”我挥挥手，哼着歌儿，转身走下楼道。

亲爱的姊姊，你这个生日圆满快乐，大家欢喜，弟弟我甚感欣慰。

二〇〇〇年十二月二十一日，于嘉洲

信十五

吾弟佳骏

英子与美茵书

美茵如面。谢谢你远道而来，庆祝我的生日。你的来回机票，我弟佳骏坚持替你付，你说很不好意思。别放心上，那是应该的！你一直对佳骏赞不绝口，说他又帅又善解人意。我这个弟弟，哎……唯一的缺点，就是什么都好！好到有时我都觉得愧受。

我们姐弟感情自小就好。他从懂事起就开始照顾保护我，我们曾在深夜寒风凛冽的街头抱头痛哭……那些事，说来话长。

佳骏是我继母刘珍果的孩子。虽是母亲心头肉，但在母亲溺爱中长大的佳骏，对他母亲却有些惧怕。记得佳骏长到需拥有自己房间的年龄时，刘珍果问儿子喜欢哪间。佳骏说住姐姐隔壁。刘珍果说那是客房。佳骏说不妨事，只要住姐姐隔壁就行。刘珍果盯了儿子一眼，说她养了个白眼狼。

佳骏和我相邻而住后，常来我房间，和我说悄悄话。他告诉我，其实他一点都不喜欢和爸妈睡一个房间，他俩常吵架，有一次，他妈用手抓爸的脸，爸一巴掌把他妈从屋子这个角落打到对面角落。“他们以为我睡着了，其实我醒着，不敢出声。”我看着弟弟脸上的害怕，觉得他可怜，他不是什么都不懂的孩子，他把什么都看在眼里，只是不敢出声。我紧紧握住他的小手，说以后姊姊会保护他。

我的父亲和我的继母常吵架。以前关在卧室里吵，后来连家人都不避了。有年秋天的一个晚上，父亲吃过饭想看当天报纸，忽然瞥见客厅刚换不久的沙发上有几条粗黑印迹，他用窝火的声音说：“不当家，不知柴米油盐贵，只知在家里要吃要穿，这沙发花了五千块钱呀……不是自己挣的钱，不知爱惜。”

看到父亲发怒，佳骏走到我身边，小手有些颤抖地碰碰我，悄悄问五千块是多少钱。我说，是很多钱，爱琳的爸爸能挣一万元，是万元户，是有钱人，但爸爸能挣好多个一万元。爱琳是邻居老张的女儿，老张是在大街上摆摊的个体户。

“那些污渍是我用黑炭笔涂画的，能洗干净吗？”佳骏附身耳语。“很难。”我牵着佳骏的手，将他拉出家门，坐在花园椅子上，隔窗观望屋内。

“要发火就直接发，别指桑骂槐。”正在厨房的刘珍果冲到客厅，厉声说。

我有些诧异，以前父亲发火时，刘珍果一般不吱声，这次却这样不甘示弱。我不由竖起耳朵，继续聆听她充满火药味的尖利声音。“你在外面挣钱，你当家，有本事，我吃你的用你的，活该受气。”她喊。

“在家就应当好这个家。”父亲怒吼。

“我当得了家吗？”继母怒声。

他俩吼叫起来。我明白他俩表面上是因沙发污渍，实际却是由来已久的隔阂。刘珍果断定我父亲有外遇，但苦于没证据。这次，她好像要把憋闷的怨气全发泄出来般毫不让步吼道：“沙发印了几条污渍，你就心疼。要是有野女人泼瓶墨水在上面，你肯定会说是朵花，开得正好看，是吧？”

坐在客厅的爷爷奶奶互扫一眼，默不作声，一前一后上楼进了自己房间。佣人郑金银在厨房忙碌，对客厅发生的事充耳不闻。我坐在花园里，紧握弟弟微颤的手，看着繁星满天的夜空。

客厅里越吵越厉害。忽然，继母拿起茶几上的座机电话向地上砸去，如母夜叉般叫：“昨天才接到不出声的电话，一定是野女人的，这电话机看起来真让人讨厌，干脆砸烂算了。”

“爸爸有野女人吗？”佳骏嘴唇抖着问我。

“没有。你妈瞎猜。你妈是家庭妇女，生活空间小，心思都在琢磨爸爸份上了。”我说。

客厅里，父亲捡起话机放回原位，拨了拨，发现没电流声，骂了句“疯婆子”。继母的脸唇刹时青白，像只母虎跳起来，连珠炮般向父亲发出一串串恶词毒语……

看着母亲青白的脸和凌乱的发，在花园隔窗观战的佳骏脸色苍白，他挣脱我的手，跑进屋，“噔噔噔”上楼，哭脸央求爷爷奶奶去劝架，说要出人命了！爷爷奶奶见孙子恐惧得发抖，这才款款下楼。他们下到一楼，对看到的战况大吃一惊：媳妇正披头散发撕咬儿子，儿子一巴掌将媳妇打翻在地。

爷爷喝令儿子停手，说：“有什么事不能坐下谈？非要动手打人？这怎么都是不对的。”刘珍果倒在墙角哭泣，奶奶走过去将她扶起，说：“扬威没那事，如果真有，我们也绝对不许他离婚。”这倒是实话，爷爷奶奶不希望孙子孙女的母亲都是继母。

奶奶将刘珍果拉到沙发上坐下，带几分同病相怜的味，劝慰道："我们都是女人。做女人命苦，就得忍。男人挣钱养你，给你吃给你穿，就得知足。"

这时，父亲拿了件外套往门口走。

佳骏跑到父亲身边，声音哀戚问爸爸去哪。父亲和颜悦色拍拍佳骏的头，要佳骏快回房间睡觉，大人事和小孩无关。说罢，他头也不回离开了家。

"他走了，认输了。你也别哭了。两夫妻，牙哪有不咬到唇的？"奶奶劝慰刘珍果。刘珍果的哭声小起来，呜咽着断断续续说，她也想离家出去，但这么晚，回娘家的路远，她又没朋友。她边呜咽，边上楼回到自己房间。

二〇〇〇年十二月二十五日，于嘉洲

信十六

穿过黑夜

英子与美茵书

好友美茵，那天晚上十点时，我忽然发现我弟弟佳骏不见了，找遍楼上楼下，没见到。在父母的硝烟战火里，佳骏失踪了！

父亲离家出走，不会有人着急，他是成年人。但佳骏不见了，是大事，他还是个孩子。爷爷奶奶急得脸色惨白，刚才款款的态度瞬间烟消云散。

“你还站着发什么蠢！去！去把你弟给找回来！”继母披头散发冲下楼，对我声嘶力竭大喊。我看着继母血红的眼，不由感到恐惧。继母看我傻呆呆站着，又吼了起来：“你怎么还不走？……天要下雨了，要打雷了……兰家没一个好东西，都是吃人魔鬼……”我想，如果此时她手中有把刀，一定会挥刀砍过来。我的心“扑扑”乱跳，连想都没想，转身冲出家门，好像再晚一步，自己就会被吞进虎口。“英子，等等，我陪你去。”我听到郑婶在后面喊，但我没停下脚步，看了一眼蜿蜒流经门前、在夜色里像条朦胧白练向远方延伸的河水，在恐惧和慌乱里跌跌撞撞冲进了原野和山都与黑夜融为一体的茫茫夜色里。

我深一脚浅一脚走着。从居民窗户射出的点点灯光，像黑色旷野里孤零零的航标灯，远处偶尔传来几声吠声。我抬头看了一眼天空稀稀落落闪烁的星星，天既没下雨，也没响雷，继母怎么嚷说天下雨了打雷了？

“神经病！”我骂了一句。

可在这么一片黑夜里，该去哪寻找佳骏？这是一个寻常黑夜，对我而言，却是一个恐惧的黑夜。那些在图画书中看过的妖魔鬼怪，此刻都藏在这黑夜里。我感到害怕和无助，想转身回家，但一想到继母披头散发的困兽样，想到弟弟此时正不知在何方，我又给自己打气：“不能回去！一定要把佳骏找到。”

从我家到热闹街区，有一条寂静无人的小路。路很平坦，但因夜的黑和无人的静，让我生出极度恐惧。我忍住恐惧，奋力在那条路上快步奔走，一边走，一边在心里喊着佳骏的名……当我挣扎着奔走到路的尽头，看到一家商店还没打烊，灯光明亮，我紧张的心松弛下来。我三步并做两步，小跑到商店门口。商店门前有三三两两的人，还有两个看起来像小痞子的人。我四处睃巡，寻找弟弟身影，估摸弟弟也像自己一样，在穿过那条黑暗小路后，会停留在灯光明亮之处寻找安全感。

我在商店前来回走了一圈，忽然惊喜地看到了弟弟。他正傻呆呆坐在商店一侧台阶上，双手交叉抱在胸前，一脸恐惧。“佳骏！佳骏！”我冲过去，对黑夜的恐惧和担心找不到弟弟的焦急，瞬间消散，内心犹如走过黑夜见到光明般欢欣起来。

“姊姊。”佳骏站起身，一把抓住我。

他的手冰凉颤抖，我的泪不由“哗哗”直流，哽咽着说：“你怎么就一个人离家出走了呀？”佳骏也哭起来，说：“我想找爸爸，我怕爸爸再也不回家了。”

他扑到我怀里，我俩抱头痛哭。哭完后，我抹干泪水，说：“跟我回家。”佳骏“嗯”了一声，脚步延宕着没动。

“怎么啦？”“爸妈老吵架，我好怕。”“别怕，有姐在。”

佳骏还是没挪动脚步。我抬头望了一眼繁星满天的夜空，说心里话，我也怕，也不想回家，但不回家又能去哪里？“咱俩就在这里坐一夜吧。”佳骏摇摇我的手说。“坐在这里，又冷又饿，还有坏人。”我说。佳骏还是没移步。“爸只是和你妈吵架，但爸爸、你妈、爷爷、奶奶，他们对你都很好。要是你不回去，他们会急死的。”我说。

佳骏用衣袖擦擦眼，凝神片刻，像个小男子汉一样挺起胸，说：“姊姊，我不哭，我跟你回家。”起风了，我脱下外套给衣着单薄的佳骏套上。他说不冷。“冰凉的，还逞强？”我握握他的手，将他的手放进自己衣服口袋，带着他，再沿着那条幽黑小路走回家……

二〇〇〇年十二月二十六日，于嘉洲

信十七 滴血之盟

英子与美茵书

美茵呀，当我带着佳骏走进家门时，看到爷爷奶奶和刘珍果都坐在客厅沙发上大眼瞪小眼。奶奶看到佳骏，一下扑上来抱住，大呼小叫起来："命根子呀，小祖宗呀，以后千万不要一个人半夜跑出去，会要了我这条老命的，快用热水洗脸洗手，上床睡觉休息。"

我带佳骏洗完后，把他送进被窝，塞紧被角，嘱他做个好梦。我走进自己卧室，躺进被窝，却迟迟不能入睡，脑海走马灯般浮动着家里刚发生的事。我在床上辗转反侧，到稍有朦胧睡意时，我听到门上剥啄了一下，接着门开了，佳骏闪身进来，拉亮灯，站在我床前。

"怎么啦？"我看他脸潮红，鼻下挂着一串清鼻涕，坐起身伸手摸他的额头，滚烫滚烫。"发烧了。"我说。"我去叫爷爷。"

我掀开被子要下床。

“不啦，不想将这事告诉他们。”佳骏说，说罢躺进我被窝：“那房里黑，我怕。”

我开着灯，一直到翌日天亮。

天亮后，我带佳骏去医院，但摸摸口袋没钱。我去找郑婶借，郑婶问借钱做啥，我说有急用。郑婶掏出五十块，我谢了她，揣着五十块，带着弟弟坐车到了医院。

天气仍然冷，风也大。在医院，医生看着我俩，问得特别仔细，还问父母怎么没来。我说爸妈有事。医生写好处方，告诉我哪个窗口交钱，哪个窗口取药，又问我们知不知道回家的路，护士给佳骏打了一针，告诉我，佳骏的发烧和流清鼻涕，只是受了风寒，没啥大碍。

我拿着药离开医院。

回家后，我翻找家中柜子，希望找到一些钱。一无所获后，忽然想到邻居张叔叔曾对爷爷奶奶房里的两只花瓶赞不绝口。花瓶是爷爷奶奶至爱之物。大花瓶绘富贵呈祥国色天香图案，爷爷说是仿宋官窑。小花瓶的瓶身绘缠枝莲纹，掐丝精细，瓶口瓶底的红铜纹饰古色古香，爷爷说是清代乾隆年间的物品。

我悄悄溜进爷爷奶奶房间。房里没人，我看到花瓶放在紫檀木柜子里。我关上房门，搬张椅子垫脚，打开柜门，拿了一只小花瓶。我用布将花瓶裹好，拿到邻居张叔叔家。张叔将景泰蓝花瓶小心拿在手中，左看右看了好久，啧啧称赞完后，狐疑地看着我，问：“你要卖它？偷拿的？”“家里急着要钱。”我说。“多少钱？”“三百块。”我说，千叮嘱万叮嘱张叔不要声张。我拿着三百块回到家，还了郑金银五十，剩下的二百五十藏在枕头下，打算过两天带弟弟去医院复查。

晚上，我写作业时，父亲来到我房间，问我有没拿景泰蓝花瓶，说爷爷刚才打开柜子时看到少了一只，心脏病差点发作。我见父亲和颜悦色，就说了事情原委。父亲听后马上到邻居张叔家，用五百块钱把花瓶赎了回来。

父亲拿着花瓶来到我房间，关上门，问我知不知这花瓶值多少钱。我摇头。父亲要我猜。“五百”，我张开右手五根指头，在我心里五百是个大数字。

“不说也罢，说出来吓你一跳，它是你曾爷爷购置的。你这败家子，有这胆量！今天卖花瓶，明天是不是把房子也卖了？”父亲脸有愠色。

我心里知错，嘴上辩说是因急需钱带佳骏去看病。“这么大的事，你不告诉爷爷爸爸，自作主张，你为何要封闭自己？”怒气在父亲脸上蔓延。“我怕。”我嗫嚅着说。

“怕？”父亲满脸狐疑。

“你们老吵架。”我脆弱地看着父亲。我看到父亲的眼神和声音一下柔和下来。他叹口气，摸摸我的头，说：“没事，英子。”我明白他原谅了我，心里松口气。

“也不能这样算数，小漏不补，会酿成大祸。罚你抄二十遍课文，抄完才能睡觉。”父亲翻开桌上的语文课本，指着其中一篇短课文，说完便出去了。

我有些头昏脑涨坐在桌前，打开练习本开始抄，抄着抄着忽感到身边有人，转头一看，是佳骏。他悄悄走进来站在我身后。“我帮你。”他说。我俩协同奋战到深夜。

当我将抄好的作业交给父亲时，心里忐忑，怕他看出破绽。他翻翻字迹不一的两本练习本，和颜悦色说：“不错。记住以后有啥事，不要私自决定，要找爷爷和爸爸。”

我“嗯”了一声，回到自己房间。

屋内，佳骏睁着如受惊小鹿的眼望向我：“通过了？”“通过了。”“勾手指。”他挺挺小胸膛，伸出右手小手指。“勾手指。”我伸手。

“姊姊，你为我做的事，你对我的关心，我永远会铭记在心。”佳骏勾完手指，拿来一只小碗，往碗里注满凉开水，然后在抽屉找出一根粗缝衣针，往自己右手指上狠命一扎。“哎哟。”我仿佛感到针扎在自己手指上，叫了声：“你干啥？”佳骏用左手挤伤口，将挤出的一滴血滴进水碗，说：“你学我样，也扎一滴，滴在我的这滴上面。这叫滴血为盟。”

碗里的那滴血慢慢沉到底部，慢慢扩散。

我看着弟弟的举动，有些吃惊。弟弟在经过那次黑夜迷失的恐惧后，仿佛长大不少。“你从哪儿学的？”我问。“故事书里，那些江湖人物都这样做，生生死死，很讲义气。”他说。

我拿过针，在自己左手食指上扎出一滴血，滴在弟弟的血上。我俩的血融在一起。佳骏将溶着鲜血的半碗水喝完，将剩下的半碗递给我。我接过一饮而尽。

佳骏将空碗“啪”的一声扔碎在地上，拍着胸脯说：“姊姊，这辈子，我们有难同当，有福同享。”“谢谢佳骏，姊姊也如此。”我说。

那一年，我十岁，佳骏七岁。

二〇〇〇年十二月二十七日，于嘉洲

信十八

勇者胜

英子与美茵书

亲爱的美茵，我爷爷服装店的生意越来越好，但他的身体却慢慢衰弱，爷爷要把生意全权交给我父亲。但我父亲犹豫不决，说别人做个体是没工作，弄口饭吃，他有工作，总不能辞了工作吧。

我爷爷坐在沙发上，叼着烟枪，用温和沉稳的声音对我父亲说：“你爷爷白手起家，做下这份家业。没有你爷爷做下的家业，你能住这么大房子？不过不勉强，你只在工作八小时外来帮忙，熟悉一下业务就行。”

我父亲脸皮薄，就是八小时外也不敢站在店铺里，怕被熟人撞见。或许是我父亲遗传了兰家的商业细胞，做了一段时间后，很是得心应手。他眼光敏锐，从沿海城市进时髦款式成衣和漂亮布料，在嘉洲市卖，兼营服装加工，赚了不少钱。在我爷爷腿脚不灵便后，父亲已克服脸皮薄怕撞见熟人的心理，索性辞掉公职，专事兰氏服饰店。

家里不愁钱用，我每天打扮得如花蝴蝶，在学校多是蓝衣灰裤的女生里很扎眼。课间休息时，她们都躲我，不和我玩。有一天课间休息时，一个男生和两个蓝衣灰裤的女生嘀咕一阵后，男生狡黠一笑，跑到教室走廊上，对着大开的窗，向正在教室里三三两两嬉闹的同学大声说：“同学们，告诉你们一个消息，我爸说的。我爸说，个体户就是暴发户，暴发户就是剥削别人的人，就是没文化找不到工作的小痞子。我们班上有没文化的暴发户。”

独坐在座位上的我，脸刷地红了。我知道男生的话是冲我放的，但他没指名道姓，我也不能说啥。小男生见我不吱声，更加得意忘形起劲大喊：“兰英子，暴发户，没文化！暴发户，没文化，兰英子！……”我狠盯了一眼小男生，泪“刷”地一下涌出眼眶。小男生得意地“喳——喳——喳……”狂笑着跑开，边跑边喊：“暴发户，小痞子……”

我的脑子乱糟糟，想去老师办公室找班主任，刚站起身，就听到窗外有人大声说：“你胡说！你欺负人。我爸才不是暴发户，我爸有文化，懂很多东西，我家里的书堆满了书柜。”

我一看，是弟弟佳骏。佳骏和我在同一所小学不同年级念书。

“就是，就是，暴发户，暴发户，小痞子，小痞子……”男生见有人应战，且是一个比自己矮半个头的小男生，斗志昂扬起来，像只骄傲的公鸡涨红着脸。

“你乱说！你乱说！”佳骏的两只小手捏成了拳头。

“我知道的东西多着哩，你爸不仅是暴发户，你爷爷还是资本家，知道吗？资本家，像粪坑里的屎尿一样臭。”男生装模作样捏着鼻子。

佳骏二话没说，冲着比自己高半个头的男生猛扑，一下将男生扑倒在地。两人在地上扭打起来，男生虽比佳骏高，力气比佳骏大，但就是被佳骏死压在地上，也不知佳骏哪来那么大力气。佳骏的拳头、牙齿，凡能用上的武器都用上了。男生招架不住，大哭起来。

闻讯赶来的老师将两个滚在地上的人拖开。

男生躺在地上号啕大哭，满脸满身的泥土和灰，鼻子还流了血，手臂上有排牙齿印，一缕头发被揪掉了。佳骏也挂了彩。

放学后，我和佳骏一起回家。我说："弟，以后不要打架了，把别人打伤了，家里还得赔医药费。姊受点委屈没关系。""看那坏东西欺负你，我就气得要死。赔点钱有啥关系，要紧的是要让他知道我们的厉害。"佳骏脸涨红，愤怒的火苗一蹿一蹿。"别生气了。他比你高半个头，力气比你大。我怕你吃亏。"我说。

"姊，你是女的，怕惹事。我是男的，不怕。我就是要打他，死命打。"佳骏说。"你哪来那么大力气？把他打得一败涂地。"我问。"我拼了命。拼命的人，吃奶的力气都使得出来。我不要命了，他就怕了。"佳骏握着拳头说。

我很担心佳骏遭报复，没想到后来佳骏和那男生成了朋友。佳骏自豪地告诉我："不打不相识。我和他成了哥们，我托他在班上照顾你。你甭担心，以后学校里不会有人再欺负你了。"自那以后，学校里果真没人敢欺负我，就是嫉妒心强的女生，也不敢在背后说是道非。

佳骏的小学和中学，都和我念同一所学校。他晚我三年入学，为了能和我同步，他拼命读书，在小学跳了一级。佳骏的大学也是和我在同一座城市念的。融洽的手足之情，就这样让我和弟弟，义无反顾互相照应和关怀。多年已过，我从没忘记佳骏为我打架的拼命样。

慧友美茵，英子絮叨如斯，见谅。你我多年至交，情如姊妹，有空来嘉洲。顺祝懿安。英子手书。

二〇〇〇年十二月二十八日，于嘉洲

信十九 梦见

英子上生母书

母亲，英子念您切切。

今天，是2000年最后一天，我睡到上午十一点。再过十余小时，新年钟声就要敲响，日历即将掀开新页。在新旧交替之际，母亲，我特别想跟您聊聊佳骏。佳骏虽与我是异母姊弟，却与我特别要好。

女儿昨夜的睡眠，一夜是梦，梦境零乱，彼此无关，不过临醒时，却有一个完整而清晰的梦。

我梦到了佳骏！

这是我生平第一次梦到佳骏，我虽和佳骏朝夕相处二十多年，从不曾梦见过他。昨夜梦到他时，梦境奇特，醒后记忆犹新。

我梦见，我和佳骏在一个叫不出名的地方不期而遇，彼此都惊喜高兴。佳骏要我跟他走。“去哪？”我问。

“一个地方。”他说。

“什么地方？”

“到了你自然就知。”他像拉小妹的手一样拉着我。

我随他行走在晨曦弥漫的路上，周围是原野鲜花，还有青草杨树，空气清新。

不远处有个城镇，清一色粉墙黛瓦，像幅古老的木刻画。城镇刚从瞌睡中醒来，在晨曦里伸着懒腰，几缕炊烟从住家青瓦屋顶缝里袅袅升起，偶尔能听到几声狗吠鸡鸣。“是去那个地方吗？”我指着前方小巧玲珑、干净整齐的城镇。

“是的。”

“去做啥？”我觉得城镇熟悉，却想不起在哪见过。

“到了你自然就知。”佳骏一副成竹在胸的口吻。

清晨让人很愉快。那个城镇看起来近，走起来却远。走着走着，我感到脚有些酸痛发软。佳骏去附近灌木丛折了根木棍，给我当拐杖。

“我们这样盲目行走，有何意义？”我停下脚步。

“没有盲目。我们的任何事都不会盲目，等下你就会明白。”佳骏不急不躁。

我信了佳骏，克服疲劳，鼓足干劲，继续随他前行。

终于到了那个城镇，近在咫尺的房屋和街道在我眼中很熟悉，但我确乎没来过这里。“你当然熟悉。我也熟悉。”佳骏说。

“你来过？”我问。“是的。”佳骏很肯定。

“啥时？”我一头雾水。“过去。”

“过去？”“是的，过去。你也来过。只是你记不得了。”佳骏说。

我觉得佳骏有些奇怪。

“你在这个城镇走过一遭。”佳骏语气肯定。

晨光安宁地照耀着大地，广袤原野只有这一个城镇，它看起来很美，很寂静，屋顶炊烟袅袅升腾，东家鸡鸣两下，西家狗吠三声，却不闻人语不见人影。

佳骏带我走到一栋深宅大院前。

院门敞开，却寂无人迹。我随佳骏走进大门，来到院子天井边一间小屋。屋内放着古老的红木床、红木桌、红木柜和红木椅。“记得这里吗？”佳骏问。

我摇头：“不记得。”又茫然：“不过，觉得眼熟。”

“很多年前，你是这栋大宅里的小姐。我是个外乡客，飘泊至此，饥寒交迫，倒在你家门前。你将我扶进这屋，端来热食，送我厚衣，赠我银两。为了报答那饭、那衣、那钱，我找了你很多年。”佳骏说。

我愕然。

“你曾在这里住过，故似曾相识。你只是记不得了。因为你去过的地方很多，住过的房子很多。”佳骏的声音像来自遥远的太空。

我仍惘然。

“我们每个人，去过的地方都很多，住过的房子都很多。我也是。但我始终记得你送的那饭、那衣和那钱。”佳骏的语调很有些不舍：“现在，我要走了。但我愧疚，没能照顾好你。”

“你要去哪？”我问。

“去该去的地方。”佳骏说。

我看着佳骏，忽然觉得他像个虚无缥缈的梦幻，他的话也像虚无缥缈的梦幻飘在我耳边。“我本就是一个梦。”佳骏露出孩子般的笑：“梦醒后，一切皆空。姊姊，我要走了。我在光明时刻来到你身边，在黑暗时刻离开你身边。”

“你能否不走？我舍不得。”

“每个人都有自己的路要走。姊姊，我在你身边停留了一段时间，现在要继续去走自己的路。我们还会再见。”佳骏笑笑，转瞬就消失了。

“佳骏——佳骏——”我四顾无人，大声喊着……

我在叫声中醒来，发现自己躺在床上。卧室很静，透进窗帘的阳光告诉我此时已快到中午。我很恍惚，一动不动躺着，回味着梦境，心中有种非常陌生和非常虚幻之感。

“佳骏怎么会变得像一个梦？就是在梦里，也觉得他只是一个梦。佳骏怎么变成了一个梦里的梦？……”我品尝着梦之虚幻，凄凉之感不由涌上心头：“一个人变成了自己的一个梦，原来就是这种感觉。”

一个人变成了自己的一个梦，在梦里让自己流泪和恍惚，一旦太阳照进窗棂，梦就会荡然无存。我用手摸摸枕头，枕上湿透一片。我一骨碌起身，拉开窗帘，让冬日阳光照进房间。我在夜间的恍惚，也在阳光的照耀下消融。

二〇〇〇年十二月三十一日，于嘉洲

信二十 冬季的想念

英子上生母书

母亲，两天后，我接到了弟媳电话。

弟媳说，佳骏两天没回家了，他从没有过离家两天不打招呼的记录，他的手机关机，不知姊姊知否他在何处。我当然不知，我正打算给佳骏电话，约请他和弟媳吃新年的开年饭。我安慰焦虑的弟媳，说佳骏可能是生意上有急事，没来得及打招呼。“他从不这样。”弟媳“哇”的一声哭起来。

“不会有事的，我去找他。”我挂断弟媳电话，马上给父亲电话，问佳骏有否去他那。“没有，出啥事了？”父亲问。

“没有。”我暂时不想告诉父亲弟弟失踪之事，想等消息明朗后再说。

我放下电话，猜测弟弟的去处。我想，或许是他玩心重，不想让弟媳知道行踪。我搜肠刮肚想着佳骏能去之处，电话找遍自已所认识的佳骏的朋友，都无消息。我开始发慌，心想，好好的一个人，怎么就人间蒸发了呢?

下一步怎么办? “到街上去瞎扑腾一下，兴许能找到蛛丝马迹。”我想。

想妥后，我穿上一件红白相间的羊毛厚长褛，漫无目标走上街头，就像我十岁时，一个人在漆黑之夜穿过幽暗小路去寻找佳骏一样。我相信，这一次，只要穿过黑暗，我同样能找到佳骏。

今年嘉洲的冬较往年寒冷，秋叶还没完全凋零，冷风已遍地刮起。嘉洲冬天零度以下的日子不多，会下雪。前几天下了一场雪，雪花飘落在地，被行人一踩，化为污泥，那些留在树上的仍保留着洁白，但被人一摇，也纷纷扬扬往下坠。

下雪的日子不冷，下雪的日子很明亮。这明亮却无法安抚我内心的焦急。前后左右都是人，是房子，我该去哪？雪把嘉洲大街小巷装饰得洁白明亮，时不时有年轻的情侣在街上嬉笑，但这一切离我很遥远，此时我只有一个念头，就是找到佳骏。

我满街走，四处看，放下矜持和自尊，手拿佳骏照片，逢人便问有没见过这个浓眉大眼的青年。我满怀期盼，却没丝毫收获。

我绞尽脑汁，却一筹莫展。情急之下，我想到香火旺盛的净慈寺。我是个无神论者，在兵临城下无计可施时，我想，不管有没神佛，去求一求总没坏处。我搭出租车来到净慈寺。不是节假日，天气也冷，寺里香客不多，寺院很寂静，庭院里浮动着清甜的檀香味。

我在佛前燃香膜拜，求佛保佑佳骏。焚香顶礼后，又掏出五百块钱放进大雄宝殿的功德箱。求完菩萨拜完佛，我心情落寞走到放生池边。池中有个小喷泉，清澈的池底落满硬币。我掏出身上的硬币全部丢进池子。我望着池里的乌龟，想自己是不是太市侩了一点，临急才来抱佛脚。

我在池边呆站了一会就离开了寺庙，随意在街上瞎走。走着走着，看到路旁有家公园，过去我常路过都熟视无睹，这次却鬼使神差走了进去。

公园售票员是个穿蓝衣的男子，问我买几张票。我说一张。售票员撕票给我，附带说了句没任何感情起伏的话："下雪，路滑，不太好走，你一个人要小心。"

我说声谢谢，望望售票员。售票员个子矮小，身子和脸都瘦削，眼神和他衣服颜色一样，有些忧郁。我走进园门。进门处有个湖，湖中有个小亭，一条小石径蜿蜒通向小亭，像缩微的西湖苏堤。湖中小亭顶上完好无损覆盖着白雪，两只麻雀在附近雪地里一跳一跃觅食，像两个黑点在飞舞。

我在湖边长椅上坐下。椅子置于一棵枝叶茂盛的大树下，雪都落在树枝上了，椅子便显得干净清爽。公园里只有我一人，我的心在茫茫白雪里寂静下来。我解开鞋带，放松酸痛的脚趾，这时，吹来一股冷风，湖面荡起一阵涟漪，我的心思全在佳骏身上，身体感觉不到寒意。

我坐着，脑里白茫茫一片。我将弟弟送给自己的生日礼物，那串"翡翠玉兰"铂金项链握在手里，质地优良的玉兰花形玉坠，细腻而温润。

坐了一会，我感到有倦意袭来，眼皮不由沉重起来……"姐姐，这里不能睡觉。"忽然，有人在我耳边说话。我睁眼一看，是个小女孩。小女孩裹着厚白色羽绒服，胭脂红衣领将脸蛋衬托得粉嫩娇艳。小女孩见我睁开眼，说："姐姐，这里太冷，睡着了会受寒。"

我笑笑，坐直身子。"姐姐，你脸好红，发烧了？"小女孩问。

“没。”我摇头，站起身，谢了女孩，往公园门口走。

小女孩在后面叫住我，手里晃动着一张粉色小纸片，说：“姐姐，这里有张电影票，很好看的电影，你去吧。”

我哪有心思看电影，婉谢了小女孩。“去吧。影院在附近，比公园暖多了。你又累又冷，还不如去影院里暖和暖和。”小女孩说。

我这时才感觉到自己手脚冰冷。

“还可在影院里睡一觉。”小女孩说：“昨晚下了雪，今天我和爷爷来公园赏雪景。”我看到不远处有个老者在踱步。老者个子很高，精神矍铄。我接过票，谢了小女孩，走出公园。

果如小女孩所言，影院就在附近。观众坐满了三分之二。我进场时，影片已开始，是部惊悚片。我在导位员带领下按号就座。影院比外面温暖许多，我坐着坐着，脑子开始迷糊，似睡非睡地看着不断变幻的银幕画面……

“姑娘，电影散场了。”不知过了多久，迷糊中的我被人摇醒。我睁眼一看，是工作人员，再一看，放映厅里灯光通明，观众走光了，只剩我一人。

我连说不好意思，忙站起身，离开影院。

走在熙熙攘攘的大街上，我记起不知所踪的佳骏。我朝佳骏家走去，想和弟媳商量个主意。没走多久，我看到那个送我电影票的小女孩，正牵着她爷爷的手走在我前面。我过去和他们打招呼。“姐姐，看完电影了？”小女孩问。“嗯。”我点头。

“好看吗？”“好看。”我不好意思说自己睡觉了。

“爷爷和我正要回家去。”

“你们住哪？”“那边。”小女孩往前一指。

“哪边？”“和姐姐同一个方向。”

小女孩的爷爷忽然开声说："姑娘，你面上忧色很重。我给你看个相吧，三十块钱就行了，不给钱也可以。"

我不置可否。

老者说："姑娘，你在找人吧。"我停下脚步，惊奇地看着老者，想老者还真有些本事。"别找了，回去吧。回去等，会等到的。"老者说。

"为啥？"我满心焦虑。"别问为啥，回去等。"老者说。

我以为老者想要钱，就掏出三十块，想这正好是那张电影票钱。

"我孙女看你很焦虑，给你电影票，是让你去影院休息一下。姑娘，这钱不是电影票的钱，是给你看相的钱……还是那句话，别找了，回去等。"老者说。

小女孩不客气地接过钱，朝我嫣然一笑。爷孙俩撇下我，自顾自朝前走去。

我觉得老者的话在理，这样瞎找，怎找得到？还不如回去等，生死祸福，自有定数。我不想去找弟媳了，说不定待会佳骏就会满面笑容地出现在我眼前。

回去的路上，我细细琢磨着老者的话。想着想着，我心里忽然"咯噔"一下，一种不祥之感涌上心头。"难道……"我的心狂跳起来……我深吸一口气，让空气中的寒意驱赶心中的惧意。

二〇〇一年一月三日，于嘉洲

信二十一 佳骏迷醉在子夜

英子上生母书

亲爱的母亲呀，我回到家不到一小时，就接到城市交通警察的电话，问我认不认识驾驶嘉 A–00892 车牌号的司机。这个汽车牌号我太熟悉，是佳骏的车牌号。“你到嘉洲医院急救室来一下。”交警说。

“发生了什么事？”我懵了。“你来就知道了。”交警说罢挂了电话。

我急匆匆赶去医院。急救室里，一位交警正在询问医生，并做记录。交警问明我的身份后，告诉我，嘉 A–00892 车翻进了深涧，司机重伤，被人送进医院后，抢救无效，现已死亡，他们在死者口袋里找到了一张我的名片。

“什么时候的事？”我的心脏像突然被一个坚硬的铁罩罩住了般窒息，勉强问出一句。“新年元旦之夜三点左右。”交警说。

黑夜三点，最黑暗的时辰，佳骏怎还会在路上？

“他现在哪？”我强撑。“太平间。”

我视线模糊，一路踉跄来到医院太平间。以前我害怕太平间，经过时都绕道走，觉得那里阴冷。但这次我完全不怕，我在堆满尸体的屋里穿梭，找到佳骏后，掀开他脸上的白布。我看到他表情安详，如果不是脸色青白，身体冰凉，我一定以为他只是睡觉了。

在亲眼目睹佳骏躺在太平间的这个时刻，我反倒镇定下来。我平静地给父亲和弟媳电话，要他们来嘉洲医院。父亲问，是不是我病了。我说，你们过来，就知道了。

二十多分钟后，兰家人齐聚医院。

摸着几天前还生龙活虎的儿子冰凉的身体，刘珍果“啊——”了一声，就昏倒在地。我父亲镇定一些，但脸上的哀痛让我不忍目睹。

我没有哭，我不知自己为何如此镇定。我看着哀哭的弟媳，弟媳因没生孩子，看起来很年轻。佳骏大学一毕业就结了婚，但一直没要孩子，说正是做事业时，晚些要也不迟。兰家的规矩到了佳骏这一辈已开始破败，佳骏的妻子不需再辞职做家庭主妇，可以做职业女性了。

我走到弟媳身旁，掏出手帕拭去她的泪，说：“等后事办完后，你回娘家去住一段时间，心情好些后再回来。”弟媳眼睛红肿着点点头。

弟媳和弟弟大学同学。佳骏的恋情对我从不保密。我不仅做过他的恋爱参谋，还知他爱情故事的细枝末节。佳骏告诉我，他进大学上第一堂课时，无意间抬起头，看到前排坐着一个清汤挂面女生，女生恰好回头，对佳骏嫣然一笑，两人四目相对，开始谈起恋爱。当佳骏第一次将女生带给我看时，她甜叫了我一声“姐姐”。“真漂亮。”我赞了一句，心里却觉得她的笑有点异样。异在哪里？在她离开后，我静心琢磨，想了好久，才悟到那女生的笑里有些苦相。

我没将这种感觉告诉弟弟，觉得可能是自己敏感，况且这也不能说明什么。但此时，我看着弟媳，弟媳笑时有苦相，哭时也有苦相，怎么哭和笑都会这样？

我叹息一声，开始安慰家人，帮助父亲料理佳骏的后事。

当佳骏停灵在树木葱茏、庭院宽敞、建得像公园的嘉洲殡仪馆，举行遗体告别仪式时，继母和弟媳哭得要人搀扶，我吩咐人把她俩扶进休息室，让她们不要参加最后的告别。

哀乐响起，送别的人排队一个一个走过灵前。“这是最后的见面吗？”我站在棺木边，看着花丛中的佳骏。化过妆的佳骏脸色红润，眼睛安详瞌着，嘴角浮着微笑。“佳骏，姊姊穿过黑暗的小路，找到你了。可你怎么不会如姊姊十岁时穿过黑暗小路找到你时那样扑到姊姊怀里呢？你怎么闭眼呢？你怎么不说话呢？”我望着佳骏，心里感到疑惑。

弟媳说那晚佳骏去送一个客户，回来时出的车祸，我觉得自己是罪人，没有尽到做姊姊的责任，我为什么不劝佳骏不要那么拼命工作？不要把自己弄得那么累？我不知自己怎样才能赎罪，又或者根本不可能赎罪，佳骏现在这样不理睬我，他怎么不理我了哩？……我忽然感到巨大的悲痛排山倒海压来，感到有如榨汁机飞速旋转的锋利刀片在切割内心，眼前金星飞舞，模糊一片，一头倒在地上……

二〇〇一年一月四日，于嘉洲

信二十二 不思量

英子上生母书

母亲，兰家老宅，您一定没忘。

当我醒来时，发现自己躺在兰家老宅一间屋里，那是我童年睡过的房。那时，我睡这间，佳骏睡隔壁那间……我感到头痛腰酸，躺了好一会才起床下楼。客厅没人，整座宅子静悄悄。我有些虚脱，四肢无力，就坐在沙发上发呆，坐了半小时才看到郑金银一脸默然，提着一篮菜进门。

“我爸呢？”我声若游丝。郑金银用嘴向我父亲卧室方向努努。

我轻推开父亲卧室门，看到他像雕塑一样背对门坐着。“爸。”我唤了一声。那身影一动不动。我从凝固的背影里看到了无尽哀伤，我悄然掩上门，回到自己卧室，躺在床上，眼泪无声无息流着，直到再一次迷迷糊糊睡去……

我在家住着。白天陪父亲去门前小河畔散步，看河水汩汩流动，晚上陪他坐到深夜……彼此，静默无言。

兰家老宅外表仍然如故，屋后青山春去秋来，花枯草荣，门前河水永不停歇流向远方。兰家三米高墙内，却悲风惨惨，哀伤绵绵……

佳骏走后，家里人都发生了变化。

父亲头发一夜之间全白，寡言少语，记忆差了很多。刘珍果整日阴沉着脸，家务全丢给郑婶，一天说不上几句话，即使说话也颠三倒四。她常独坐在佳骏房里，将佳骏照片拿在手里看半天。当她坐在佳骏房中时，她不许任何人进来，吃饭时如不叫她，她连吃饭都会忘记。

有一天，全家人正围桌吃饭，刘珍果忽然说：“你们不要打扰他，他昨晚工作太晚，太累。你们让他多睡会儿，不要打扰他，不要进他的房间……”她脸色苍白，眼光像一个不会打字的人快速急切乱按键盘时在电脑屏幕上出现的乱码。接着她声嘶力竭叫起来：“我要守护他，你们不要打扰他……”叫着叫着，她的脸出现了笑容。

那笑容，把桌边人都吓了一跳。

郑金银像见到鬼般声音有点颤抖说：“太太是不是精神出了毛病？”刘珍果盯了郑婶一眼，收起笑容，将面前一碗已喝了一半的汤泼到郑婶身上，表情狰狞说：“瞎扯，打嘴，我好好的。”

父亲放下饭碗，一言不发，离席而去。

我也失了胃口，起身回到卧室，躺在床上开始流泪。在一条手帕湿透后，心情稍有好转，脑中开始有了记忆，能记起佳骏临离开前的所言所行。我细细琢磨，不由恍然大悟，佳骏那样执拗为我操办三十岁生日宴席，他说“以后没有时间了”，以及他写的《子夜迷醉》，原来都是在和我进行有意无意的告别。

我拿出佳骏写的诗，读起来。

“我不知 我不知 / 是谁敲响新年悦耳的钟声 / 我只听见 在深深的幽谷里 / 落满我的祝福 / 我只看见 那个时刻 / 期盼 在黑夜里绽放 / 微笑 在青枝绿叶上璀璨”

“离别 浇灌下一次相聚 / 你我的相聚 / 是轮回里的一朵绚丽之花 / 花落 花开 / 花开 花落 / 是我对你最绵长的眷念”

“怎么越读越像谶言？”我哭起来。

“花落 花开 / 花开 花落 / 是我对你最绵长的眷念……”

我涕泗交流，纸张被泪水浸透，诗句已刻进心里，佳骏送的铂金项链的翡翠玉兰坠子滑溜溜的，我分辨不清是汗水还是泪花……原来，所有这一切，都是有缘由的。这缘由，连佳骏自己也蒙在鼓里，他只是不自觉在通过各种方式和我告别。我又想起那个梦，是什么力量，要让我去体悟人生真相，去触摸手足情深的心灵感应？

我忽然想起在公园里遇到送我电影票的小女孩，和给我看相的老人，想起他们的话……我心里生出一种强烈愿望，想再见到爷孙俩，寻找许多事情的答案。我心里有太多悲伤和难受，有太多空洞和痛苦，我需要答案。

我来到那个公园，坐在原来邂逅一老一少的长椅上。我坐了一上午，没遇到他们，我又走遍整个公园，仔细辨认游园的人，也没任何收获。

第二天、第三天……我如法炮制。

我在公园守株待兔了一个月，都竹篮打水一场空。

母亲，我对佳骏的忆念是如此深切浓厚，以至于我，几乎要封闭自己，断绝外缘，只将内心之语，向无法投递的您倾诉。倾诉，倾诉……是我此时最好的解药。

二〇〇一年三月十二日，于嘉洲

第三章

初恋的悔

信二十三 午夜孤寂

英子上生母书

亲爱的母亲，佳骏离开我一年多后，我的内心才渐渐平静下来。

平静下来的我，内心仍然荒芜。有一天，当我坐在办公室发呆时，收发室阿姨将一封厚厚的信递给我。这是一封来自法国的航空信，蓝天白云的信封让人赏心悦目，我却想不起自己在法国有朋友。现代人通讯多用电邮，这封信却用墨水笔写在信纸上。

研究了一会，我拿出剪刀剪开封口，抽出信纸。信很长，十页，先看信尾签名，落款“米杰”。这个名字映入眼帘，让我有些恍惚。我放下信，靠着椅背想了一阵，才全然想起和这个名字的联系，想起这个名字曾给自己带来的喜怒哀乐。

我喝口水，闭目养了下神才展信阅读。

米杰在信中说对不起，请求我原谅，说他见到佳骏后才知我情况，之所以现在才写这信，是因为知他没资格请求原谅，但还是要请求。他说他对佳骏的行为毫不计较，那是他的辜负之应得。不！这样写信，还远不够，他要来嘉洲，向我忏悔……

我平静咀嚼着信中文字，对“见到佳骏”“对佳骏的行为毫不计较”感到疑惑。我和米杰之事，没对佳骏说过，佳骏生前也只是和米杰认识，没有交往，他俩怎会牵扯？我在脑海不断搜索能将他俩连在一起的线索，但没理出一点头绪。

正当我头绪纷乱时，父亲打来电话。

“你两个月没回家了。”他说。我搪塞父亲说，这段时间太忙。我在陈述理由时，感到愧疚，其实我不忙，只是不想回家，这是我自佳骏离世后的心情。

“你老吃外卖不好，多回家吃饭。”父亲说。

“忙完就回去。”我嗅到父亲话里的期盼，仍硬起心肠说。

放下话筒后，我随手将米杰的信丢进抽屉。做完案头工作，已到下班时间。我收拾好桌面，落寞地离开办公室。走在人来人往、车水马龙的街上，肚子“咕咕”响了几下，我来到附近一家面汤鲜美的面馆，选个靠窗位，饱吃了一大碗。

走出面馆，店里弥漫的热烘烘的调料味也沾着我的衣服，随之飘到大街上。我来到一家装修得古色古香的美容院，躺在美容床上。给我洗脸做面膜的姑娘，十分轻柔在我脸上敷上一层加冰面膜，让我的面部肌肤透心凉，也透心舒适。

做完面部护理，我去理发店修剪头发。年轻的理发师傅棕黄色的头发像炸弹爆炸般向四面八方飞舞，小师傅手脚利索，三下五除二，就将我两月没修饰的头发修理得既有型又好看。

从理发店出来，已是晚上十一点，我往自己在嘉洲阳光小区的家走去。走进家门，大开窗子，让新鲜空气进来，换上家居服和拖鞋，打开电脑查电邮，看到有两封广告信，被系统自动丢进了垃圾箱，我清空垃圾箱，浏览了一下新闻。

做完这些后，我感到困倦，连打了几个呵欠。我关掉电脑，搬张躺椅到阳台上，看着晾衣杆上在夜风里飘动的衣服，我感到内心被阵阵孤寂袭击。但我不想回家，也不想找人聊天，我知道无论回家，还是找人聊天，都无法拔除和安慰自己内心的寂寞凄凉。

嘉洲夜景很美，璀璨灯光在黑夜连成灯海，车流像绸带延伸。我起身取来 MP3，只听了一首歌，眼皮便开始打架，我知道自己想睡了，回到屋里，掩上窗帘，和衣倒头便躺在沙发软乎乎的抱枕里。没想到，当我躺进抱枕时，睡意却莫名其妙跑了。但我又不想起身，就那样躺着，睁眼看着亮堂堂的天花板，看着将黑暗遮挡于外的厚重窗帘。

远处，传来几声野猫的嚎叫。

失眠的我，浮想联翩。我想到佳骏，想到今天收到的信。信虽被扔进乱纸堆，但记忆却被那信唤醒，与写信者有关的事，在此时陆陆续续浮出，好像冥冥中有一只手在我记忆仓库的底层，特地将它挑拣出来……

逝去的悲伤，仍然是悲伤。我的眼泪不争气地流了出来。

我的哭声很清晰，肯定传到了隔壁邻居家，但夜仍寂静。或许邻居听到这种深夜啼哭，辨别不了来自何处，就只在自家床上静听，如果有功夫的话还琢磨一下，或许就在哭声里沉入他们自己的梦乡。

深夜的孤寂，在此时深而又深地袭来……它让我的悲伤越堆越高越积越厚。在悲伤的叠加里，我的内心忽然萌生了一个可怕的念头。我看着窗外，心想，只要开窗伸脚一迈就可实现……但很快，我意识到这念头的怪异和可怕，意识到不能再这样叠加悲伤孤寂。于是我停止哭泣，翻个身，斜倚在沙发上。

可怕的死念被我驱逐了。我就在一种斜倚的姿势里，似睡非睡地进入梦乡……

当我醒来时是凌晨四点，如果不因寒意袭人，我不会醒。我感到鼻子有些痒，是将感冒未感冒状态，但此时我还残留在睡眠中，不想动。我就那样躺着，睁着眼，听着窗外万籁俱寂。我想，如果此时有人给自己盖上一床被子，该多好！

但此时，没有这个人去拿这床被……

室内灯光，静泻如雪……我强迫自己起身，去关窗，拿被，胡乱盖在身上，继续躺在沙发上，然后沉浸在一种深渊般的凄凉里，继续迷糊……

二〇〇二年七月五日，于嘉洲

信二十四 重逢

英子上生母书

母亲，一个月后的一个上午，女儿接到一个电话。

话机上显示的号码很陌生，但我还是按了接听键。话筒那边很寂静，我“喂”了两声，才听到一个声音缓慢响起，“英子吗？”

“是的。”我说，对方声音很熟，但我一时记不起。

“多年不见，你的声音和原来一样清脆。听出我是谁吗？”对方言词恳切。

“哦？嗯……”我在脑海迅速转圈寻找目标。

“我是米杰。”对方自报家门。

有些出乎意料。我“哦”了一声，问他在哪。

“嘉洲大酒店。”

“私事？还是公派？”我问，起身打开抽屉，从一堆零乱的纸张中，把一个月前收到的那封信捡出。

“专程来看你，刚住下，待会能否一起吃饭？”对方说。

“好。”我应承了，虽不再想他，但内心仍有温馨流过。我看看表，还有半小时下班，我收拾好凌乱的桌面，去洗漱间，站在镜前审视自己。今天的我，一身白色休闲打扮，淡妆。我简单补了口红，觉得这样已可。我记起以前每次赴他的约会前，都要隆重地涂脂抹粉，不由自嘲而笑。

来到约定餐厅，一进门，我就看到靠窗位上有人对我招手。那人西装革履，满身洋味。我收敛心神，面带笑容，走过去坐在他对面。

“你好。”我说。

“英子——”他站起身。

“坐。”

“你比以前更有韵味。”他坐下，双眼贪婪望过来。

“岁月对谁都不会眷顾，没有女人越老越漂亮的，不过这话我爱听。”我微笑，打量他，岁月在他身上留下的烙印不浅，他已发福，发际往后退，腹部和肩背驮着厚脂肪，只有脸上的笑，仍能让我看到多年前那个神采奕奕的模样。

“我肯定不会说你只有二十岁，但真的，岁月在你身上只是轻轻掠过。”他表情由衷。

我笑而默然。

偌大的餐厅只有三桌客人。他招手叫来服务员，点了四菜一汤。

“点多了。”我说。

“没关系，都是你喜欢的。”他记得我的喜好，问我下午是否还要回去上班。

“可去，可不去。”

“今天的工作已完成？”他的口吻很怀念，记得我的工作性质。

“是的。”我一问一答。

这个发福的中年人，对我的照顾一如既往，为我叫了杯鲜榨蜜瓜汁。“这是你以前必点的。你喜欢把长吸管探进杯底，杯里盈满泡沫的饮料，瞬间就悄无声息见底。”他说。

我在点头微笑中，仍用这个动作吸尽杯中果汁。

他的动作很洋化，用刀叉比用筷子更娴熟。吃完结账后，他叫侍应生送一个果盘到客房。“好好叙叙？”他问。

“好。”我说。

我随他乘电梯到十楼，当他将钥匙卡贴近锁的感应区时，站在旁边的我，看着门上贴金的门牌号“1008”，突然呆住了……多年前，当我跟他走进房间时，也是1008号房……

我抑制着脑中纷至沓来的记忆，随他走进客房，打量里面的陈设。

房间格局没变，一室一厅商务套房，只是原先咖啡色暗格地毯换成了红色梅花图案地毯，卧室两米宽的饰面三合板床换成了实木雕花床，床上仍铺着洁净的白床单白被褥，两个枕垫丰满惬意地靠在一起。

房里仍然有花，一个大花篮放在客厅桌上，一朵鲜艳欲滴的红玫瑰姿态优雅倚在床头柜上。我记得多年前，桌子、电视柜、衣帽架上都别出心裁放满各色鲜花，还有形状颜色各异的美丽花瓶，其中一只蓝色花瓶，净如琉璃，让我想起大海的湛蓝。

“这花，为你而备。”他站在我身边注视我。

我愣了一下，很快恢复常态，坐在窗边单人椅上，说：“漂亮。”

他泡杯茶，放在我面前，用小刀叉叉起果盆里一片西瓜递给我，坐在另一张单人椅上。我们开始聊些日常生活和分别期间他的事情。

“有家了吗？”他问。

“一切，还好。”我说。

他起身从行李箱拿出一套化妆品，一瓶香水，一件全羊毛长褛。“都是名牌。试试这衣服，我在巴黎一家名店看到它时，一眼就知适合你，毫不犹豫买了。”他说。

他的眼力没变，买的东西我样样喜欢。那件衣服往我身上一穿，竟无比合适。他看着镜里的我，说：“倾国倾城，离你都差几分。”

我抿嘴一笑，道了谢，毫不手软收下了它们。他忽然将我搂进怀，在我耳边说：“跟我走，好吗？”

我在他怀里安静了一下，然后轻轻挣脱，问：“我去那边干嘛？语言不通，耳聋口哑。”

“和我在一起，我现在一个人。语言很快就会学会。”他说。

我默然。

“以前，都是我的错。原谅我，好吗？我现在一个人。”他又说。

我“哦”了一声，无心追问他个人生活的细节。

他忽然单膝跪下，像无家可归的孩子拉着我的手，泪水从那双曾让我痴迷不已的眼里流出：“英子，我求你原谅。这么多年，我一直没忘记你，你一直在我心里。跟我走！和我在一起！好吗？”

我有些惶恐，忙拉起他，让他坐在椅上。我近距离看着眼前这张曾让自己刻骨铭心的面容，听着这个曾让自己流过无数眼泪的人的表白，大脑忽然一阵晕眩，一种虚无瞬间攫住我。

浮生一切，皆如梦幻空花……

那份曾让自己魂牵梦萦的感情，现在如此轻易完全放在我面前。但此时的我，却不想拿了——真的，我不想拿了！

“跟我走，好吗？”他继续恳求。

我默然，心静如水。

“跟我走，好吗？”他接着恳求。

我看着他的眼，本想说“我已放下”，但想了想，还是说出“我已习惯这边的生活”的话。“那我回嘉洲。”他说。

“你在那边，会生活得比在嘉洲好。”

“为了你，我愿意。”

他说完，要我跟他进卧室。他拿起床头柜上那枝姿态优雅的红玫瑰，插在我衣服纽扣里，说：“这间 1008 房，一直是我心底最美、最怀念的地方。”

“既然是客房，那就只是客房。我们都是宾客，住过之后会离去。”我的泪潸然而下。1008 这个数字让我的记忆纤毫不漏复苏，多年前的心情，让我恍然……

他拭去我的泪，将我的头抱进怀，说：“跟我走，好吗？”

我在他“咚咚”的心跳里，有些犹豫，说：“让我想想，好吗？”

他放开手，拿出一支雪茄，点燃，抽起来。

二〇〇二年八月十七日，于嘉洲

信二十五 箱已锈

英子上生母书

母亲，那天，我离开嘉洲大酒店，回到家，从储物间找出一个深咖色小皮箱。小皮箱是我的收藏箱，我把凡是心中认为有纪念意义的东西都放在里面。箱子虽是十年前的产品，因质地优良看起来仍然很结实。箱上挂着的小锁已生锈，钥匙不知所踪，我找出铁锤敲开锈锁。

箱里装满照片、笔记本、信件等物。我从中翻出一本蓝皮日记，因尘封太久，不见阳光，本子有霉味。我找块干净抹布，将灰尘和霉味拭擦干净。

我拿着本子，坐到台灯下，翻开。我看到本子扉页夹着一封信，信封皮上写着“亲爱的英子姊姊 启”。

“是佳骏的笔迹！”我一惊，心跳骤然加速。我找来一把剪刀，颤抖着手，剪开封好的信封，抽出信纸。

果然是佳骏的亲笔信。只见信上写着：

至亲姊姊：

原谅弟弟，原谅弟弟在一个不应该的时候，偷看了你的日记。看完后，我独自开车到嘉洲山上，哭了一夜。

男儿有泪不轻弹。长这么大，我第一次这样哭，第一次无论如何也忍不住悲伤和愤怒。姊姊，我七岁就曾和你滴血盟誓，这一辈子都要对你好，然而这件事，我却帮不上你任何忙。

还记否？曾有一次，我告诉过你，我要出远门，但没告诉你去哪。我是去法国找了那个人，揍了他。他鼻子淌着血，但没还手，任我发泄。到最后，他哭了，我也哭了。他告诉我，你和他，是命运。说你和他曾在一个道观抽过一支婚姻签，签文是："得宝醒来在梦中，自是南柯一场空，若问婚姻并问病，别寻条路为相通。"你看完后，当场黑脸将那纸签文抛至熊熊燃烧的香炉中。

他当时特别心疼，让你在另一个道观再抽签时，怕你再抽到下签，就在你抽签时做了手脚。他记得一百零八是上签，就从签筒悄悄抽出一百零八号，用两只手指夹住塞进衣袖，在你闭目摇签时，迅速丢在你面前。他说，他这样做时，已在心里悄悄祈求神仙们对他这种行为的谅解了。

他请我原谅。他满脸是泪，我也是泪。

黄天当哭，苍天当泣……姊姊，至亲的姊姊……

佳骏泣上

佳骏偷看了我的日记，然后万里迢迢去讨说法。原来他什么都知，但他直到离开这个世界，都缄口不提一字，他怕触及我的伤心处……

我将挂在脖上的镶翡翠玉兰坠子的铂金项链取下来，握在手心，让它承接自己如雨般倾盆的苦泪。这是佳骏的礼物，上面遍布他的信息。我握着链子，在心里一次又一次地喊着："佳骏，你在天堂吧？知道姊姊在想你吗？"

流了好多泪，情绪才稍有平定。我到卫生间用冷水洗把脸，回到客厅沙发上，打开蓝皮日记。本子里的字迹，有蓝色墨水笔，有黑色墨水笔，有些字已显墨迹晕染之状。就着雪白灯光，我开始重新阅读自己记录的过去的岁月……

母亲，我把那些文字，同时也读给您听。

二〇〇二年八月十八日，于嘉洲

信二十六 空花如梦

英子上生母书

某年某月某日

米杰走后，我去市电信局开通上网业务，为的是能通过互联网快速便捷与他联络。

他到巴黎后很快发来信件，说已平安到达，想念我，要我多保重。法国和嘉洲的时差让我总要等到晚上才能找他。他是录音电话，铃响两声后，便转入自动录音系统，录的是他自己的声音，他的声音很好听，我也去买了个录音电话，将他的留言录下，这样不必打国际长途就能听到他的声音。

打国际长途是“烧钱”，一大沓 IP 卡没几天就打光。他公司有严格规定，不允许用公家电话打私人长途，上班时间也不能老打私人电话。我便尽量利用网络与他联系。

他基本上一周回三封电邮。对我而言，一周三封信，在自己浩瀚无垠的思念里如杯水车薪，我只能利用别的途径去填补这种思念饥渴，我常进入他所在公司网页，在那里寻找他的蛛丝马迹。

爱屋及乌，我将他所在公司的网站设成首页，每次只要一点击那个蓝色的e形图案，几秒钟后那个全英文网站主页就会打开。我的英文一般，装了个英汉翻译词典软件，将鼠标点在陌生的英文单词上，就会跳出中文释义。

因为他，我熟悉了和他相关的事物。在网上看到他公司业务发展不错，也感到高兴，好像公司的兴旺就是他的兴旺。我在他公司的网站找到一张他的照片，表彰他是业绩出色的优秀员工。照片上的他，西装革履，神采奕奕，脸上的笑即使隔得很远也能一眼认出。我将照片下载，设成电脑屏幕背景，这样只要一开机就能看到他。

我没事时就打开电脑，看屏幕上那张脸。那脸像一个魔圈，让我留连忘返。俗话说，情人眼里出西施，何况他本就是西施。明亮有神的眼，透出深厚的坚定和精干，但我却从他坚定精干的外表下看到一种脆弱，它藏得很深，但我这个全身心关注他的人却能看到。那脆弱让我感到，在他内心深处需要帮助、关心和信心鼓励。

看着他的照片，想着遥远的距离，泪水时时会潸然而出。

某年某月某日

今天忙，晚上八点才离开办公室。

回到家，洗净手，泡杯清茶，坐在沙发上。四周很寂静。这种时候，是我对他思念最浓之际。我从茶几上拿起他的照片细细端详，用手轻触他的五官和眉眼。照片是他临走前留下的，我把它镶进木质相框，摆在显眼处，随手可拿，随时可看。

我想，喜欢、爱、深爱是一回事吗？不。喜欢是好感，乐意与之接近。爱是一种力量，能冲破阻碍，那么很深的爱呢？是不是可以冲破一切甚至为之献上生命？自己对他，应是爱，而且深。

某年某月某日

今天中午，吃了几个甜得发腻的桔子，肚子一个下午都咕咕响，到晚餐时，肚子不叫了，但胃开始难受。

一个人的日子有些凄凉，特别是身体不适时。我不愿如此生活，却因心中有思念而自愿。我想，米杰也是独自一人远在异乡，无人关心，让人心疼。

一个人的日子有不少空闲，我沿袭老习惯，读本好书或把走T台作为第二职业。现在书市庞杂，能找到一本好书不易，但让人喜悦的是，人类在过去光辉年代留下了许多经典名著，我开始重读经典。

在一本书上，我看到这样的记录，感同身受摘录了下来："当我想到这个城市的人群中没有他，我立即感到面前的这个城市变得荒凉了，空旷了。我在这个城市里奔走还有什么意义？这个城市跟我有什么关系呢？……我知道他很重要，可我从没想到他重要到这个地步。"

我想，米杰在我心中也是这样重要。

对我而言，他是如此重要，重要到如果没有他，我不知该如何活下去，不知明天在哪里。他在我心里是如此强大，强大到我认为这个世界上如没有他将空空如也，生活将变得毫无意义。在我的世界里，因为有了他，孤独才变得有滋味，生活才变得充实有希望，富有激情和魅力。也正因心里有了他，自己才会如此安然地关闭心灵大门。假如这个世界上没有他，假如心中没有那份期待，我能如此心如止水，步入花丛懒回顾吗？

虽然他距我遥远，有，等于没有。但因心有期待，便忽略了迢遥的山长水远；因心有盼望，身居深山也处之泰然。

当我记录这些文字时，内心有种悲凉涌上。

某年某月某日

今天圣诞节，嘉洲人凑了西方人的热闹。大街上，孩子们头戴红帽，手拿彩灯，喜气洋洋。

我独自宅在家里。

可能因为不少节假日都孤独的缘故，我变成了一个对节假日失去感觉、对庆祝失去欢欣的人。父亲永远忙生意，继母不会想到我，我没有“每逢佳节倍思亲”的牵挂，也就没有对“万家灯火庆团圆”的期盼。

这种状态，或许安静了一点，但因内心被他充满，那份节日热闹，实在是吸引力不够，那份“万家灯火庆团圆”的相聚，也是魅力不足。

我想，节假日只是休息日。一年又一年，一样的内容，一样的庆祝。而实际上，日子亘古存在，什么是新？什么是旧？什么是日子新与旧的区别？

当你不快乐时，何必庆祝？当你快乐时，何需庆祝？

中午，因天冷，我没像往常那样午睡，而是冲了杯味道香浓的咖啡，想挨过习惯性的午休反应。喝完咖啡，看了几页关于一位备受争议的历史人物的传记。这位人物，实现了他立德、立言、立功的人生理想，其“大柔非柔，至刚无刚”的感悟，对自己颇有启发。有个性，是好事，但个性太刚，非好事。悟到了，是好事，能改正，更是好事。有屈有伸是人物，屈是为了更好地伸。

圣诞节是这个世界上大部分人的节日，远方的米杰一定在过节。而我在对他思念的海洋里，在家中，度过了这一天。

某年某月某日

今天，收到米杰的信。

他在信中说，公司计划有变，他不能如期回嘉洲，只得服从安排。

男子以事业为重，我能理解。我在网上输入他的英文名乔治，想试试能否找到什么。没想到，跳出了成千上万条关于这个名字的信息，他是其中之一。

看完网上有关他的信息，我拨通他的电话，像往常一样说些问候思念之语。我们只聊了几分钟，他的上司叫他了，他疲惫地对我说了声抱歉就挂了电话。

放下话筒，我哭了。因为不能相见的无奈。

哭了一会，心里舒适了些，但接着又有虚无袭来，它像条蛇般钻进身体，像雾般无处不在扩散。被它咬往的我，像踩在云里，感到活着的荒谬，感到活着的一生充满无意义的虚无。从生至死的过程，是不断的盼望、失望和受伤，拥有和失去都是瞬间之事，明知前方的目标是虚无和毁灭，但人还要去经历那些注定是虚无、注定要毁灭成为灰烬的事。

我全身像散架般无力，在这种被虚无荒谬包裹的感觉里，坐到天黑。

某年某月某日

一年，又过去了。

一年又一年，如白驹过隙，转瞬即逝。

一年又一年，米杰 365 天在我脑海，但我却极少梦见他。罕有地做过几个关于他的梦，因为稀少，醒来后记得特别清晰，梦中的他离我都有距离。昨夜，天快亮时，他笑着来到我身边，我醒在他的笑容里，醒在他嘴角的明媚里。

醒后的我，怔然躺着，脑里萦绕着梦的情节。

我坚信他的承诺，坚信自己的希望，在一年又一年里期盼他的归来。

我和他一直保持电邮联系，但最近一段时间，他的信由原来一周三封变成两封，再变成一封，他说工作忙，忙得不想说话，给我写信是他唯一工作之外的事。

在这种等待里，我思量过很多次，在我前方的路上，到底会有什么？我从没想过要忘记他，也不知该如何去忘记他，更不知该如何从他的身影里挣脱出来，重新见到属于自己的天地。

我无力从他的身影里拔出来，我就维持现状。我要相信他，相信他的承诺，不能胡思乱想。为了寻找鼓励自己的理由，我不断阅读，从书中寻找共鸣，作为鼓励自己的依据。

书上说：爱一个人，仅有爱是不够的，更重要的是要如何呵护、栽培和经营。爱是纯然的感情，但怎样爱、怎样将爱艺术地表现在相处的言行里，是另外一回事。两个人有爱，相处时不见得幸福快乐，只有懂得怎样对待彼此时，才会幸福快乐。如果不懂相处，感情越深，伤害会越深。但如懂得了相处，就会保护好那份感情。

书上说：一个成熟的人，和另一半相处时，应给对方舒适愉悦之感。一个成熟的人，要走出因爱而彼此伤害的过程，要走出因自尊和敏感而彼此伤害的状态。真正成熟的爱，能让人充实快乐……

我想，我要做一个成熟的人，做一个懂得怎样去爱对方的人。

我叮咛自己，一定要更好地对他。我自认为，现在的我，是知道如何珍惜、如何对待才能不伤害感情的人了。虽然到目前为止，这些都只是理论，但理论会指导实践，我对自己充满信心。

在这些教诲的鼓励下，我给他写了封倾诉内心的长信。我想，他需要帮助和关心，我不应猜忌他。

某年某月某日

他有一个星期没回信了。

我有些生气，但转念又想，他应是工作太忙，他有过承诺，他应是一诺千金者。

虽然找到了为他开解的理由，但心里还是没放下。我知道生气对身体不好，在我书桌玻璃下压着一首诗，那首诗说："人生就像一场戏，相扶到老不容易，为了小事发脾气，别人生气我不气，我若气死谁如意，邻居亲朋不要比，吃苦享乐在一起。因为有缘才相聚，是否更该去珍惜，回头想想又何必，气出病来无人替，况且伤神又费力，儿孙琐事由他去，神仙羡慕好伴侣。"

我知道，这是修道人的宽心法。对气，有人倡"忍"。我认为，比忍更高的境界是"雁过不留痕"。忍让人辛苦，但"雁过不留痕"却能自由自在，不让气在心中留存，气还需要忍吗?

某年某月某日

米杰有半个月没回信了。我打电话过去，没找到人。

某年某月某日

今天，在邮箱收到一封陌生来信。是一个叫珍妮的女子的。

那女子说，她是米杰的未婚妻，要我不要再给他写信了。

真是晴天霹雳！我一下被打昏了。

我不信这是真的！他不是那样的人！不会发生这样的事！我要找他问明白！一定是那女子挑拨离间，他是讨女性喜欢的类型。

我疯狂地寻找答案，但发给米杰的信没有回音，打座机找不到人，移动电话总不在服务区。我绞尽脑汁，找到与他关系密切的一个朋友，约他见面。那人说他也很久没和米杰联系了，对米杰的现状不太清楚。我听后，只是哭。那人沉默良久后，说："本不想说，怕你伤心，但我想，还是让你知道好。珍妮说的是实话，她在那边能帮到他。"

"为什么？"我问。

对方默然。

"为什么？我等了他这么久……"泪水像山洪般倾泻，我的脸一塌糊涂。

对方仍沉默。

我不再问，转身离去，一路踉跄回到家。

阴冷了两天的天气，在今天终于放晴，太阳明媚地照耀着大地。有了阳光，就是温度再低也不会太冷，何况今天的气温摄氏十八度。我全身虚脱，五脏六腑像被掏空。我向杂志社请了假，我已没有力气去上班。

某年某月某日

终于等到了米杰的回信，他说彼此相隔太远，他照顾不到我，这对我不公平，希望我原谅他。

这是他的回答！是他对我不断询问的回答！而我，没有在乎过山长水远，没有在乎过什么不公平，我只记得他的承诺。但现在，他将承诺颠覆，不让我看到未来，不让我走到那一天，他说那样对我不公平。

我往他的信箱发了三封信，问为什么。在我的心底，还傻傻地存有希望，但信件石沉大海。我给他打电话，开始没人接，后来有人接了，是一个陌生男人。对方礼貌地说，乔治被公司派去了英国。

我明白，再问已无任何意义，一切都已明了，只是自己还在不断否认，还不肯相信，还试图做些什么，妄想挽回……这是典型的自我幻想，典型的愚蠢！

我放下电话，泪流满面……

某年某月某日

这么多年，他成了我身体一个器官，心里一块血肉，但现在这个器官突然坏了，这块血肉突然没了，我就像一个危重病人，躺进了重症病房。但我住进的这所医院，没有医生护士，没有西药中药，只有自己的坚强和意志。

突然的变故，让我一下难以接受，我感到剧烈的痛苦。

我意识到自己执著的愚蠢，但明晰的判断并不能减轻自己的痛苦。判断在脑中，痛苦在心里。我的心在无法抑制地痛苦。

这几天，我一直无法入睡，和衣躺在沙发上，整夜亮着灯。我，掉进了透顶绝望的深渊……过去，虽然他同样不在身边，但因心中存有爱和希望，并不觉得累和苦，但现在突然没有了那份支撑，万念俱灰的情绪便排山倒海般压来。

我知道自己为情苦，为情困。苦成这样，困成这样，身心深损。但我无法让自己不痛苦，无法把他从心里连根拔出。

或许，我的爱只是自己的一种幻像，那种纯洁真挚，在实际生活中并不存在，只是自己生活在一种纯粹的、爱上一个人、天涯海角都会等一生的感情里。

忆起多年前，刚进《美丽之苑》杂志时，有人问我，你本可在舞台上大放光彩，为何待在这里为他人作嫁衣？我那时的回答是，做什么都是生存，表面的光鲜和虚荣不值钱，我需要实际的东西。“你认为实际的东西是什么？”那人问。“有个幸福的家。”那时的我，这样回答。

一个人，把自己的人生寄托在家的幸福里，寄托在一份无法把握、生灭无常的感情上，现在回想，就只有一个字：傻！

某年某月某日

今天周末。

我在街上瞎逛。世界如往常运转，但在我眼中却变得十分空洞苍白。逛到天黑，我感到累，便回家。进门踢掉鞋子，一头歪倒在沙发上，一会后便有些朦胧，想入睡，但不踏实，想了半天，可能是桌上镜子的反光让自己心绪不宁，我起身把那面镜子翻扑过来。扑灭了镜光，心里实在点，但仍然不能入眠，我就和衣睁眼躺在沙发上。

屋里很安静，我的心却不能安宁。

我的心在悲苦的海洋里煎熬……我要挣扎上岸，但看不到岸……我夜夜不能入眠，已经一个月了。我明白，如果一个人内心宁静，这种宁静会笼罩他，让他的周围也能感觉到这种宁静之美。我曾有过这种宁静，曾喜欢太阳如光、月亮如水，照耀着这个世界，也照耀着我的心灵，让它在白天和黑夜交替上演着激情和温柔。

但现在的我，完全失去了这种心情。现在的我，一定很丑，因为内心残破不堪。

某年某月某日

我独自去了华山。这是一座在我心中曾无限温柔多情的山。

这一次，我在白天坐缆车上山。过去徒步上山的激情，已消失殆尽。

我来到金锁关。关前铁链上仍密麻麻挂着铁锁，缠着密麻麻的红布条。世人想用这种方式锁心，可在这密麻麻的铁锁布条里，又有几把几条能锁缠到白头？阳光明媚地照耀着铁锁和鲜艳的布条，灿烂之极。我凭记忆寻找着当年我和米杰锁在铁链上的锁，但已不辨踪迹。我记得，那个朗月高照之夜，我和他站在关前的情景和说过的话……铁链上密麻麻的锁，无论大小都一个模样，我想，是不是人世间所有的爱，也都一个模样：脆弱，碰不得现实和风雨？

风和日丽的金锁关前，仍然有一对对情侣爱人，在将一把把锁，锁在铁链上。

我在心里默祝他们好运！

某年某月某日

今天，要完成一篇文章。

我在桌前坐了半小时，觉得很辛苦，精神和大脑如被几座大山压住，不能正常运转。我搁下笔，拿起一本书。海伦·凯勒的《假如给我三天光明》。海伦又聋又瞎，但她周围的人爱她，帮助她，加上她的勇气和意志，终于创造了一个残疾生命的奇迹。我看了一页，同样看不下去。我放下书，想找人说话，但室内空空。我翻开电话本，一个名字一个名字看，但没找到一个想倾诉的人。我只好合上电话本，让泪水在静寂中长流……

流泪对我，已是常事。

这段时间，除了泪水，没有别的能拯救自己。眼泪是我的心理医生，能将痛苦暂时带走。我也在不断的流泪里，品尝着人生之苦涩……那味，像黄连，似芥菜，如苦瓜，也与不加糖的浓咖啡相似……

我明白，现在的我，要以勇气、意志去面对内心的苦，要以慈悲、包容去跨越心灵的困。我明白一切，却无法制止心中的苦和眼里的泪。我明白，是因为理性和哲学。我流泪，是因为情感和心灵。

我坐了一会，感到屋里像一只燃烧的火炉，我起身走出屋门，站在大街上。眼前是喧嚣的车水马龙，哪里是我的去处？我恍然记起净慈寺。于是，我拦了一辆出租车来到净慈寺，坐在大雄宝殿前的一棵菩提树下。菩提树，枝繁叶茂。我静坐着，那颗正被火焰焚烧的心，感到了清凉。

我想，以后我要常来，歇息在菩提树下。因为只有在这清净的菩提树下，闻阵阵檀香，听晨钟暮鼓、木鱼诵经之声，我的心，才会有火焰化红莲的片刻安宁。

某年某月某日

我放任自己的懒惰和随心所欲，让每天的作息凌乱不堪。下班后就逛街，放任消费，信用卡被刷到透支。衣服，还有别的东西，看上了就买……筋疲力尽时，就回家睡觉。

心里没有期盼，也没有勤奋的动力和支撑。一天又一天，像白开水般淡而无味的孤独，让人绝望，但绝望的日子仍然要过，人生之路就是如此让人无法选择。

某年某月某日

炎热多日的嘉洲终于凉了。

今天开始下雨，雨后地面和青草的湿润，让人心情清爽。下班后，我往湖边公园走，在公园里听天籁，看青翠，走到哪算哪。

这是我这段时间常做的事，不让自己有闲暇。我怕那闲暇时席卷而来的痛苦。

我知道，要结束悲伤，淡去痛苦，靠自己的力量是不够的，要靠时间老人的慈悲。我在等待，等待时间把伤痛化去，等待伤痛在一天又一天、一月又一月里慢慢成灰……

当我坐在车上，走在公园里，沿着山中林荫石阶拾级而上时……我默然无语。

我只是在消磨时间。我在漫无目标的瞎走瞎逛、傻吃傻喝里消磨时间。我只是因为不能选择的原因，活在这世上。活着只是活着，一种无法选择的无奈，迫使我活着……

我只是在消磨时间。我在漫无目标的瞎走瞎逛、傻吃傻喝里消磨时间。追求生命究竟的人会走向宗教，而现在的我，对形而上的空门都兴致索然……

我只是在消磨时间。我在漫无目标的瞎走瞎逛、傻吃傻喝里消磨时间。一天又一天，无所寄托。前方有什么，我茫然。一切都变得虚无，我在虚无里游移。没有信仰，没有希望和向往，只是让自己日复一日活着，不觉欣喜，不感激情。

无法抑止的悲伤，耗损着我的能量，我感到极度虚弱……

我仍在想他，意识深处仍盼望那不是事实。我不知怎样才能忘记他，不知有什么方法可以终止苦痛。

我有些厌倦自己的工作了，都是为他人作嫁衣，美丽是别人的，孤独是自己的。我有些厌倦自己的城市了，没有关爱和精神支撑的城市是一座空城。我想去一个能供人隐居之处，去一个屋后有森林、屋前有湖泊、松鼠欢快跳跃、白天阳光明媚、夜晚有温暖火炉的地方，避开人世喧哗，关闭自己。

某年某月某日

今天，有了冬的滋味。

冬的滋味，就是让人赖被窝，不想出门。在床上赖到九点才起，洗漱后望着镜子里的自己，好久没有这样凝望自己了。岁月走得真快，日子如流水，没有感觉，面孔就沧桑了。

某年某月某日

昨夜，终于可以入睡了！

大半年的夜不能寐，终于过去。我变得嗜睡，或许是要弥补过久的失眠吧。昨夜十二点入眠，今早十点起床，睡得很沉，好像还有梦，梦的内容，醒后全然忘记。

我发现自己的身体极需阳光和运动。今天是周末，我独自去到嘉洲山。山上有条专供行走的小路，从郁郁葱葱的参天树林里蜿蜒曲行至山顶。行走到山顶，需要一定体力，这是个很好的锻炼方式。

走到半山腰时，我停住脚步，坐在石阶上歇息。不远处的树林中露出一片琉璃屋顶，有几只鸽子歇在屋顶上，那是个建在嘉洲山上的小寺庙。以前的我，曾想过，一年之中能有一个月住在这种清净之地，应是一个惬意选择。然而，今日的我，坐在这清净之地，却尘念满心。阳光灿烂，空气清新，我的心中浮动着悲伤……

某年某月某日

今天周五，天冷，风大，吹得心发凉。

下班后，同事有个聚会，邀我参加。我婉谢，回到独居之家。现在的我，已不似以前那般苦得锥心削骨，日子虽平淡，心情却比以前好了不少，至少觉得这个世界有了一些颜色。

某年某月某日

冬天过后，便是春节。

春节七天假，除了回家看望父亲外，其余时间都蜗居在家喝咖啡。一勺咖啡加两勺咖啡伴侣、三块速溶方糖，味道可口。每天一杯，有时两杯。原以为咖啡提神，没想到喝下去，精神照样混沌蒙昧。咖啡于我，媚的是它的香味和口味。

这七天，我远离热闹和庆祝。

以前曾在书中读到，有高僧面壁十年。那时，曾为古人担忧，想他们怎么不寂寞，现在终于明白，寂寞只是人心自造。心不寂寞，人就不寂寞。心寂寞，人时刻寂寞。宁静源于心，深深的宁静，源于深深宁静的心。

某年某月某日

春节假期结束了，我从封闭自己的屋里走出来。

忙的时候感觉不到孤寂，但闲下来就无处可去，靠阅读打发时间。最近迷上了励志书，看别人怎样度过人生磨难，怎样面对失恋，怎样通过努力改变命运……人的言行、意志、努力和勤奋，可以改变命运，但在行为、意志、努力和勤奋之上的，是智慧。

有了智慧，才知怎样行。

思考，让人理性，更让人获得智慧。

某年某月某日

又一年的春节到了。嘉洲这一年的春节，像夏天，热。适逢潮湿阴雨，蚊子成群衍生。白天穿薄毛衣，晚上穿棉袄。气候反常，不知是喜是悲，是福是祸。

这个春节假期，和去年一样，平淡。除夕夜回父亲家，大年初二回自己家，躲开铺天盖地的喧嚣热闹，把自己宅起来。

初二到初六，阅读《释迦牟尼传》。书中介绍佛陀在得道前是悉达多太子，尽享荣华富贵，备受关怀宠爱，但内心却十分苦恼烦闷。太子二十九岁出家，六年修道后，以血肉之躯成佛，达到涅槃之境。成佛后的他，看透生死，挣脱束缚，消除障碍，心灵和生命向宇宙扩展，与天地同化。当悟道后的佛陀在和家人分别多年后再相见时，净饭王走下御辇，张开双臂迎接儿子，却没想到儿子安如泰山。

看到这里，我想，以庸人之心理解，会认为佛陀不近人情，实际上佛陀已不是以前的悉达多太子，他已跳出生死，灭除欲望，挣脱枷锁，包括亲情枷锁，成佛后的他，以极为安详和博大之心，去面对宇宙和人生了……

我放下书，回想自己走过的路，心想，难道得到，就真的快乐？失去，就真的不幸？

人生有对错？世事有好坏？生活有绝对？

人生无对错！世事无好坏！生活无绝对！

当自己在工作上受到表扬时，在舞台上获得如雷掌声时，曾有过快乐，但很短暂。当自己拥有感情时，有过快乐，但失去感情时，却那样痛苦。退一步而言，如果那个你盼望的人，真变成朝夕相处的伴侣，结局会怎样？是幸，还是不幸？是快乐，还是不快乐？如果快乐，又会持续多久？

失去，或许不是祸；得到，或许不是福。

某年某月某日

四季轮回，春夏紧随。

夏天到了。这一年的夏天，特别闷热，稍一动就出汗。自己虽个高，体质却不太好。这几天拉肚子，很辛苦，好在今天止住了，再不敢乱吃东西。病了才知健康重要，人病了，是如此脆弱身子虚，心里更虚。

昨晚失眠，在床上翻来覆去折腾。好不容易入睡，却一夜是梦。俗语曰：圣人无梦。看来自己离那个境界还非常遥远。

某年某月某日

秋天的脚步，出现在嘉洲大街上。

嘉洲的初秋很美，秋风乍起，秋叶片片飘落，如金黄地毯，也如浓墨重彩的油画铺满大地。今朝，一觉醒来，蓦然发觉内心空空荡荡。心中余留的伤痛，包括那份爱的残渣，似乎消失得无影无踪。

我的心空空荡荡了。原以为做梦都无法达到的消除，现在终于达成。我明白，是时间把我从一种无法自拔的心灵困苦里拉了出来。

我的心空空荡荡了。没有了爱，没有了恨，没有了伤痛。我心里的氢原子和氧原子化合成了水，一片无波的静水。

我的心空空荡荡了，全世界也变得空空荡荡了。虽然，我的外在生活没丝毫变化，每天上班下班，见到同事笑容可掬，一切一如既往。但我的心，却不再是原来的心，有一种深刻的变化发生了。

过去深深的苦痛,好像就只是一阵剧烈的暴风雨落进我心里。它夜半来，天明去。来时、去时，而我都在梦中，梦中的我，以为梦是真的，便孜孜以求，苦苦相执。

原来，再刻骨铭心的爱，都可以淡去，只是时间早晚；再矢志不忘的诺言，都可忘记，只是时间长短。

原来，不爱是一种幸福；爱与恨都归于空无，更是一种幸福。

原来，人的爱，只是人自身的一种感觉。爱了，是心的感觉；不爱了，也是心的感觉。爱了，万缘存在；不爱了，万缘散去。

原来，人的爱，只是人心自造的想象，会随时空、生活的变化而变化，它如露如电，如梦如幻，而人却认定它真实不虚，渴望恒久，因而执著，穷其一生折腾。

原来，宇宙间没有不变的事，人世间没有不变的情，人生中，变化时时刻刻。

或许有人能悟到，但即使能悟到，他们也要将爱恨别离这出戏演绎得轰轰烈烈，因为内心无法放下。不过，如果一个人能在汪洋大海中，自由自在畅游，是多么喜悦呀！如果一个人对万事万缘，心无挂碍又融入其中，是多么快乐呀！如果一个人的内心，能如莲花般铅华落尽，是多么清净呀！

在这个秋风飒爽、黄叶铺满大地的季节，我的心，蓦然拥有了一种重生的喜悦。

二〇〇二年八月十九日，于嘉洲

信二十七 最后一见

英子上生母书

母亲，女儿的日记给您读完了。翻动日记时扬起的灰尘溅进眼眶，让我泪流满面……这一夜，我无眠，当翌日晨光照进房间时，才小睡片刻。起床洗漱毕，带着两眼酸涩，我到了嘉洲酒店1008房。

房内烟雾弥漫，米杰坐在窗前沙发上。我打开窗子，让清风进来。

他看我一眼，继续抽烟。

我坐在他对面，等他抽完烟，有些艰难地说："昨晚，想了一夜。我想，我可能留在嘉洲，更合适一些。"

他又燃起一支烟，双眼布满血丝。

"一夜未睡？"我问。"嗯。"他点头。

我低下头，看着他穿着酒店拖鞋的脚，语速有些慢地说："过去，已证明我们不能在一起。已被证明的事，还是不重复好……我们曾有那么美的经历，那么美，美得让人无法忘怀……但是，无论怎样美，都会发生无法预料的变化……”

泪水在他眼里晃。

“我们在一起的日子，如一朵灿烂之花，但我的心，我的曾是全部生命感受的对你的爱,都在花朵盛开后的岁月里枯萎……”

他眼里的泪，终于掉落下来，滴在地毯上，没入纤维缝隙中。

“谢谢你来看我，也谢谢你……给了我那么深刻的记忆和经历……”我说，眼角有些湿润。

他掏出纸巾拭擦眼泪。“英子，你的回答，在我意料之中。只怪自己福薄，当初那样选择，人生中不能拥有一个好伴侣。”他带着哽咽的鼻音，在异国生活了多年的他，谈起了宿命。

我的心瞬间软化，眼看就要承接不住他的伤心，但过去经历的锥心之痛旋即浮上心头，我耸耸鼻收紧身心，让心变得坚硬起来。我说：“这几天，我陪你看看嘉洲城的新貌？”

“嗯。”他点头。

接下来三天，嘉洲凡值得看的地方，我都陪他去游览。游览完后，我带他来到嘉洲影院。“看场电影？”我提议，手牵手来到这家影院看电影，曾是我们过去常做的事。

“好。”他眼含无限留恋。

我牵着他的手走进影院。影院不太景气，放的是一部平庸片子，观众稀稀落落。

看完电影，我们去吃嘉洲小食。他的眼始终没放开我，我的决心在他的眼光里近乎崩溃，子夜十二点，我下定决心说：“你该回去休息了。”

他看我好一会，才说：“既然你不愿跟我走，我也无留趣，明天就搭早班机走。机场远，你不要送。送走了我，让你孤零零回家，我不放心。”

他说罢，起身到路边拦辆出租车，将我送到家门前，说：“英子，我看你上楼。”

“再见，一路平安。”我泪花闪烁，和他道别。

“再见。你永远是我心中最美的姑娘，最爱的人。”他给我一个拥抱。

母亲，这个曾让女儿流过许多泪的人，就这样消失于女儿视线，从此不再出现。女儿这颗敏感深切之心，因他而起的跌宕起伏、悲喜忧伤，悉数诉于尊前，以获倾诉之安慰。恭请母亲福安，英子手书。

二〇〇二年八月二十日，于嘉洲

第四章

生母 继母

信二十八 相亲

英子与美茵书

慧友美茵如面。一切可好？甚念。最近我有些烦，我父亲只要一见到我，就开始唠叨我的个人之事。架不住他的催促，我答应去相亲。我的相亲故事，一言难尽。

第一个人在介绍人嘴里打着灯笼都难找。父亲是个叫得出名堂的官，自己也谋着一门好差事，长相英俊挺拔。见面后才发现，介绍人说得不离谱，只是那人不是我喜欢的类型。坐在他对面，心里觉得离他很远，转过身就忘了他的长相。第二天，我和同事去看电影。正在剧情精彩处，我的电话响了。我记不起这个号码的主人，“喂”了一声，问哪位？对方说他姓刘。我在脑海没搜到有关这个姓的信息。对方有些迟疑，问我在哪。我说在看电影，我想不起对方是谁，心里惦记着电影情节，想快点结束通话。对方感觉到我的心不在焉，结束了通话。当看完电影走出影院时，我突然想起那人就是昨天的相亲对象。我本就不习惯像货物一样在集市上被人估价，这一次被拉着去估了一回，没找到感觉，也就没了下文。

第二个人交往目的很明确，找老婆。男人年龄四十五，在机关里享受处级待遇。四十五岁的男人没结过婚？我有些吃惊，但我很快责备自己掉进了世俗思维，自己不也三十多仍孤身一人？介绍人说那人老实、稳重，是过日子的料，外表虽然一般，但男人靠的是内涵，有套一百平方米的房子，银行里有积蓄。不过那人要求很高，要各方面素质好，不超过三十五岁。介绍人毫不客气拿锤子敲碎他的梦想，说他目前是要成家过日子，不是挑梦中情人，但还是把我介绍给他。“你绝对符合他的条件。”介绍人说。

见面第一眼，我便索然无趣。男人有些忐忑局促，寒暄几句后，就把自己的相亲故事和盘托出，希望我能从这些故事中，明白他不是压仓货。听完他的相亲史，我满心疙瘩：四十五岁的男人，还嫌三十五岁的女子年纪大太！我恪守着修养，坚持吃完那餐饭。见面结束后，男人急不可待对介绍人说不行，这样的女子他养不起。言下之意，是他没看上。我听罢，心里一笑。

第三个人在介绍人嘴里几乎完美无缺，经济雄厚，有上亿家财，年纪虽然大点，但懂得疼人。我心里“咯噔”一下，问多大。介绍人迟疑说，五十出头的男人正在黄金期。我明白自己在介绍人眼里已是异类，一个三十出头的女人，自然只能往五十岁的男人靠，四十都年轻了。

抵不过介绍人费尽口舌的轮番轰炸，我答应见面，见面地点定在一家西餐厅。我到西餐厅时，富豪已到。我一看心里直发愣：天！怎么像个粗皮树墩？富豪穿深色西装，人倒是精神。他坐在我对面，有些兴奋地侃侃而谈。虽然我超过了他对征婚对象的年龄要求，但他很满意。

那餐饭我从头到尾聆听，聆听富豪倾诉他的情感经历和征婚过程。他曾耗资十万，在报上连登五天征婚启事，要求对方二十九岁以下，未婚，身高一米六，大专以上学历，身体健康，容貌出众，感情经历少，各方面条件都很优秀。应征者很多，各个年龄层，未婚和离婚的都有。但富豪只要一听离过婚，即使没小孩，一概不见。

我问，结过婚没小孩和未婚同居，实质一样，为何他能接受有过同居经历的女性，却不能接受离婚女性。富豪表情暧昧说，结过婚是向所有人都公布了。我哑然失笑，原来是撑个面子。

我又问，他五十多了，为何要求对方二十九岁以下。富豪有些尴尬说，很多女人到了三十多，开始臃肿疲劳，特别是过了四十，就显出老态没活力，年轻一点活泼一些。我想，说到底是女人自己不小心，把自己的路变窄、堵死了。

那餐饭吃完，我对介绍人说，我不符合他的要求。介绍人说我眼界高。我没有辩解，心想，总得找点感觉吧，即使与爱无关，也要与感觉有关呀。

第四个人是网友。我打开一个交友网站，看到许多人的资料挂在上面，我才发现自己不是世界上最可怜的人，还有许多人和我一样孤独，许多人走进了围城却在里面咀嚼痛苦，许多人受着情感煎熬艰难度日。我和那人网聊得还行，忐忑不安互换照片。照片还行，就见面。见面后，应验了屡见不鲜的“见光死”。

第五个人是偶然碰上的。在一个周日，朋友约我喝茶，茶艺馆设在一家公园。我早到了，坐在公园小亭里等。两分钟后，一个男人坐在我对面，主动搭话。五分钟后，朋友到了，我起身要走。那人索要电话，我认为留个电话平常事，就将号码给了他。

没想到，那人第二天就打来电话，口气好像我已是他女友：“英子，忙吗？你们单位在什么地方？离我们这儿远吗？”他说他的工作单位在嘉洲近郊。我没去过那个地方，那名字让我想起不长翠绿的荒芜。

我对这种只在大街上寒暄过几句，便想侵入对方生活空间的人有些反感，但保持礼貌说现在正忙，然后客气挂了电话。我以为那人碰了软钉子会知趣，但五分钟后，我的手机响起信息提示音，我一看浑身起鸡皮疙瘩。那条信息写着：“我想做你的男朋友，好吗？”我删除了信息，把那人的电话命名为“不接”。快下班时，电话响了，是“不接”，我把手机放进包里，任它闷响。

接下来一个星期，那人锲而不舍用信息表白自己。“我心里烦，想找你说话。”“我刚和我老婆吵架，吃不香睡不好。”原来是个已婚男人要痛说家史。“我想见你。”那人在半夜发来信息，我关了手机。

终于安静了，以为从此无事，就把那电话删除了，我也忘了那人。一个星期后，我的手机响了，是个没记录的电话，我接了，一听声音我就明白是谁，但装聋作哑：“喂，哪一位？”对方哑然，支吾了几声，便道了再见，从此没再联系。

美茵，经历这么多次相亲后，我拒绝了这种形式。当父亲再次催促时，我吼了一声：“让我安静点。”父亲怔了一下，从此不再提。

二〇〇三年六月十二日，于嘉洲

信二十九 寻亲

英子与美茵书

密友美茵，在孤独的日子里，我忽然萌生了寻找生母的念头。很奇怪，以前我从未有过这念头。有这想法后，随即付诸行动。我有个同学在嘉洲公安局户籍科工作，一个风和日丽的日子，我来到嘉洲公安局。

传达室穿制服的门卫，看到门外站着东张西望的我，警惕性很高地出来问我找谁。我说找张晓伟。门卫要我稍等，尔后走进传达室打电话。

我站在两扇茶色玻璃大门外。这两扇门让我的心涌起一些暖色，好像我要寻找的东西就在里面，只要推开门，就会有欢喜的佛地，会给我一个祈盼的改变，会将我的生活激起涟漪和波动。

“英子，啥风把你吹来了？”一个声音把正在联想中的我唤醒。我一看，是张晓伟出来了。“找你有点事。”我说。

“进来说。”晓伟把我领进茶色玻璃大门，上电梯，到了他办公室。

坐在栗色实木椅上，喝着晓伟泡的茶，我说，想寻找失散多年的生母。

“有照片吗？”他问。我从包里拿出一张照片，照片上的女人年轻美丽，是家中老保姆郑金银悄悄给我的，说是我生母年轻时照的。

“有没其它线索？光凭一张照片，好难找。”晓伟拿着照片说。“还有名字和年龄。”我说。

“怎么现在才想到寻亲？”

“以前没这念头，家人也没在我面前提过，好像她在我家从没生活过一样。自我弟弟走后，看到父亲越来越老迈的背影，想到自己在这个世界上还有一个至亲，就抱着大海捞针的心态来找你帮忙。”我说。

“自她离开你家后，你父亲一直没和她联系过？”

“没有。”

“你生母是怎么离开你家的？”

“听家里老保姆说，当我尚在襁褓中时，我生母被我爷爷奶奶赶出了家门。她离开后，就像一片被风吹离树枝的叶，与兰家失去了联系。”

“即使大海捞针，我也会帮你。”晓伟沉吟一会，坚定地说。

“若能找到，我在嘉洲最好的酒楼请你。”

“呵呵，就是不请客，我也会竭诚尽力。谁叫你在学校时，是我心中的偶像？”晓伟说得有些嬉皮笑脸。他要我回家静候消息，说谋事在人，成事在天，能否成，要看我的运气。

我喝完那杯茶，谢了晓伟，离开了公安局。

二〇〇三年七月三日，于嘉洲

信三十 初见生母

英子与美茵书

亲爱的美茵，我的这次寻亲，运气一半坏一半好。

坏运气是，晓伟查遍嘉洲户籍，找到五个叫夏枫荻的人。四个在三十岁以下，一个是五岁孩子，一个是五十岁妇人。那个五十岁妇人在年龄上和我生母相仿，但长相差太远，单眼皮小眼睛。生母年轻时长着一双漂亮的双眼皮大眼睛，即使年纪大了，也不至于双眼皮变单眼皮，大眼睛变小眼睛吧。

好运气是，晓伟果真大海捞到了针。两个多月后，他给我电话，劈头盖脸第一句话就是："你去买彩票，肯定能中头等奖。"

我心里一喜，知道事情有了眉目。

晓伟说通过上网查询人口信息，找到了一位条件相仿的女性，但那人的户籍在京城。他要京城同行传来她的照片，和我提供的照片仔细核对了一下，两者有些像。晓伟将那张照片和照片上女人的联系电话、住址发给了我。

我仔细瞧那照片，照片上的女人烫大波浪，穿着时髦，很有富家太太气势，但脸上皮肤有些晦涩，眼神迷离忧郁。我比较两张照片，有相似处，也有不似处。一个年轻漂亮、风华正茂，一个徐娘已老，但模子差不多，眼睛也相似。

直觉告诉我，就是她。

我谢了晓伟，当天就兑现诺言，在嘉洲最好的酒楼请他吃饭。

“下一步打算怎么办？”晓伟津津有味品尝着酒楼招牌菜香辣虾，说：“我们处理过不少这类失散亲人案例，失散二十年、三十年的都有，他们相见时多是哭得一塌糊涂。你可要备好擦泪的手帕。”

我笑笑，对见面时的情形，心里没底。

吃饱喝足后，晓伟抹抹嘴告诉我，说在找到疑似失散的亲人后，要先电话确认，确认后再相认。“有什么要帮忙的，尽管说。”他说。我谢了他。

但我思量良久，并没按晓伟提示的常规程序出牌。

翌日，我就买了一张当天飞京城的机票。我既没确认对方是否在京城，也没确认对方是否就是自己所要找的生母，我只是揣着那位女性的照片和写有“英华园 12 幢 2 门 102 房”的纸条，拎了一个简单的行李包，就坐上了去机场的民航大巴。

飞机傍晚到京城，下机时天已擦黑。我先在市区找了家酒店住下，打算第二天再按图索骥。

住在酒店的这个晚上，我躺在床上，久久不能入眠。我看着照片，照片上的女人，目前只是一张陌生平面图，还没在我心中形成立体形象，但明天当这个半老徐娘真正站在自己面前时，我和她之间会出现怎样的情形，我心里没底。

翌日起床后，用完早餐，我在酒店门口拦了辆出租车。司机是个京城通，听说去英华园，二话没问开车就走，半小时就到了。英华园是个住宅小区，十九幢六层楼房整齐分布着，楼与楼之间蜿蜒着绿化带，绿化带里设置着儿童游乐滑梯和秋千架，还架有小桥，桥下没有流水，铺着鹅卵石。

我站在 12 栋 2 门楼道铁门前，定定神，按响 102 按钮。

“谁呀？”从门里传出一个女声。

“找夏枫荻。”我像串一个常来常往朋友的门。

“你来了？等你好久了。”里面的女人“啪”的一声按开锁。

她在等人，但等的肯定不是我。我进入楼道里，来到 102 房前，按响门铃。

“来啦——来啦——”门开了，露出一张五十多岁的女人脸。

我望着门里的女人。女人个子较高，有些苍老和憔悴的脸上风韵犹存，她的大眼让我一下就确定她就是照片上的夏枫荻。

她望着我，满脸狐疑：“你是？……有些眼熟，但一下想不起。我这记性，太差。”

“你是夏枫荻吧？”我问。

“是。你是老蔡的女儿？……”门里的女人好像有了记忆，但又有些疑虑。

“不是。”

“那你是？”

“我是兰英子，兰扬威的女儿。”我说。我想，如果眼前这个女人是生母，那她对这两个名字一定刻骨铭心。

果然，门里的女人听后，如遭晴天霹雳。她“啊……”了一声，嘴张了几秒，才恍然回神，随即惊喜如江河决堤倾泻在脸上。她一把将房门大开，双手接过我手中简单的行李包，一边将我拉进门，一边说："英子？你是英子！英子，我的女儿，我的英子……"她的脸涨红着，喉咙里好像挤着很多话，显得有些语无伦次："这是怎么回事呀，你怎么找到的……怎么不先打个电话……长这么高了……过得怎样……"

她拉我坐在客厅沙发上，说："累了吧？饿吗？先用热水洗把脸？"她进到一扇门里，不一会手上拿了条拧干的热毛巾，递给我，嘱我把脸和手好好擦擦。她从餐柜拿出一个青花瓷茶叶罐，给我泡了一杯茶。"是西湖龙井，一直没舍得喝。"她又从餐柜拿出一大堆零食、点心和水果放在茶几上，"吃吧，路上肯定饿了。"忙完这些，她就坐在我身边，贪婪盯着我。"长这么高了！比母亲还高！这么漂亮，比母亲年轻时漂亮多了……几十年了，我没有一天不在想你。要是这一眼能把几十年的空白都一下子看完，多好！"她唠唠叨叨，话里反反复复就这几个意思。

我低头看着鞋尖，嘴里"都好""嗯"回答着。当这个在自己心里无数次忆念过、有心思时会把她当倾诉对象、对她写过多封没有发出的信的人，变成现实中的人站在自己面前时，我却发现自己心静如水。

我没流泪，也没唏嘘。被生母拉着手的我，感到有些陌生，中间几十年的空白阻碍着我，甚至让我想要逃离。那些平时在电影报纸上看到的母女重逢，抱头痛哭，激动万分的场面，在我身上并没上演。我的平静连我自己都有些吃惊。我想，所谓失散几十年的母女重逢时流下的泪，大多应是对自己走过的路的辛酸的伤怀，和对自己人生中亲情缺失的感慨，并非因为彼此的感情。纵是亲生母女，隔着几十年空白，也一样是陌生人。

夏枫获喜极而泣。她哭了好一阵，情绪才平静下来。"来，带你看看家里。"她说。我的手被她握着，跟着她，楼上楼下看了一遍。她家是复式住宅，楼上三间卧室，布置得雅致舒适，铺着实木地板。楼下是客厅饭厅厨房和佣人房，铺着浅色瓷砖。客厅大而明亮，阳光透过宽大的玻璃窗，暖洋洋照着室内。

我问，家里怎没其他人？

夏枫荻说，她丈夫很少在家，家里经常就她一人，太闲也会把人闷死，今天约了一个姐妹去喝茶，刚才以为是那姐妹来了。说罢，生母给那个姐妹打电话推掉约会。打完电话，她坐到我身边，问起我的生活和兰家情况。

我说爷爷奶奶早已过世，弟弟走了。我说这话时，看到夏枫荻眼中透出一丝快意，心里不由有些惊疑。我又说，父亲后来娶过两个妻子，第一个妻子在儿子出车祸死后，精神没撑住，进了精神医院，第二个妻子又为父亲生了个儿子。

夏枫荻听罢，叹口气，说："女儿，你不知道，兰家是个摧残人的地方，幸好我及早逃了出来，否则也不知是否会面临和那个疯妻同样的命运。你爷爷奶奶没积德，兰家人才会死的死、疯的疯，人丁终是单薄，兴旺不起来。"

在生母对兰家的痛恨里，我童年所受的委屈也随之涌上心头。我想，你要逃，为何又要生下我？你生下我，为何又几十年不理我？

"你父亲怎样？"她问。

"父亲一直住在兰家宅院里，身子骨还行，只是服装公司的生意，这些年比不得过去了。"我说。

夏枫荻唏嘘不已……

我说话时，大部分时间低头看脚尖。生母在我的低头里，激动的情绪有些缓和。她问："你这些年怎样？"

"好。"我仍低着头。

“这么多年，我没尽到照顾关心你的责任，这是我做母亲的失职和错，妈求你原谅。”生母一直握着我的手。

我看着脚尖，“嗯”了一声。

“我现在这个丈夫，大我十岁，死了老婆，前妻留下俩孩子，经济条件不错。我是在走投无路、心灰意冷时嫁给他的。”她继续对我说：“当我辛苦将他的孩子养大成人后，他的生意也越做越大，开始不回家了，下班后就是没应酬，也会在外待到晚上十二点。我拿起镜子一照，吓了一跳，镜里是张憔悴虚胖、没有神采的脸。长期家庭妇女的生活，让我说出的话总被他嗤之以鼻。”

夏枫荻歇口气，接着说：“也是，我不看书不读报，闲时追言情剧、打麻将逛街，想和他讨论家事国事天下事，能不目光短浅吗？我老了，失去了青春和漂亮，也不拥有内秀，但我替他照看孩子的功劳，怎么他就一点都不念及？你知道他怎么说吗？”

我抬眼望向她。

“他说，照看孩子，分内事，还要摆功？他要我别忘了，这么多年的吃穿用，哪一样不是他的？这时，我终于明白世上没有免费的午餐。我和他达成协议，对他的风流韵事，我睁只眼闭只眼，只求他回家对我好。”她说。

我又低头看脚尖。

“他答应了。但这好，是要他回家才能做到。他常不回家，就谈不上好与不好了。我也想通了，只要他不把我赶出家门，就由着他吧。”夏枫荻开始泪水涟涟：“我这辈子，只想有一个爱自己疼自己的男人，可终究没找到。别看我现在住大房，不缺钱，但实际上我啥都没有，老头子高兴时，对我会好一点，不高兴时就吼人。我不幸福。”

我抬头望了一眼生母,旋即在她贪看的眼光里低下头看脚尖。我心想：一个女人，靠男人有了吃穿，还记挂着被人哄宠，如果没有，便自认苦命，换了那些没有吃穿也没人哄宠的女人，不是没法活了？生活难道要人哄宠着才快乐？

“不过现在，老天有眼，让女儿回到了我身边。这么多年，我无时无刻不在想你。英子，搬来和妈一起住吧？妈现在连个说话的人都没，妈这辈子，不容易。”夏枫荻说。

我的思维在生母的唠叨里回到现实，对刚才自己有些刻薄的想法感到自责。

“我好寂寞，能经常见到你，是我最开心的事情了。”夏枫荻要我辞掉工作，在这边的工作和费用由她负责。

这时，已到午餐时间，生母起身收拾了一下，要带我去京城最有特色的酒楼吃饭。吃完后，我陪她逛街。她让我试了一件又一件昂贵的衣服，好像要把几十年的空白都弥补回来。我一件也没买，陪她逛到晚上十点才回家。当我们回到家时，家里仍空无一人，生母的丈夫还没回来。

翌日清晨，我起床后，见到一个花白头发、身子骨儿还硬朗的男人。

男人看到我，很高兴。第二天、第三天，男人一下班就回家，晚餐也在家里吃。夏枫荻很高兴，要我留下来。我说，我对嘉洲的工作还比较满意，何况来时已订了回程机票。夏枫荻要我退掉机票。那半头白发的男人也极力挽留，说可帮我在京城找到满意工作。

我婉谢了他们。

夏枫荻看着我，想了会，说：“英子，我记得你小时候的样子，一双大眼机灵活泼。那时，我喜欢对着摇篮里的你唱儿歌。”

说罢，她轻哼起来。她说：“我记得，当我对你哼这首歌时，你的眼睛滴溜滴溜看着我，好大好伶俐。”

我没吱声。

夏枫荻的话匣子停了下来，眼睛有些湿润，声音哽咽起来，说：“英子，我们虽然离散这么多年，但我无时无刻不在想你，你是我十月怀胎掉下的肉。可能在你记忆里没有我，那是妈的错。你知道吗？你现在看我，就像看一个陌生人……”

我不知所措地低下头。我无法让自己装出热情如火、泪流满面的样。

“这是老天爷在惩罚我，惩罚我生了女儿又扔下女儿的过错！惩罚我种下种子又不浇水的疏忽！惩罚我只想着自己的日子而没有付出的自私……”夏枫荻眼泪涟涟。

我掏出手帕递到生母手上。她顺从接过，拭干泪水，说：“我这样埋怨，也不对，不说这些了。”

回程的日子到了，生母无奈，只得送我到机场。临安检前，她拖住我，要我不要走，或者就是不留京城，也要再多住几日。我说：“等我有时间，会再来看您。”

“那好，你一路平安！”夏枫荻的脚步停在安检黄线外。我走进安检门，回头看到她仍痴望着我的身影，我挥挥手，要她多保重，然后往里走……

我登上飞机，孤寂落寞地坐在自己的座位上，看着舷窗外的停机坪，心中空空荡荡。离散几十年的重逢，并没让我兴奋，虽然我费尽心机找到了生母，却发现并没找到心中渴望的东西。我原以为血缘会让我认同，现在却发现流在人血管里的血，只是一种红色液体，是一个医学概念，只有A型、B型、O型、AB型之分，并没有人的精神、情感层面的认同。只有耳鬓厮磨的关怀和爱，才会日积月累地产生感情。我和生母没有耳鬓厮磨，即使流着一样的血，在心里也形如陌路。而我那些没有发出的写给生母的信，也是自己一厢情愿的想象，想象这种耳鬓厮磨给自己带来的温暖，在想象里弥补自己人生的缺失。

美茵慧心，听我唠叨如斯家事，诚谢你的耐心和倾听。顺祝懿安。好友英子手书。

二〇〇三年八月二十日，于嘉洲

信三十一

夏枫荻之十月怀胎

夏枫荻与英子书

女儿英子如面。你来到英华园，看了一下，望了几眼，又走了。妈知道，妈对不起你，这么多年没能照顾你。

生你的日子，妈至今记忆犹新。

那是1970年的一个冬日凌晨，当晨光伴随积雪照亮大地时，在嘉洲一隅的一栋背山依水的小楼里，亮着橘黄色灯光。楼里的人都醒着。一个老头，一个老太，一个年轻英俊的男人，一个风姿绰约的少妇，还有一个壮实的保姆。所有人都在忙碌，只待天亮便送大肚少妇去医院分娩。

那少妇便是我，你的母亲夏枫荻。

我和你父亲兰扬威坐在卧室内，熊熊燃烧的炉火，让暖融融的空气里飘满幸福。我告诉你父亲，昨夜临醒时，我做了一个梦。你父亲问啥梦。我说，梦到一个地方。

“那个地方，冰雪覆盖，非常清净，非常清冷。”我说：“那个地方，耸立着一座入云的高山，山顶上覆盖着白茫茫的冰川、冰谷、冰塔林，远远望去，像天际间的一个幻象，也像天堂里的一个洁白童话。阳光照耀大地，也照耀着高山。山脚郁郁葱葱，植被茂盛，漫山遍野的灿烂鲜花，像阳光洒下的欢颜。”

我说，梦里的我，看到郁郁葱葱的树林里，有个红墙黄瓦飞檐画壁的佛寺。佛寺有个大花园。花园里遍布参天大树和茁壮滋润的奇花异草。一个鹤发童颜的尊者，带着一个眉清目秀的童子正在园里漫步。

“这是哪里？”我问。

“这是这里。”童子的双眸透出聪明伶俐的光。

“这里是哪里？”我问。

“这里就是这里。”童子答。

“这里为何这样美？”我问。

“因为自然造就。在亿万年前，这里曾是汪洋大海。后来海底火山爆发，地壳剧烈运动，汪洋退去，海底隆起，形成高山。刚开始时，山上光秃秃，不长树草，也无冰雪。”童子答。

“现在为何这样郁郁葱葱，冰雪满山？”我问。

“后来，从天空落下几滴银雨露，几枝橄榄枝，几片花瓣。银雨露落在山顶，化成白茫茫的冰川冰谷冰塔林。橄榄枝和花瓣落在山腰，化成漫山遍野的树木鲜花。”童子答。

“为何几滴、几枝、几片会化成一个世界？”我问。

“据说，是天神的眷爱。”童子答。

“这座高山上的冰雪有没融过？树木有没凋谢过？”我问。

“没有。许多年来，无论太阳怎样温暖，山顶上的冰川冰谷冰塔林从没融过；无论季节怎样变幻，漫山遍野的树木鲜花从没凋谢过。”童子答。

“天上怎会落下银雨露、橄榄枝和花瓣？”我问。

“你怎会来这里？”童子反问。

我哑然。

我随童子在花园漫步。园子里飘着醉人醇香，如经过酷寒的梅香，也如经过千年发酵的沁人心脾的酒香。我看到花园向西一隅，有堆雪山砾石，砾石里长着一株雪莲，雪莲花瓣如雪，碧叶如玉，清香不绝如缕……“这花好美，它生长多少年了？”我问。

“我们来这时，它就长在这里了。每过七年，它就长出一瓣新花叶。”童子说。

我看到雪莲旁依偎着一株开满粉红花的仙人掌。

“当我们到这时，仙人掌就伴随着雪莲了。时光流逝，春夏秋冬四季变幻，它俩在佛寺日日的暮鼓晨钟木鱼声声里，听经闻法，灵性和心智逐渐增强……”童子说。

这时，天高云淡，风轻叶绿，万籁俱寂，雪山在阳光下晶莹，花园在和风里宁静。我看到，当无比宁静无比安详的尊者漫步经过雪莲旁时，雪莲面向尊者，合拢花叶，似在表述意愿……“雪莲花在说话？”我惊讶。

“是的。”童子言。

“雪莲说什么？”我很好奇。

“尊者知。尊者懂花语。”童子回答。

我想再问时，却突然醒了，睁眼发现躺在暗夜的床上，腹中的小东西在我肚子里手舞足蹈。

“你说，这梦是吉？是凶？”我述完梦境，问你父亲。

“吉。”你父亲说。

“给孩子想好名了吗？”我问。

“若为男，叫兰佳骏。若为女，叫兰英子。”你父亲说。英子，这便是你名字的来历。

二〇〇三年九月一日，于京城英华园

信三十二 夏枫荻之恋

夏枫荻与英子书

女儿英子，妈想给你叙叙自己在兰家的生活。在晚辈面前翻出昔日恩怨，这种做法有些自私，但因我奢望你在听了后，或许会原谅我丢下你的过错，故铤而走险。

我年轻时，如你一样，个高，肤如凝脂，眼如墨玉。我虽生活在嘉洲城，却家境贫寒。父亲在我十岁时过世，母亲是工厂工人。自父亲走后，她没再嫁人，一门心思只将我拉扯成人。

我和母亲住在二十平方米的工厂宿舍里。母亲虽一把汗水一分钱，却从不让我受委屈，吃穿用上自己极尽节俭，却尽可能不亏待我。那时，别人家的孩子，都是老小捡老大的衣穿，但我母亲给我的全是新衣，她自己一年四季只穿工作服。

母亲经常馒头白开水当一餐，连稀饭都不愿买，一件棉衣补丁重补丁，成了百衲衣还舍不得丢。用几块木板钉成四方形状，用画报纸糊好内壁就成了衣箱。夏天一双塑料凉鞋，秋天一双解放鞋，冬天一双自纳棉鞋，鞋头裂口了用线纳好继续穿。但她给我买了皮箱、皮鞋、毛呢外套，还有漂亮的乔其纱长丝巾。

我在母亲的全部奉献中无忧无虑长大。同学们在我花枝招展的表象里，都以为我家境很好。从小学到中学，我从不邀请同学到家来玩，母亲也从不去学校找我，怕同学看到她的寒酸嘲笑我。

我默默看着母亲的辛劳，在学校积极主动，努力学习，成绩和表现都没让母亲失望。高中毕业我进了母亲所在工厂工作，但一直梦想着能上大学。没多久这梦想也实现了，因我是独生女，根正苗红，被工厂推荐上了大学。

大学毕业后，我被分配到嘉洲文化馆。文化馆分给我一套两居室的宿舍，我把母亲接了过来。母亲对我能坐在窗明几净的办公室工作，很满足很高兴。“我的枫荻人生前路一片光明。”她这样说。第一次拿工资，我替母亲做了件新衣，陪她去餐馆大鱼大肉吃了一餐。母亲吃得喜笑颜开。看着她脸上的皱纹全都打开的笑，我也特别高兴，我的辛苦了一辈子的母亲，终于不用再受每天馒头白开水果腹的苦，不用再受站在街上饮食店前只能闻肉香的贫了。

那段日子，我和母亲的日子其乐融融。母亲总是笑，脚步轻快得像年轻姑娘，我从没见她那样高兴过。

工作两年后的一个周日，我去拜访中学同学赵海鸥。海鸥留我吃晚饭，他爱人做了一桌菜，丰盛得让我感动。海鸥说，他有个好友，住在旁边，顺便叫来一起喝酒。“多个人，多份热闹。”他说。

“好。”我点头。

在海鸥去叫好友的空隙，我一边欣赏餐桌旁一棵半人多高、叶大如扇的绿油油植物的枝繁叶茂，一边和海鸥爱人聊家常。

没多久，我听到开门声，随即是海鸥欢喜热情拖长的声音：“来了——大家上桌，扬威带来了好酒。”

我的目光从碧叶上抬起，一眼看到正随海鸥微笑着进门的客人。那人，高大，英俊。我们四目相对，我觉得自己眼中有电光闪过。

那人，就是你父亲兰扬威。

吃完那餐饭，我就坠入了爱河。你父亲对我呵护备至，每天下班都来接我，我俩感情发展很快。他有钱，也大方，常请我去饭店吃饭，买一些紧俏品给我。自结识他后，我一个月吃的荤，是我几年吃的总和。每当他带我在外面吃饭时，我会带上一个饭盒，打包一两个荤菜，带回家给母亲。

我从不在他面前提自己的家，从不带他回自己家。每当他问起，我只说父亲过世早，母亲一人把我拉扯大。每当他送我回家时，我只许他送我到文化馆门口。

你父亲可能猜到了什么，不再提去我家的事，但半年后，他带我去见了他父母。

当我穿上自己最好的行头，走进你父亲家时，他家的摆设惊叹着我这个普通人家出身的女子的心。偌大的房里，凡那个年代商店里有得卖的家庭奢华品，电视机、收音机、自行车，缝纫机……他家都有。电视机居然有三台，客厅一台、他父母房里一台、他自己房里一台。家具虽有些古旧，但雕饰精美，结实耐用。三人沙发上罩着白底玉兰花沙发布。

你父亲说，家具是爷爷留下的，沙发是自做的，用木头做个框，垫进旧棉被，漂亮的沙发罩和家具上漂亮的装饰布，是托省城亲戚买的。我第一次在你父亲家见到这么多漂亮的家具，但我把惊叹埋于心中，一脸从容，好像对这种排场习以为常。

见过兰家老爷子和老太太后，你父亲把我带到他房间。我俩坐着说悄悄话。他打开电视，电视里正播着一部动画片。片子主题歌童稚味很足，很好听，我一下就记住了，至今也没忘。

兰家老爷子老太太对我很客气，彬彬有礼。但我在他们面前有些不自在，总觉得他们的客气后面是俯视，彬彬有礼后面是居高临下。

我和你父亲相恋一年后，你父亲向我求婚，我应承了。

结婚前，你父亲告诉我，说他家有一个规矩，凡嫁进兰家的女人，都得相夫教子做家庭妇女，不知我能否接受。

我把这规矩告诉我母亲。我母亲一听就哭了。她说，枫荻，妈好不容易把你拉扯大，你好不容易上了大学，有份坐办公室的工作，这工作多少人想要都得不到，你却要辞掉它。但母亲在想了一宿后，还是妥协了。“那是你的幸福，我不能拦。”她说。

我母亲妥协了，我们却遇到来自你奶奶的阻力。

你奶奶虽大部分时间足不出户，却相信八字风水。她拜了嘉洲郊区深山之中的水月庵一老尼为师，每逢家有大事，她都会去庵里求老尼指点。在独生儿子结婚前，她慎之又慎拿着她儿子和我的生辰八字去到水月庵，求问两人的生辰八字是否相合。

庵里老尼掐算了几下，在一本卦书里查了查，给你奶奶吟了四句诗：

“似鹄飞来自入笼，欲得翻身欲不通，南北东西都难出，此卦诚恐恨无穷。”

你奶奶求明示。老尼默然不语。你奶奶问，是好，还是不好。老尼开声说：“该来的都会来，该去的都会去。世事说到底，无好也无坏。”

你奶奶从水月庵回来后，找到你父亲，说不同意我们的婚事。你父亲问为什么。你奶奶说庵里师父说的。你父亲笑她迷信，说现在都什么年代了，还去问八字是相合还是相冲，太封建了。

“我觉得她不太适合做兰家媳妇。”你奶奶说。

“是我结婚。”你父亲说。

这件事上，你父亲无论如何都不听他母亲劝阻。闹到你爷爷那，你爷爷做出的裁决是：日子是人过的，不要去靠一座小庵老尼之言来决定。你奶奶不再反对，但她找机会白了我一句：“你厉害，还没进门，就让兰家两个男人都替你说话。”

我看了一下她的眼，隐约感到她心里已埋下讨厌我的种子。

二〇〇三年九月二日，于京城英华园

信三十三 夏枫荻之夫家生活

夏枫荻与英子书

女儿英子，我和你父亲的婚礼如期举行。

婚宴前夕，你奶奶叫我去她房间，说想和我聊聊。那是我第一次走进婆婆卧室。卧室内窗帘半掩，清一色古旧结实的家具。婆婆说它们是紫檀木，是扬威爷爷留下的。我不知紫檀价值，凭感觉知道它很昂贵。

厚重的紫檀家具让房内光线看起来有些暗淡。婆婆让我坐在一张紫檀圈椅上，她打开靠墙大衣柜门，在里面摸索一阵，摸出一只红锦缎小盒。她坐进另一张紫檀圈椅，郑重其事将小盒递给我，说：“枫荻，这是一点进门礼。”

我受宠若惊站起身，小心翼翼接过，打开一看，是块精致的女式手表。我躬身谢了婆婆。婆婆要我坐下。她右手搭住扶手，端详着我。我被看得有些不好意思，低下了头。婆婆说：“枫荻，一家人了，不必拘礼。”

她的视线在我两根长辫上停留一会，说：“枫荻，梳个髻吧。女的结婚了，梳髻好看。”她用手抚抚头发，她的头发全梳在脑后，发网网着。到她这种年纪，虽头发少点，却没几根白发，不能不说保养得好。

我一脸恭敬说：“妈，现在哪还有女人梳髻的？”我扫了一眼婆婆，我第一次如此近距离打量她。她肤色有些晦暗，皱纹让那些晦暗显得更加惨淡，年轻时俏丽的丹凤眼在皱纹里变成了下垂三角形，使她看起来很有些严厉。

“那是外面。外面怎样，我们不管。外面的女人一个个像男人，我们管不了。但这是家里，家有家规。”婆婆眼光直射过来，说：“你现是兰家媳妇了，扬威有没告诉你做兰家媳妇该守的一些规矩？”

“提过，没详说。”

“兰家媳妇只能做家庭妇女，他说了吗？你妈同意吗？”

“说了。我妈同意。”

“那就好。枫荻，我们家养得起你，你不必出去辛苦工作。”

“好的。”我点头，垂眼，对这个老太心存本能的距离和惧怕感，但因爱着你父亲，我决意让自己全盘接受兰家一切。

“我也是这样过来的。”婆婆浮起几丝笑容，说：“扬威是兰家独传单苗，他挑来捡去这么久，把你选进门，也是你和我们兰家的缘分。”

“是的。”我诚惶诚恐点头。

“兰家传下来的规矩，做媳妇的都得遵守。枫荻，我们是一家人了，我现在给你说说？”婆婆满脸是笑。

“妈，您尽管吩咐。”我说，内心有些紧张，避开她锥子般的目光。

“兰家的家长是男人，做媳妇的本分就是一心一意相夫教子。”婆婆说。

“应该的。”我说，心想，凭自己对你父亲的爱，这点不难。

“做媳妇的，尽量不要一个人出门。要出门，须得有理由，还得有家里人陪同。要亲自下厨为丈夫做饭菜。”婆婆说。

“嗯。”我点头，心想一个女人独自出门是不太安全。

婆婆满意地点点头，起身从抽屉拿出一个黑色封皮的小记事簿，说：“这么多年，我操持这个家，有些累了，想歇歇。你进了门，我就轻松了。这本子上的东西，你多读几遍，记住。枫荻呀，家里的担子，以后就靠你了。”

我想，本子上的要求，应不难。我谦虚地表态说：“妈，我是小辈，初进兰家，肯定有很多方面不懂，还要靠您多指教。”

“嗯。”婆婆用鼻子满意地哼了一声。

我拿着小记事簿，走进自己新婚卧室。卧室家具全由你父亲亲手设计。他采购上好木料，请嘉洲最好的木匠师傅，仿照当时最时髦的款式制作而成。我坐在床沿，翻开小记事簿。簿子里的字迹娟秀，第一页写着“兰家媳妇须知”，第二页始，密麻麻写着一条一条规矩。

我浏览起来。

第一、夫妻当相敬如宾，不容反目。妻当从夫命，不可骄悍。第二、妻当早六点起，梳洗停当，向长辈问安，晚当在夫休息后再歇。第三、妻当亲为夫规划每日膳食餐单，荤素搭配合理，营养齐全，有利健康。第四、妻之言行举止要符合礼仪，遵长幼、上下、男女之秩序，勿着短裙、勿着无袖衣。第五、妻当不得轻易出门，如实有事，可由人陪同。不得见陌生男性，不得私自与男性约会。第六、家庭主事者为夫，妻当以相夫教子、贤良温顺侍奉夫和公婆为己任。……

“天啦！”浏览完后，我觉得荒唐，都什么年代了，还有这些规矩！我没把小记事簿当回事，随手丢进抽屉。

翌日，我的喜宴隆重举行。我母亲和婆婆同坐一桌。我母亲穿的衣裳虽很新也不便宜，但几十年的生活风霜却一目了然写在脸上。

喜宴结束后，婆婆热情邀请我母亲在兰家多住几天。我母亲架不住婆婆的客气，住了下来。当房里只有我和母亲时，我把婆婆给我的小记事簿递给母亲。母亲看后，叹口气，说，枫荻，以后这日子，要是没法过了，你就回妈身边来。我说，可能只是写在本子上吧。

“你要忍。”母亲说。“嗯。”我听出母亲话后的沉重。

“忍字头上一把刀，忍能成百事。”母亲说。“嗯。”我答。

我母亲在兰家住了一晚，第二天便要离开，说家有事，急待处理。

“嫁女儿也是大事。不过亲家母急着要回，肯定有缘由，我不强留。以后多走动，亲家越走才越亲。”婆婆边说边从衣柜找出一堆衣服装在袋子里，说：“有的做好了就没穿过，有的只穿过几次。”婆婆从食品柜拿出大包小包糕点糖果，说：“这些吃不完，亲家母带点回去。”她又从洗漱间拿出一些香皂，说：“我家扬威喜欢买，亲家母不嫌弃的话，帮忙用用。”

我母亲站在兰家客厅里，双手拎满东西，脸上堆着有些不知所措的诚惶诚恐的笑，连连点头说：“好、好，谢谢亲家母。枫荻不懂事，请亲家母多管教。”

我母亲拎着大包小包，千恩万谢着。扬威要送她。我不忍再看母亲在兰家人面前不知所措，就说，我自己去送。

婆婆忽然问：“你一个人去？”

我答“嗯”，忽见婆婆脸有不悦，才恍然想到兰家有女人不许单独出门的规矩。我马上说：“郑婶也去，帮拎东西。我把妈送到家后，就回来。”

婆婆严厉的脸旋即堆满笑容，唤郑婶帮亲家母拿东西，对我母亲说：“这些事由保姆做就得了，我们都到了享福的年纪了。”

“是的。亲家母好福气。”我母亲脸上尽是笑。

我随母亲走出兰家。母亲边走边回头，频频对我婆婆挥手道别。

路上，我看着那大包小包，心里不是滋味，要母亲把它们丢掉，说太重了。母亲爱怜地望我一眼，说：“傻孩子，这么好的东西，这么美味的糕点糖果，丢了可惜。”

我的喉咙有些哽咽。

“枫荻，嫁进家境这么好的人家，做人媳妇了，不可以像在家里那样任性。”母亲教导我，但说着说着，她的眼眶开始湿润，说：“如果和婆婆相处不易，你要忍字为上，多低头，多认错，多请教。”

我要母亲放心，说，扬威会护我。那时，我很年轻，爱情让我对未来的生活充满希望和天真。“男人靠不住。你心里如憋得慌，就回家住几天。家里日子虽简朴，但有妈在。”母亲说。我觉得母亲多虑，说，女儿又不是上刀山下火海。

“不是就好，不是就好……”母亲喃喃自语。

我把母亲送到家，喝完一杯茶后，就马上和郑婶回兰家。当我走出家门老远时回头，看到我一生艰辛的母亲站在门前，正用袖子抹着眼泪……

二〇〇三年九月三日，于京城英华园

信三十四 夏枫荻之镣舞

夏枫荻与英子书

女儿英子，近好？甚念。

在我婚后，你父亲带我旅行度蜜月。临出发前，婆婆千叮咛万叮咛，说新婚旅行时间不能超过半个月，怕旅途劳累影响健康。这半个月，是我这段婚姻生活中最幸福快乐的时光，我随心爱的人，在大自然怀抱里尽情享受着爱的甜蜜。半个月转瞬即逝，你父亲要买回程票，可我意犹未尽，问能不能晚几天回家。

“不行，妈的叮咛，不能违背。”你父亲说。

“你怎么啥都听你妈的？”我第一次品尝到爱在习性面前的无奈。

“我家就这样。父亲是至高无上的皇帝，妈是总管。”

“你妈怎啥都管？”

“她一直这样，况且她也是为我们好。”你父亲边说边买票。

我感到失落，只能随丈夫老老实实按规定时间回家。在回家的火车上，我望着飞速而过的青青原野和各式建筑，脑海浮起婆婆严厉的双眼，内心不由有些抽紧。

“怎么啦？”你父亲感到我的紧张。

“没什么，可能是坐久了点。”我在你父亲面前，第一次将真实想法捂在心里。

到家时，婆婆已指挥郑婶准备了一大桌菜给我们接风洗尘。看着婆婆的殷切，我不由对自己的多心起了自责。

吃完洗漱完，我就去睡了。因旅途劳累，我睡得很死。还在深度睡眠中时，我恍惚听到有人叫我。我以为是梦，没睁眼，但那声音持续响着。我在无比困倦中睁眼一听，原来是婆婆在敲房门。我转身看看丈夫，丈夫没醒，再看看床头闹钟，早上六点。婆婆的声音响在门外。她说：“我五点半就起来了。枫荻，不要叫醒扬威，让他多睡会。”

我不敢怠慢，强迫自己睁开惺忪睡眼，把头在冷水里泡了几分钟才勉强清醒过来，洗漱毕进到厨房，协助婆婆做全家人的早餐。

婆婆边做早餐边告诉我一天的安排。她说，吃完早餐，郑婶负责收拾餐桌碗筷，婆媳做些贴身家务，兰家的贴身家务一般由兰家女人亲手做，十点后出门买中午和晚上的菜，两个男人的午餐不在家里吃，三个女人的饭菜比较简单，午餐后稍事休息，下午四点半开始准备晚餐，晚餐对劳累了一天的男人很重要，要丰盛，讲究营养。

婆婆讲得太多，我记不全，只得稀里糊涂频频点头。

早餐准备好时，刚好七点。丈夫和公公准时来到餐厅，吃完早餐，两个男人离家去上班。

当家里只有我和婆婆及郑婶时，婆婆开始教导我。她要我先熟悉你爷爷和你父亲的口味。她说："米饭老爷子喜欢稀一点，扬威喜欢干一点，锅里的米要一边放少一点一边放多一点。"好在你爷爷和你父亲都比较喜欢咸一点的味，否则每份菜都得做两份。"兰家历来重视饮食，厨房都有二十平方大。每次炊后，都要将灶台锅碗清洁得干干净净，不留污渍，这事郑婶做。"婆婆说。

我在兰家的第一顿晚餐，在婆婆的言传身教下完成。婆婆说："今天煲汤。一周煲三次。"我在娘家时很少听到煲汤两字，在娘家，粗茶淡饭多，没这么讲究。婆婆将一只切好洗好的鸡放进锅，再放些枸杞、姜，说："放些枸杞，汤比较清爽，姜可去腥。吃时，要将汤上的浮油去掉。"我想起在娘家做得最多的蛋花汤，水开后打个鸡蛋就成了。娘家的蛋花汤几分钟就能做成，婆家的汤却要煲上两个多小时。

婆婆要我用心记，她说："菜不能做得太多，怕吃不完，也不能少，怕吃不饱。不能让兰家男人吃剩菜，如有剩菜，一般是媳妇吃。"

"嗯。"我鸡啄米般点头。

晚餐差不多做好时，我问要不要炒个鸡蛋，我在娘家时，常吃炒鸡蛋。婆婆盯我一眼，说鸡蛋用来做早餐。我在那一眼里如芒刺背，好像娘家的窘迫在那一眼里暴露无遗。

"这些食材从哪弄的？"我问。

"有些在街上买，有些到乡下找农民买。为了能让他父子俩吃好，我费尽了心机。"婆婆说。

晚上七点，公公和丈夫一起回来了。我手脚麻利地将做好的菜肴摆上餐桌。婆婆忽然尖叫起来："不能这样不分顺序。"她走过来，将荤菜和蔬菜换个位。"面朝门的是上位，背朝门的是下位。荤菜放上位，蔬菜放下位。”婆婆脸色不太好，但还算和颜悦色。“读了记事簿上的东西吗？”她问。

我没细看，可我不能承认，我有些窘迫地模棱两可“嗯”了一声。

“簿子里都写着的。”婆婆指着上位说是老爷子的位，指着上位右边说是她的位，指着上位左边说是扬威的位，指着下位说是媳妇的位。“家里一直这样坐。我们兰家的女人，一直都遵从着。我做媳妇时就是这样坐过来的。”婆婆说。

我第一次看到在家庭中有如此严格的排位，好半天才回过神，声音小得像蚊子问：“郑婶坐哪？”婆婆转过身，盯我一眼，说：“在厨房吃。”

“郑婶没想法吗？”

“郑婶是老实人，正因这样，我们才留她这么久。郑婶家比你娘家生活还困难。”

我顿时哑口无言。

两个坐在沙发上看报的男人来到餐厅，很自然地坐在他们的位置上。我想，就是黑灯瞎火，他们也能准确无误找到那两张黑色靠背椅。我自觉地坐在下位，那是一张新椅子。

婆婆从厨房出来，盯着已坐在桌边的我。我有些惶恐，不知又错在哪，悄声问你父亲。你父亲说：“要等全家人都坐下后，媳妇才能坐。”

全家人都坐好后，我等公婆丈夫先起筷后才小心翼翼拿起筷子。我喜欢吃鱼，伸出筷子夹了一块清蒸鱼。婆婆盯我一眼，我的心顿时发毛，手一颤，鱼掉进碗里。我不敢再伸筷子，只闷头夹放在自己面前的蔬菜。你父亲往我碗里夹了好几筷子鱼肉。

吃完饭，回到卧室，我问你父亲：“我在餐桌上犯了哪些规？”你父亲看我像只受惊兔子，心疼地说：“我家有些烂规矩，我爸妈死要坚持。餐桌上，要等公公先动筷子，特别是鱼这道菜，一定要公公先夹。”

我打开抽屉，拿出黑色小记事簿，问：“是不是都写在这上面？”

你父亲有些吃惊，问：“妈给的？”我点头。

你父亲体贴地搂过我，在我耳边小声说：“我爸妈死脑筋，看在他们年纪大了的份上，我们做小辈的，忍一忍吧。”

我含泪点头，和你父亲躺在床上说悄悄话。快要入睡时，我听到房门被敲响，门外响起婆婆的声音，她说，枫荻，记得明早六点起来，梳洗好后，先向公婆请安。

我诚惶诚恐地说，妈，记住了。

那一夜，我辗转无眠，虽对婚后生活有过充分的心理准备，但没想到会这样拘束。这宅院里的日子，虽吃好穿鲜，和外面的生活却几乎是两个世界，宅院的那堵三米高墙，将这两个世界划分得泾渭分明。不过，我想，凭着对丈夫的爱，努力去适应吧，嫁鸡随鸡，嫁狗随狗，那么多女人不都这么过了一辈子吗？人努力工作，不也是图个吃穿舒服？况且，我还能时时接济母亲。

婚后，我努力适应兰家生活，心中谨记兰家作息和规矩，如履薄冰过着每一天，唯一的期待，便是盼望夜晚早点降临，因为那时你父亲下班回家了，我的时间就是他的，只要你父亲在身边，婆婆就不会像盯犯人一样盯我。

二〇〇三年九月四日，于京城英华园

信三十五 夏枫荻之初违家规

夏枫荻与英子书

女儿英子，尽管我小心翼翼，但结婚一年后的我，还是踩响了你父亲家的地雷。

有一天，郑婶对我说，门外有个男人找我。我很惊异，自嫁进兰家后，我和外界几近隔绝，没男人找过我。我到门外一看，原来是李纬彬，我的大学同学。李纬彬看到我，惊喜万分说："枫荻，我到嘉洲出差。为了找你，挖地九尺。"

我尴尬笑笑，把他领进一楼客厅，泡茶拿点心。李纬彬说想请我出去吃餐饭，叙叙旧。我上楼向婆婆请示。婆婆面有不悦，说："等扬威回来后，让他陪着一起去。"

我说："这位同学晚上就要离开嘉洲。"

婆婆老大不乐意说："那就在家请他吃顿饭吧。男女单独出门吃饭，成何体统？我自己就从没男同学来找过。"

我怕李纬彬看到自己在兰家的低声下气，也怕他遭受婆婆脸色，就对婆婆谎称还约了另一位同学。“男女同学在一起聊天没啥好处，不在一起聊天也没啥坏处，干脆不要去了。”婆婆忽然说。我感到委屈，也怕纬彬笑话，就没理会婆婆的话，自作了主张。那一天，我走出兰家家门，以东道主身份陪李纬彬逛嘉洲品美食。走出兰家，身边不再有双时时盯着自己的眼，我轻松许多。当我在餐馆请纬彬吃饭时，我的话特别多，我原本就是学校文艺队成员，活跃分子。

纬彬盯着我手上的戒指，有些失落地说：“枫荻，你终究嫁了个家境富裕的人家，你爱人在哪工作？”

“他家经营服装生意，我嫁他不是因钱，是因爱。”我说。

“那就是资本家啦？枫荻，你一个大学生，怎么连工作都辞了，做起家庭妇女？”纬彬说完，可能感到有些言重，又说：“我是替你惋惜。”

我默然，不敢提及兰家规矩。纬彬似乎窥到我光鲜衣饰下的忧郁，问：“嫁人后，开心吗？”说开心，是假，因为兰家家规；说不开心，也假，因为爱着你父亲。我将郁闷掩盖在爱情的欢娱之下，晃晃婚戒，表现出一个女人的幸福状态，说：“开心。”我不想让纬彬知道自己的隐痛和窘境。

“现在妇女半边天了。”纬彬说。

“我真的过得很好。”我言不由衷。

纬彬半信半疑看着我，说：“你一个大学生回去做家庭妇女，退回到封建时代了？”我笑笑，无言。

吃完饭，我把纬彬送到车站后才回家。到家时，我抬腕看表，晚上七点。

我踏进家门，看到公公和丈夫都回来了，他们坐在客厅沙发上看报。我进到屋里，叫了他们。公公没吱声，继续看报。丈夫闷答了一声“嗯”。婆婆和郑婶在厨房忙碌。我系上围裙，进到厨房帮忙。婆婆看都没看我一眼，说：“你去歇着吧。”

“妈，刚把同学送走，回来晚了，对不起。”我说。

“没啥对不起的。你是少奶奶，我用不起。”

“妈，您去歇着，我来做。”我小心翼翼赔笑。

“我说过了，不用你帮忙，你没听到呀？”婆婆说。

她的声音冷得让我发颤，如果我还站在厨房，就是不聪明了。我走出厨房，坐在你父亲身边，希望能从他那找到一些慰藉，但他仍然埋头看报。心里憋着委屈的我，小声嘟哝了一句：“只是出去请同学吃了餐饭，又没做啥出格事。”没想到婆婆耳朵很尖，在厨房听到了我的话，她的声音随即冲了出来：“你是没做什么出格事，兰家大门敞开着，你随时都可出去。但你既做了兰家媳妇，就得守兰家规矩。兰家从没一个女人会擅自单独出门约会男人。”

公公和丈夫继续把头埋在报纸里。

婆婆把声音对准了儿子：“当初妈就说过，要你找个明事理、懂规矩的人，你就是不听，现在怎样了？”

我在婆婆的指桑骂槐里用眼光向你父亲求援，期待他一言半语的支持，但他连头都没抬。看着你父亲的无动于衷，我再也抑制不住，快步跑进卧室，关上房门，扑在床上放声大哭。我尽情恸哭着，家里每个人都听到了我的哭声，但没一个人来劝我，也没一个人替我说句话。孤立无援的我，隐隐听到婆婆的尖叫：“大好日子，哭，哭，哭，哭啥呀？到门外哭去！”

我把头埋进被子，在里面闷哭。我终于明白，在公婆心里，在那些规矩之外，还有着因娘家贫穷而夹带的居高临下与蔑视。

虽然公婆在外面世界不能呼风唤雨，但在这栋大院里，没人能违背他们。

那晚，我没下楼。你父亲端了饭菜到楼上。“趁热吃吧。”他说，将碗放在桌上，看我一眼，转身离去。

自此以后，除了婆家和娘家，我不和任何人交往。我虽然小心翼翼，但还是多长了个心眼，我不敢怀孕。我确定不了自己在这个婚姻里能走多久。但婆婆尖利的眼却时刻盯着我的肚子，因为兰家三代单传，早日抱孙是他们急切的心愿。婆婆在我的抽屉找到避孕药，她气呼呼找到你父亲。你父亲替我揽下这事，说是他的主意，他工作忙，身体累，想等闲下来后，择吉时生个健康宝宝。但他对兰家长辈抱孙心切的要求却不能再敷衍。

婚后第三年冬，我生了个女儿，就是你，英子。

二〇〇三年九月五日，于京城英华园

信三十六 夏枫荻之出墙

夏枫荻与英子书

英子，有了你后，我的生活添了许多乐趣。周末，我时常让你父亲陪着，带你出去走走，那种感觉，让我神清气爽。

有个周末，我说走远点，去嘉洲山。你父亲答应了。那天，风清日朗，云淡天高。吃完早餐，我们一家三口出了门。婆婆没任何异议，只嘱咐我不要只顾自己玩，要把孩子照顾好。

嫁进兰家后，这是我屈指可数的几次登嘉洲山中的一次。一路上，我像初来乍到的游客，对看到的一切都兴奋不已。

嘉洲山位于嘉洲北郊，绵延几十公里，山上植被葱郁，小溪潺潺，鸟语花香。据你父亲说，它历史悠久，春秋战国时就是名士出入之地，到了晋朝更是风雅之士云集，更勿论唐朝和现代了。山要人登，才不寂寞，嘉洲山从来就没寂寞过。

我和你父亲轮流抱着酣睡的你，沿着山路边行边歇往山顶走。

我像只出笼小鸟，一路叽叽喳喳，没有丝毫疲倦感。走到半山腰一个八角亭位置时，你父亲说，就在这儿玩吧。我意犹未尽，说山顶上风景更好。你父亲看我兴致高，答应了。虽兰家对女人有诸多规矩，但只要一出家门，你父亲很多方面都依我。

我兴致勃勃登上海拔八百多米的嘉洲山主峰。主峰上没有游客行人，非常寂静安然。在这种寂静安然里，我仿佛听到春意勃发万物生长的声音。

你父亲说，小憩一会。我抱着你，坐在峰顶凉亭石凳上，凉亭位置颇佳，前后左右望去，都如油画，女儿你好像体察到母亲心愿般酣睡，让我有足够心情去欣赏山顶美景，享受葱茏绿意。从峰顶望去，公路像一条条细长带子，一栋栋房子像一只只火柴盒。我在火柴盒子里寻找兰家，渺然无着落。我忽感人生无奈，自己就在那只渺然无着落的火柴盒子里生活，蚂蚁尚有进出自由，而我连迈出盒子的自由都没有。

正当我自怜时，耳边忽然响起一个浑厚、磁性的男声，“拜托，帮按一下快门。”我转头一看，一个发到耳际的男人正将相机递给我。我示意你父替他按快门。你父接过相机，按了。

“谢谢。”那人说完，却没离去，接着说：“这里风景很美，风景里有人会更美，我想给你爱人画张像。”

你父亲疑虑地看着他。男子表白他是京城来的画家，喜欢在羁旅行役里寻找灵感。“你爱人个高，肤如凝脂，眼如墨玉。把她画进去，会让这座城的风景更美。”他说。

你父亲粲然一笑，默认了画家的要求。画家支起画架，指挥我坐在一棵树势优美的树下。你父亲抱着你坐在凉亭等候。画家画技娴熟，没多久便完成了作品。画中的我活灵活现，是我本人，但比本人更美。

你父亲说画家把我画美了。画家对他说，你爱人本就具有那种韵味。你父亲细瞧了好一会，才说，画中人表现出的韵味之美，确是他以前没发现的，可能画家比常人更敏锐，可我是他妻子，他怎会没发现？“是我马虎了。”你父说。

画家问我要住址，说画裱好后，送给我作纪念。我用眼请示你父亲，你父亲只当画家戏言，将家里住址写在纸片上给了他。

“我叫罗允琪。”画家说，收好画架，准备下山。

画家下山后，我们仨继续在山上游玩，我也忘了这事。

三天后，我正在卧室逗女儿玩，郑婶上楼说，门外有个男人找我。我很惊讶，紧张地对郑婶说：“知道了，要他在门外等我，我马上下去。”此时婆婆在厕所。

我下楼一看，是画家罗允琪。他看到我，高兴地叫了一声：“小夏，你好。”我吓了一跳，问：“谁是小夏？”但马上意识到荒谬，小夏就是自己呀，因公公婆婆叫我“英子妈”，你父亲叫我“枫荻”，我差不多把自己的姓忘了。

罗允琪满面笑容说：“画裱好了，送给你。”他递给我一个卷着的画轴。我接过画轴，心“砰砰”直跳，如做贼般回头看看，见没人下来，才紧张地说了声谢谢。

罗允琪无拘无束说：“我想请你做我的人像模特，行吗？”他说他要完成几幅油画，一直没找到合适的模特。

我的脑海浮起几张不穿衣服的油画模特画面，刚想摇头。“不是的。”罗允琪急摇手，解释说，他画的人像模特，只需坐着或站着，摆个姿势就行了。

我“哦”了一声，想到兰家规矩，想拒绝，但他富有磁性的声音莫名其妙让我憋闷的心涌起一丝欢欣，我鬼使神差点头答应了。

“怎么啦？”他看我答话紧张，问。

“我婆婆很厉害。”我压低声音说，边说边回头，怕婆婆冷不丁从门里出来。

罗允琪掏出纸笔，龙飞凤舞写下一个地址，要我方便时去这地方找他，然后便告辞离去。

我回到卧室，刚把画轴放进衣柜，婆婆便进来问我：“谁来啦？”

我心跳有些加速，掩饰道：“是老李，来借钱。”老李是我家一个远房亲戚，没钱时常来我家借。但我没面不改色心不跳撒谎的本事，面上不自觉泛起潮红。婆婆没注意到我脸红，“哦”了一声，问：“答应借他了吗？”我说，没有，我告诉老李，这个月我家现金周转有些困难。“是的，枫荻，以后谁找你借钱，你都这么说。”婆婆脸上浮起赞许的笑。

婆婆走后，我轻轻反锁上卧室门，拿出画轴，展开铺在床上，细细欣赏。画上人很美。“我有这么好看吗？”我反复自问，想起画家罗允琪说过的他能看到我骨子里去的话，心里不由涌起一股暖意。

欣赏完，我细心卷起画轴，用牛皮纸一层一层包好，藏在衣柜底层。藏好画，我坐在床沿，内心开始激烈交锋。对画家的邀约，去？还是不去？思前想后，我在对将来不可预测的期待里做出了决定。

两天后，我把女儿哄睡，去到婆婆房间，说小英子有些低烧，想抱她去看医生。这一年婆婆身体差了不少，像快要朽坏的木头，多走几步都会气喘，因力不从心，也就不再事事盯我。婆婆答应了，但要郑婶陪我去。

郑婶正做家务，没闲。婆婆无奈，只得恩准我独自抱着女儿出门，并千叮咛万叮咛早点回家。我“哦”了一声，快步走出家门，好像走慢一点，就会被婆婆发现内心的秘密。

这是我和画家罗允琪的第一次约会。

罗允琪似乎很了解我，或者说我们投缘，他的每句话都能说到我心坎上，让我如逢知己。我倾诉了自己在兰家的生活和内心郁闷。罗允琪觉得不可思议，现代社会居然还有这样的家庭。“你公婆虽穿现代衣，吃现代饭，骨子里却是彻头彻尾的封建余孽。”他将兰家打入封建余孽行列，让我明白我现在的生活不是忍的美德的体现，而是封建余毒在摧残一个向往自由的人的精神。“不自由，毋宁死”，这是画家罗允琪的生活信条，他对我表现出深深的同情。

我和罗允琪聊了一个多小时。

回去的路上，我的心里多了一种高山流水的甜蜜，有些似干旱禾苗遇到润物细无声的春雨般涌动着欣喜。我细细回想与画家罗允琪相谈的内容，罗允琪率性独立的个性以及艺术气质，让我欣赏，也让我感到未知的神秘。

“我的公婆一向深恶痛绝男人留长发，他们不许自己的儿子留长发，也不准儿子交留长发的朋友。要是他们知道我在和一个长发男子交往，不知会怎样。”我想着画家罗允琪在当时不多见的齐耳头发，线条分明的脸上那双多情的双眼，回到兰家，感到兰家老宅院的生活也没那么枯燥了。

自那后，我时时抱着女儿去医院看病。虽婆婆防范严密，我的红杏仍在兰家高墙外茁壮生长。我知道这种事在当时属大逆不道，被人知晓，会被戳破脊梁骨，所以我万般小心。

画家罗允琪在嘉洲租了房子，将他云游天下的羁旅行役，暂时划了一个句号。

二〇〇三年九月六日，于京城英华园

信三十七 夏枫荻之决裂

夏枫荻与英子书

英子，妈在向你叙述此事时，内心惭愧，后悔当年因年少不懂事的冲动，丢失了生命中两个至亲的人，你父亲和你。英子，爱情是浪漫的玫瑰花，婚姻是平实的握手，即使处于不如意的状态，只要守望、包容、忍耐，不要将自我放得那么大，都应会有好结果。这是妈回忆过去得出的结论。望女儿在面对自己的婚姻时，记住妈的教训，勿冲动，珍惜之，善待之。

这世上没有秘密，即使有，也是暂时的。英子，妈当年与画家罗允琪的婚外情，只半年就被发现了。发现者是一个女人，一个大半辈子都生活在兰家宅院内、对国事天下事知之甚少、对家事异常敏感的女人。她就是我婆婆。

孙女频繁去医院以及荡漾在媳妇脸上的笑意，让她嗅到了一个女人春暖花开的味。一个女人心里爱了，往往不懂得隐藏，以为那就是自己想要的幸福，而将春情荡漾在脸上。女儿呀，当时的我就这样。

嗅到异常的婆婆，在我又一次找借口抱着你出门时，不动声色跟在后面。她看我走进画家罗允琪的租屋，很有耐心地等候。一个小时后，我抱着女儿出了门，罗允琪和我在门口道别。

从没做过侦探的婆婆，表现得异常出色和沉着。待我离去后，她轻而易举从传达室守门人那儿打听到罗允琪家的门牌号，上楼敲开允琪屋门，诳说想买画。允琪不识婆婆，说这里不卖画。婆婆说她慕大画家罗允琪的名气而来，能否让她看看，开开眼界。罗允琪把她带到画室。

婆婆一进罗允琪的画室，几乎晕眩。画室里挂的人物画都以我为蓝本，或颦或嗔，或沉思冥想，或巧笑盼兮，都韵味畅通，风采流动。罗允琪看老太太边看边摇摇欲坠，扶她坐下，倒杯凉开水给她。婆婆喝了水，问了几幅画的价钱，说带的钱不够，改日再来。

婆婆脸呈猪肝色回到家。郑金银找出药片给她，要扶她去卧室休息。婆婆说她没病，不用休息，要郑婶不要烦她。

那时，我已回到家，将女儿哄睡后，端了一碗刚煲好的汤给婆婆。婆婆筋疲力尽坐在沙发上，没看我，一挥手就打翻我手中的碗，溅了我一身一脸。我预感到不祥，有些心惊肉跳地问婆婆哪里不舒服，要不要去医院。婆婆脸黑如锅底，对我毫不理睬。我讨了个没趣，转身怏怏离去。

一会儿后，沙发上的婆婆忽然手舞足蹈，喉咙里发出“咳咳”“呀呀”声。我吓了一跳，大叫郑婶。郑婶过来，见婆婆面呈黑色，说是有痰堵在喉咙里。她跑出门叫来邻居，和邻居手忙脚乱把婆婆送进医院急诊室。

婆婆在急诊室里打了几小时吊针。

缓过那口急气后，兰家爆发了十二级地震。从医院回到家的婆婆，用恨不得活剥我的尖利的声音呼天抢地喊：“我兰家造了什么孽呀！儿子娶了这样一个女人……鲜廉寡耻，狐狸精、骚货……”凡是她能想到的对付女人的诅咒辱骂之词，都被揪出来砸在我身上，“还是那样一个花花浪荡子和小痞子，留那么长的头发。”

公公劝她息怒，说犯不着为这种人再进医院，不值得。“打死她算了。”婆婆怒喊一声。公公脸色很难看地说，那个能在家里对女人处以私刑的年代已经过去了，现在杀人要偿命。“我活够了，不怕一命抵一命。”婆婆说。

“别气坏了身子。”公公说。

“那就离婚。真丢人呀，我们兰家的声誉要被毁掉了。不能再容这样的人了，早点让她走。你现在就给她说，让她走，离开兰家。”婆婆说。

公公将婆婆扶进他们房间。过了好一阵，公公独自从房里出来，平静而一脸严肃对我说：“我和扬威妈商量好了，我们不想将你的丑事嚷出去，免得丢我兰家的脸，成为笑柄。你去收拾一下你的东西，离开兰家吧。孙女不能给你。”

婆婆将你父亲叫进房间，要你父亲马上写离婚协议书，说，如果不马上将我扫出门，她就吊死。

你父亲脸色惨白，突然爆发的胃痉挛让他在吃了大把药后都止不住。他用暖水袋按住胃部，提笔颤巍巍拟好离婚协议书，在他父母过目并修改通过后，放在我面前。“爸妈的脾气，你也知道，他们从此绝不可能再容纳你，我没有选择。”他说。他的眼布满血丝，但他的眼没看我，自他知道我与画家罗允琪约会后，他的眼就没看过我。他说完，身子有些摇摇晃晃离开了，步履像八十岁老人。

我明白，我的背弃让他痛苦，离婚同样让他痛苦。

我看着离婚协议书，如同看到地狱门。我没想到公婆会如此恩断情绝，不留丝毫余地。嫁进兰家近五年，对你父亲的爱，是我在兰家大宅里生活下去的唯一支撑，但你父亲现在说翻脸就翻脸，让我无比寒心。我想起母亲说过的男人都靠不住的话，不由失声痛哭。我自认在兰家本是羔羊，现在更是赤裸裸被捆上屠宰台，四周都是举起的屠刀，我的任何辩解、哭泣、哀求都无济于事。

我想着婆婆那张充满鄙夷和怨毒的脸，明白自己多在兰家留一分钟，都是受罪，但这个漫漫长夜，我总得熬过去吧。那晚，丈夫在另一间屋睡觉，女儿被婆婆抱走了，我独自一人待在自己房间，屋里凄清冷漠，我头痛欲裂。一夜无眠的我，在凌晨三点时，含泪在桌上放着的离婚协议书上签下了“夏枫荻”三个字。

翌日一早，婆婆就催你父亲去民政局婚姻登记处办离婚手续。离婚登记处的人不多，我们很快就办妥了。办妥后，你父亲和我，一前一后，一路无言回到兰家。

婆婆坐在门前，拦住我，深恶痛绝说：“外人，勿进。”

我的泪流了出来，说：“妈，我想看看英子。”

“谁是你妈？别叫了。英子没你这个母亲。”婆婆像和我有着几辈子仇恨，指着她脚边一个大箱子，说：“你的随身用品和衣服都在这里。我们兰家也不是无情无义的家庭，给了你一个存折，数目不少，放在箱子里，够你生活好一阵了。你走吧，回娘家去吧。”

婆婆坚硬的布满皱纹的脸部表情，让我明白兰家大门我是没法再跨进去了，我只得提起箱子，转身离去。走出几步后，我听到背后传来一声悲痛欲绝的喊：“枫荻……”那是你父亲的声音，我没回头。“妈……妈……”那是牙牙学语的你的稚嫩的哭叫声，我心如刀绞，英子呀，那时你才一岁多。

我哭着，跌跌撞撞，几乎看不清脚下的路。我身心虚弱回到母亲家，一进门就昏倒在母亲怀里……

后来，我随画家罗允琪去了京城。坐在火车上，我满脑子浮现的都是你的娇嫩面容……我用罗允琪递过来的手帕抹干泪水，红肿着眼，离开了嘉洲，翻开了人生另一页。

女儿，妈信笔涂鸦下这些文字时，忆起往昔，是边写边哭。让我欣慰并支撑我走过那段艰难日子的，是我母亲的安慰和帮助。当我被兰家扫地出门后，我母亲没有责备我，她默默陪伴支持我，对我要随画家罗允琪走一事，也没阻拦。我将兰家给我的存折留给母亲，孤身一人随罗允琪来到京城。我没有工作，靠罗允琪生活。本以为与罗允琪的爱，会有一个美好结局，没想到终是幻想。我和罗允琪结婚四年后，因性格不合，分道扬镳，好在我俩没孩子。

离开画家罗允琪后，我找了份辛苦且工资不高的工作。工作一年后，遇到现在的丈夫，就辞职在家，做了全职太太。

英子，母亲此生大半辈子已过，人生之路如此坎坷。惟愿你一生吉祥平安，婚姻幸福美满！盼你早来英华园。母枫荻字示。

二〇〇三年九月七日，于京城英华园

信三十八 离岛

英子与美茵书

美茵密友，如面，甚念。

前几日，我去了离岛，对岛上见闻感念颇深，叙之于你。久闻离岛之名，双足踏上还是第一次。我的继母刘珍果住在离岛。刘珍果在佳骏车祸离去后不久，便被送到这里。我受父亲之托去看她。刘珍果来离岛后，我父与她离婚，再娶新妻。但我父说，刘珍果虽离兰家，兰家要管她一生。

我带着父亲买的日用品和食品坐船到离岛。离岛在嘉洲郊区，是一座孤岛，四面环水。踏上离岛，举目四望，岛上植被葱茏，树木参天，鸟语花香，环境宜人，在蓝天白云下惬意而澄清，颇有行至水穷处、坐看云起时的悠然。

我遥遥看到有片建筑群掩映在青翠的树林里。我沿着岛上一条幽静小路，找到那片建筑群。如果不是建筑群大门口挂着一块

“嘉洲市精神康复医院”白底黑字牌子，我觉得这里就是一个风景秀丽的度假村。

我对精神康复医院的认识，一直停留在书本和电影所提供的印象里，如此近距离接触属首次。一路上的鸟语花香，树木葱茏如花园的优美环境，消除了我想象中对精神康复医院的害怕。

今天是周末，嘉洲大街人流如织，但这里却十分安静。我走进医院大门，里面回廊亭阁，曲径通幽。我沿着一条幽静的林荫小道往病区走。每一个路口都有指示牌，我父亲说刘珍果住一科病房。

我走进一科病区。

病区中央有片绿茵地，一排参天大树的浓密树阴给树下长椅遮出一片清凉。一张长椅上坐着一个人，那人身穿病号服，头戴灰色贝雷帽，帽檐软塌塌耷拉着。我停步注视那人。那人像块孤零零的石头，一动不动凝固着，这让我有点紧张。我看着那人发楞，突然被一个温柔女声唤醒，“你找谁？”我转头一看，是个满脸是笑，一看就知脾气好的护士。护士的满脸笑容，仿佛是这沉默死寂王国里的天使之笑。

我一阵放松，抬手指指树阴下的人：“那人……”“他常坐那发呆。”护士说。

“坐多久？”“有时一个上午，有时一天。”

“一动不动？”“对。”

“他不累？”“他感觉不到肉体累。如没人叫他，他会在那坐一辈子。”

“真能耐！”我以同个姿态坐一小时，腿脚都会酸麻。

“他有自己的世界。别人进不去，他也出不来。”护士问：“你找谁？”

“一科病区刘珍果。”“十七床。”“你认识她？”“我是一科病区护士长。在这里，病人的名字叫多少床。”

我随护士长走在小径上，看到这里每栋楼的名，都含有“爱”字，仁爱楼、济爱楼、慈爱楼……“你在这工作多久了？”我和护士长搭讪。

“护校一毕业就来了，至今二十年。”护士长嫣然一笑，她的圆脸就是不笑时，看起来都像笑，让人倍感友善。

“你喜欢这工作吗？”

“刚开始不喜欢，时间一长就喜欢了。对精神有障碍的人，医院在提供药物治疗的同时，更要提供爱心治疗。我喜欢提供爱心治疗的工作，所以一做便是二十年。”护士长说。

“你是离岛的活菩萨。”我说。

我跟护士长穿过一段鸟语花香、树青草绿的幽静长廊时，突然听到一声划破长空的凄厉尖叫。那声音让我想起一个被压制在千米深的地底、度过千年黑暗岁月的超自然怪物，突然看到洞口传来一丝光亮时所发出的尖叫。

我不由自主“啊——”了一声。

“别怕。尖叫是从仁爱楼传出的，喜欢闹的人都住那。那里铁门上了锁。”护士长说，她把有明显暴力倾向的人称为喜欢闹的人。

第一声凄厉尖叫过后，接着又传来第二声、第三声……我回头看那树阴下的人，他仍然一动不动，如雕塑般不受惊扰。凄厉的尖叫持续一阵后，戛然而止，病区又回复到死寂状态。

护士长见惯不惊，领我来到济爱楼三楼一间病房，指指门里，说，十七床住这。

病房门开着，外层铁门虚掩。隔着铁门，我看到室内铺绿色地砖，靠墙放着四张单人床，里面有个中年妇人正在一张床前叠被子，她将被子叠整齐，然后抖开，再叠齐，再抖开……“她每天只做一件事：叠被、抖被……她在这住了十五年，叠抖了十五年。她原是宾馆客房服务员，感情受到打击，没撑住。”护士长说。

中年妇人转头看了一眼护士长和我，又低头神情专注忙于手中活。

“现在是活动时间，十七床在活动大厅。”护士长说。

我随护士长来到不远处的活动大厅。活动大厅比病房大多了，铺着绿色地砖，里面有多个病人，都穿病号服。护士长打开镂空铁门，让我进去。我有点担心，护士长要我别怕，说她们都很安静。

一个坐在椅上的五十多岁的病人，对我咧嘴笑笑，招手叫我过去。我有些踯躅，护士长要我跟着她。护士长走到病人面前，笑容满面问：“五床，今天怎样？”五床低下头，双手绞拧衣角，脸上现出少女情窦初开的羞涩。护士长问：“是不是听到他的声音了？”五床抬头，瞟了护士长一眼，又低头，脸上现出红晕，羞答答说：“听到了……”

我惊异地看着这个五十岁女人表演着十八岁少女的怀春。她有双大眼，虚胖，花白头发凌乱披散，面部皮肤暗淡无光，斑点较多。

“啥时听到的？”护士长像母亲哄孩子。五床盯着天花板，脸上洋溢着幸福，羞答答说：“今早上，我起床后，他附在我耳边说悄悄话。我怕别人听见，用被子蒙住头。他的声音和昨天一样，温柔有磁性。他说爱我，很快会来娶我，问我今天吃得可好，睡得可好……”

“他说了很久吧？”护士长始终笑容可掬。

“一个多小时哩。”女人一脸天真灿烂。

“好。多注意睡眠啊。”护士长说。

五床笑了，继续坐在椅上，沉浸在自己的世界。

护士长走远几步，小声对我说，三十年前，在她结婚前夕，未婚夫突遭意外，死了，她不相信未婚夫已死，认定只是出了远门，有一天会回来和她举行婚礼，她在这里已幻想了三十年了。

看着五床的花白头发、虚胖身躯以及一直安静地活在自己想象的幸福里的羞涩，我忽然想到，在某方面而言，或许这里的病人心里很幸福，他们只是思维和正常人不一样，他们丰富多彩地活在自己的内心世界，那里面有什么，没人能知。

我扫视着活动大厅里的病人。一个年轻的瘦削女人，病号服穿在身上像挂在衣架上，自顾自在那儿傻笑。一个中年女人，用粉笔在一块小黑板上写“床前明月光，疑是地上霜。举头望明月，低头思故乡。”她写得很认真，写好后，左看右看，然后用粉笔擦擦掉，再写，再擦掉……护士长说她曾是小学教师，遭遇下岗，精神上没顶住。

二〇〇三年十月一日，于嘉洲

信三十九 继母在离岛

英子与美茵书

好友美茵，接下来，我不敢相信双眼所见。

我看到了十七床。那个曾做过自己继母的刘珍果，此时佝偻着背，手指拧着衣角，孤独一人，向隅而坐。她面容枯槁，目光呆滞，头发枯干，皮肤晦涩，如树皮般粗糙暗淡。

刘珍果变化如此之大，让我倍感人生无常，世事无常。我忍住内心悲凉，走近她，叫声，珍果阿姨。她的眼落在我身上，毫无表情扫视一眼，又转过头。我见她眼神很直，看人和物时，眼珠不动，目光只是落在我身上，并没看到我。

“十七床。”护士长叫了声。

她没反应。护士长对我说：“她常这样，一天甚至几天，都不讲话。”

我俯身靠近刘珍果耳边，叫了声“珍果阿姨”。她没反应，手指拧着衣角，眼神直盯着前方某个点。我看她的手，筋骨突起，像鸡爪。我脑子激灵一下，提高声音说：“珍果阿姨，佳骏叫我来看你。”

她一听到“佳骏”，眼珠马上转动起来，嘴里说出一串话：“不，我没病。你们不要打扰佳骏，他昨晚工作太晚，太累。你们让他多睡会，不要打扰他，不要进他房间。你们走开，走开……”

护士长忙说：“十七床，你放心，没人打扰佳骏。佳骏休息得很好，睡得很香。”

刘珍果听后，安静下来，回复到一潭死水状态。

护士长遗憾地告诉我：“她记不得你了，现在只有‘佳骏’两个字能激起她的反应，其他任何东西，都唤不醒她的沉默。”

“我没病！你们不要打扰佳骏，他昨晚工作太晚，太累。你们让他多睡会儿，不要打扰他，不要进到他的房间。你们走开，走开……”刘珍果嚷起来。

“你放心，没人打扰佳骏。”护士长说，把手轻搭在刘珍果肩上进行抚慰，她说完，带我离开大厅，站在走廊上。

我倚着走廊护栏，回望大厅里的病人。她们仍然是傻笑的傻笑，发呆的发呆，写字的写字……我问起刘珍果的状况。“十七床的情感障碍比较严重。她刚进医院时，非常抗拒，认定自己没病，要回去照顾佳骏。现在，她不理任何人。”护士长说。

我问什么是情感障碍。“就是对外界没反应。这类病人的内心，像深不见底的黑洞。十七床以前是不是性格比较内向？”护士长问。

我回忆刘珍果在兰家的情形，点点头，但我不明白在遭遇大的不幸时，为什么有人会精神崩溃，有人不会。“人的性格千差万别。有人坚强，有人脆弱，有人乐观，有人悲观。悲观的人，性格中本身就带有抑郁种子。那些潜藏的抑郁种子如得不到疏导，加上受到新创伤，病人内心的抑郁就会叠罗汉，越叠越高，越叠越厚，当叠加到某种程度时，若突遭大的刺激，病症就会全面爆发。”护士长用手比划叠罗汉的情形：“病人内心会变成石头，对外界没有任何兴趣。但实际上，病人内心世界十分复杂，复杂到完全沉默，不想表达。”

我望着枯坐的刘珍果，那是一个完全死寂的身体，那如死水般的深潭里有什么？我不知，其他人也不知！我想起刘珍果以前对自己的讨厌和冷漠……此时此刻，我心里没有恨，只有悲凉和唏嘘。“要怎样治疗，病人的内心淤积才能疏通？”我问。

“聊天。需要很好的聊天者，同时配以药物治疗。”护士长说。

“医院有这样的聊天者吗？”

“没有。这样的聊天者，需要至诚的爱心和很好的耐心。能做到这点，只有至爱的亲人出于至诚之心。其他人，即使是最好的心理医生，也难以做到。”护士长说。

我心里掂量了一下，父亲已再娶生子。自己呢？我承认做不到，我不是她的至爱亲人，内心也曾与她隔有很厚的墙。

“十七床是你什么人？”护士长问。

“曾经的继母。”

护士长笑笑，一脸悲悯，说：“离岛上的病人很可怜，很少有亲人来探望。他们也不和人交流。你以后要多来看望十七床。现在的她，像生活在另一个世界，除了记得佳骏两个字和饿了要吃饭外，其他的都记不得了。”

“康复的可能性有多大？”

“希望总是有的。任何一个来探视病人的人，都不要失望，都要有希望。”护士长说。

“谢谢您。”我看了一眼刘珍果，向护士长告辞。

“要多来呀！”护士长挥手，脸笑得像菩萨。

“好。”我说。

在离开离岛的路上，我忽然萌生出一个念头。我想，人的思维世界是一个浩如烟海的宇宙，没人能穷尽它内中的奥秘，精神病患者，其实只是生活在自己的世界里，既然是他们自己的世界，又何必费尽心思要让他们出来？旋即，我被自己这个想法吓了一跳。“天啦！”我拍拍胸口，把刚才这个一闪而起的念头拍下去。尽管刘珍果曾对自己不好，但毕竟在一个屋檐下生活过多年，自己怎会起这种想法？自己是不是也患上了情感冷漠症？“不！”我马上自我否定，觉得这个念头荒谬。

我的心里浮满护士长菩萨般的笑容，从离岛回到家后，把刘珍果的情况向父亲作了介绍。他听了，默然，亦戚然。

美茵，以上所书，皆为兰家事。烦你阅览，亟祈谅宥。望多保重，不尽依依。英子亲笔。

二〇〇三年十月二日，于嘉洲

信四十 离岛之思

刘珍果与佳骏书

佳骏爱儿，你在天堂，一切可好？

你姊姊兰英子来到离岛，带来了你父的问候，还有日用品和大包小包食品。我的眼，看着她来了，又走了。我的心，没注意到她来了，又走了。我的内心世界，并非像医生或别人描述的那样行尸走肉。医生护士和常人并不了解我们，他们只是在以他们的逻辑和思维判断我们，按他们的方式治疗我们。

他们认为我不正常。我认为他们不正常。

爱儿佳骏，你占据我内心的全部。我只是漠视周围一切，漠视曾让自己高兴、痛苦、压抑、哭泣的一切，我只是不想和外界发生任何联系与交流。

但，漠视，并不意味着忘记。

我没忘记过去，没忘记我的爱儿佳骏，没忘记自己嫁进兰家时在婚宴上穿的大红喜服……我记得，只是不想说话，不想表达。我对说话和表达完全失去兴趣，我喜欢自己的内心世界，沉浸和忆念于其中，是快乐之事。

佳骏爱儿，我记得兰家老太亲自上门说媒的那一天。

那是一个雨后的日子。雨虽停，但太阳没出来，空气里弥漫着凉爽清新。我正在家洗衣，忽见两个女人走进我家。其中一个，我认识，是热心给人牵线说媒的李大婶。另一个衣着光鲜，珠光宝气。她俩和我父母在另一间屋说话。不一会，母亲叫我进去。我进到那屋。衣着光鲜的老太仔细打量着我。“珍果，你该考虑个人问题了。”母亲说。我一下想到对方是来提亲的，没吭声，红了脸，又去洗衣。

两个女人走后，母亲递给我一张照片，说：“对方叫兰扬威，是老太的儿子。老太听说你温顺本分，特来提亲。对方结过一次婚，有个女儿，家境很好。”我看照片上的男人，长相英俊顺眼，气质儒雅，心里不由感到欢喜。那时，我二十岁，职业是小学老师，没谈过恋爱。

我母亲告诉我，兰家老太看上我的原因有两个。一是我母亲是家庭妇女；二是我言语不多，性格沉稳，相貌平平，没啥特点，让人心不悬。我听罢，感到好笑，不是我母亲愿做家庭妇女，是找不到工作。我家兄姊仨，父亲是工厂办事员，二十多年没挪过窝，从参加工作坐在那个办公室，到临近退休仍坐在同一个办公室，桌子都没变动过。

我嫁进兰家后，知道兰家有很多家规。但木已成舟，只能全盘接受。我辞去小学老师的职业，按部就班生活在夫家。我婚后第一次回娘家时，在父母面前流了眼泪。我说出门一次都难，心里郁闷。我母亲责备了我，她说：“一个女人能像你这样衣食无忧，已是好命。你还怨什么？我跟了你父亲，将你们姐弟仨拉扯大，不仅辛苦劳累，还愁吃愁穿。珍果，你比妈命好，别心比天高了。做了人家媳妇，就得守人家规矩。”

我想想，有理，是自己不知足，才生出受委屈的情绪。我没出嫁前，一家五口住着两间狭小潮湿的房子，靠父亲微薄的工资过活，我常捡哥姐的旧衣穿，很少穿新衣……从娘家回来后，我收起委屈情绪，任劳任怨做起兰家要求的媳妇。婚后不久，我怀了孕。十月期满，生了你，佳骏。佳骏这名，是你父亲起的。他说，生女儿英子时，就想好了儿子的名。

佳骏，我生了你后，公婆对我态度好了不少。有一次，我婆婆逗弄着孙子如白莲藕般的胖小手，喜不自禁说：“兰家祖上积德，怎会没孙子呢？赶走那个狐狸精，兰家有了孙，老天有眼。”你父亲听了这番话，没吱声，但有了儿子，他心里也格外高兴，对我热情了不少。

我生了你后，婆婆要我亲自带你。她说，珍果不是衣来伸手饭来张口的少奶奶，孩子得她自个儿带，自个儿带大的孩子跟家里亲。

除了带你，我还得规划家里一日三餐的饭菜。我曾对婆婆说，三餐就让郑婶安排吧。但婆婆不同意，说，厨房里的炒与洗，可由郑婶做，但每餐吃什么，得自个儿规划，要荤素搭配得当，要讲究营养。

我心里有想法，但在娘家“忍让”“顺从”的屡屡教导下，我将想法闷在心里，按婆婆的吩咐，不辞劳苦。嫁进兰家后，我已习惯将想法闷在心里。

添了你后，我的卧室开始变得凌乱。我把你的小床放在自己床边，你的衣服放在自己的衣柜里。嘉洲每年都会有一个多月的梅雨季节，打理不当，衣柜会长出绿毛。在我生下你的那个梅雨季节，接连不断的绵绵阴雨，让家里一切都潮乎乎，墙壁都能渗出水。

一个月后，天气放晴。

放晴第一日，阳光灿烂地照耀着大地和原野。看着屋外的明媚，我的心情开朗起来，想着要把充满潮湿味的衣柜清理一番。“明天，等今天太阳把大地的湿气晒干以后，明天再晒。”郑婶说。

果如郑婶所言，第二天仍是大晴天，空气中的干爽度比昨天高了不少。我兴高采烈打开衣柜，将柜里所有的衣服和被褥都搬到阳光下。有些棉质衣服，都起了黄斑。当我将衣柜最下一格的衣服抖出来时，我看到一个圆筒。拿出来一看，是个用一层一层牛皮纸包着的卷轴。我找来抹布，抹去灰尘，拆开牛皮纸，将里面的东西取出来。打开一看，原来是幅画，画上一个美人，倚在青山绿树里，背景是一座城市的远眺。

“真漂亮！”我欣赏着画中人，想这么漂亮的画怎不挂起来？可能是扬威从画斋买回来后，随手放进衣柜，忘了。我对那画爱不释手，觉得不挂起来太可惜。我左瞧右看，拿着画在四壁左放右放，发现把画挂在卧室床尾，正对床头的结婚照，最合适。“哈……这样就能日日看着画中美人了。”我自言自语，自得其乐。听说日日看美人，自己也会漂亮起来，我对自己平平的相貌有些自卑。

我花半小时挂好画。既要正对结婚照，又不能挂歪，费了一番心思，出了一身汗。把画挂好后，我静立着，欣赏画中人，忽然觉得有点眼熟。我琢磨了半天，没想出个名堂，我摇摇脑袋，不再理会这个念头。

我收拾好房间，关上房门，准备给你父亲一个惊喜。我想，当你父亲回家推开卧室门后，看到那画，一定会大吃一惊。

佳骏，母亲今天累了，明天再叙。你的邮寄地址写哪？“天堂”吧。“天堂，兰佳骏 收”。楼下有邮筒，明天自由活动时，把信投递进去。

二〇〇三年十月五日，于离岛

信四十一 美人画风波

刘珍果与佳骏书

佳骏爱儿，今天接着叙述。

那天，你父亲回来晚了点。他进家门时，已是晚上九点。他说在外有应酬，已吃过饭。他到家后，抱抱你，问了下英子情况，和他父母说了几句话，便上楼休息。

我没跟上楼。我在楼下，用得意的心情等待他上楼后的惊喜和夸奖。那是被他遗忘的收藏，他一定会感谢我给找了出来。我静听楼上动静，不一会听到卧室门发出很大一声响，然后寂静下来。我等着，但不见丈夫下楼，也不闻任何声音。楼上很寂静，寂静得有些可怕！家里其他人没注意到这种状况，只有我。

我忐忑不安走上楼，推开卧室门，见里面没人，床褥被单散发出阳光暴晒后的暖昧，那幅画挂在墙上巧笑盼兮。我走进书房，看到扬威坐在里面闷头抽烟，脸色像遭雷击般苍白。我问："怎么啦？不舒服？”他没吱声，一口接一口抽烟。

我伸出手，摸摸他额头：“病了？”他一把扫掉我的手，问：“那画哪来的？”

原来是发画的脾气，我舒口气，说：“今天清理衣柜时，在最下一格发现的。我想可能是你以前买的，收进柜后忘了。我觉得那画很好，画中女子很好看，就挂了出来。”他“哼”了一声，狠狠抽着烟。

我纳闷着回到一楼客厅，将你抱在怀里发愣。

半小时后，你父亲从楼上下来，丢下一句“晚上不回来睡了”，就出了门。

我追到门外，拉住他，问：“怎么啦？”他甩开我的手，没看我，嘴里丢出一句“我从没发现，你会愚蠢到这种地步”，然后转身冲进茫茫夜色里。

公公婆婆被儿子的举动弄得莫名其妙。已有些懂事的小英子道破原委，说爸爸看到卧室里的画，不高兴了。老两口上到儿子卧室，一推开门看到画中人的巧笑，顿时哑然。老两口脸阴沉得要降霜，闷不做声退出房间走下楼。

他们坐在客厅里。客厅气氛很压抑，颇有黑云压城城欲摧的重负。没人吱声，只有电视在响，就是郑婶也装聋作哑。

良久，小英子问了一句，“那画上人是谁？”

婆婆狠盯了孙女一眼。英子小嘴一歪，正要哭出声，老爷子忙抱过去哄着说：“乖，不哭，你奶奶晚上多吃了一碗饭，有点噎。”

我丈二摸不着头脑，想起你父亲临走前的责骂，觉得自己肯定做了一件不为兰家所容的事，但又没人告诉我错在哪里，我只能在无人吱声的沉闷里提心吊胆。

老爷子上楼睡觉前，对我说：“珍果，去把画取下来，烧掉。这事也不怪你。”

“人死了，还阴魂不散，晦气！”婆婆阴阴地哼了一声。

我吓了一跳，那是一幅死人画像？难怪会招来雷霆怒火！我嗫喏着，去卧室取下画，拿到屋外小花园，用火柴点燃，让画中美人连同画中美景在熊熊烈焰中化为灰烬。

佳骏，那晚，你父亲一夜未归。我也一夜无眠。我觉得心慌害怕。在兰家这栋老宅里，好像隐藏着不为我知的天大秘密。居然能从卧室翻出死人画像，且那样美丽，这到底是怎么回事？

翌日，公公上班后，我避开婆婆，悄悄找到郑金银，问：“郑婶，那画是不是死人画像？怎么全家人看到她都生气，却谁都不吱声？”

“太太，我只做分内事，不管别的事。”郑婶说。

我看郑婶脸色有异，心里更加狐疑，我去卧室拿了件新衣递给郑婶，说：“你试试，不知合不合适？早就想送给你，但事情一多忘了。”郑婶收了衣，道了谢，左右看看没人，才悄声说：“画中人是英子亲妈，是一个画家画的。英子亲妈后来跟那画家好上了。”

“啊——”我张口结舌，如遭五雷轰顶。好久我才回过神，问：“难道兰家没人知道那幅画一直留在家里？”郑婶想了想，神秘地压低声音说：“据我所知，好像没人知。不过太太，你千万别让老爷子老太太知道是我多嘴，否则我的饭碗怕保不住。”

我问：“英子亲妈真的那么漂亮？”郑婶小声说：“比画上还漂亮，英子爸很爱她。”郑婶叹口气，说：“她被老爷子老太太赶走时，哭得可惨啦，想见英子一面都不行。”

我谢了郑婶，跌跌撞撞上楼，把自己关在屋里，心里酸甜苦麻辣五味俱全。我知道自己在不知不觉中做了件愚蠢至极的事。我只知丈夫有过一次婚姻，至于他前妻啥样，为何要离开兰家，我一概不知。我问过，没人答我。我没想到丈夫前妻那样美，自己还把她当偶像崇拜……我蓦然明白了初见那画时，为何会有熟悉感，原来……原来，英子有些像画中人，只是自己一直没朝那方面想，忽视了身边最熟悉的人。

你父亲说得太对了。是的，我愚蠢如猪，被那个现不知在何处的美女人打得丢盔弃甲，落花流水……那个美女人，一定也像我一样，曾被兰家的规矩束缚得不能动弹，但她一定是个敢于追求自由的人，所以就一定曾将兰家闹得天翻地覆，以至于变成了一把刺进兰家心脏的利刃，只要一提就血淋淋。

我看着床尾空空的白墙，画虽成了灰烬，但画中人的音容笑貌却如刀般刻在我脑海。我的内心翻腾着愤怒、屈辱和自卑。我愤怒屈辱，因为自己用的衣柜居然是丈夫前妻用过的！她被赶走了，但丈夫还保留着他们用过的东西。除了衣柜，是不是这床、这屋里的一切，都是她用过的？是不是这屋里的每个角落都留存着那女人的气息？我自卑，因为丈夫前妻那样美丽，气质那样高雅。强烈的心理落差，让我放声恸哭。“命苦呀，我就一直这样住在另一个人住过的房间里，用着另一个人用过的东西……”我边哭边嚷。

婆婆和郑婶都听到了我的哭声，但她们没有上楼来安慰我，好像整个兰家就我一人。我扑在床上尽情哭，等到眼泪流尽，情绪稍有平定后，我带着熟桃子一样红肿的眼和凌乱的发，下楼来到客厅。

婆婆正逗她的孙子玩，她瞟我一眼，没吭声。

我走近她说，妈，我想回娘家住几天。“好。”婆婆二话没说点头，要郑婶送我回去，让郑婶带一些糕点送给亲家，一个礼拜后，再去接我回来。

我想带儿子走。婆婆不同意，说怕小孩子在外面遭受风寒。我无奈，只得在郑婶陪同下走出婆家。

回到娘家，我对母亲哭诉了委屈。母亲听罢，全身上下打量着我，“啧啧”了两声，说：“你去镜前照照，看看穿的衣服，戴的手表……该知足了。他前妻那样漂亮，不一样被赶了出去？你相貌平平，不一样稳坐钓鱼台？有啥委屈和伤心的？”我想想，又是自己的不是了，又是自己身在福中不知福了。我终于明白，当初兰家老太选中我，是在给她儿子找一个和英子生母不一样的媳妇。

因为想儿子，我在娘家只住了三天，便回到了婆家。回到婆家时，我发现卧室里所有的家具都换掉了。我想，老太婆的动作够迅速。从此，画的风波如泥牛入海，沉寂得无影无踪，兰家没人再提它，好像从未曾发生过。

但这事，却强烈刺激了我。画中人的音容，像刀扎进我的心。我多少明白了你父亲与前妻的感情，他对前妻曾有过的爱之深和情之深，在我这从不曾有过，即使我为他生了儿子。

经历此事后，我内心植下了心灰意冷的苗。我生活的全部希望，只系于儿子一身。谁知，儿子你却狠心离开我，一去不复返。

佳骏爱儿，为母心思，只诉你知。知你在天堂忙碌，不尽欲言。有闲时要来看我。我等母子相见那一刻。祝爱儿康健。母亲珍果手书。

二〇〇三年十月六日，于离岛

第五章

在旅途

信四十二 孤身出游

英子致父书

父亲，女儿乘坐的飞机，下午三点降落在西山机场。下了飞机，如到太阳鼻底。当地天气名副其实好，阳光温暖，照耀大地。昨夜的西山市似乎降了雨，街上残留着湿润，树枝上晃动着水滴。

我拦了一辆出租车，告诉司机去西山宾馆。司机是本地人，中年，面圆，话多，车一启动，他就和我搭讪，“你是南方人吧？”我说，师傅好眼力。

“做了多年司机，识人还是有些经验。来西山出差还是旅游？”他问。

在这里，我不识任何人，任何人也不识我。立夏将至，万物生机勃发，山川田野葱茏一片。兴致颇高的我看着车窗外和煦明媚的阳光，觉得在自己体内窜动着一个想随心所欲的小魔鬼，于是，在回答司机时，我随口编了个故事。我说，我小时候，被亲生父母送给在西山工作的养父母抚养，我在西山度过了八年，因而对西山有美好的童年记忆，这次来，是寻找并重温过去的记忆。

父亲，请原谅女儿这样瞎编，只是一时兴起。此时此刻在编这个故事时，我感到一种愉快。或许是厌烦了过去的自己，要在口瘾里过一下另一种生活；或许在陌生人面前想怎侃就怎侃，侃完后，不必想十句话来圆第一句谎。

说谎没有恶意，便是恶作剧或随口。但司机显然被我编的故事感动了，准确快捷地把我送到西山宾馆。我的双脚踏出车门，便忘了这件事。

我在宾馆前台订了房，计划在西山停留两天。我在房间放下行李，用热毛巾擦了一把脸，便出门去观赏西山市容。站在酒店门前，我琢磨着去向。大街上车水马龙，人声沸腾。我的视线被一辆装饰得古色古香、窗框座椅全由实木做成的巴士吸引。车身涂着“旅游观光巴士”六个大字，我想，坐这路巴士浏览市容是个不错选择，它肯定会经过城市的一些风景点。

我上了这趟车，一块钱车费。我坐在靠窗位，像玩游戏般坐到终点，又从终点坐回来。西山市很干净，街道整洁。大街上的行人的相貌都很有特点，小伙子多英俊，也有鼻子眼睛搭配不好的人。我喜看姑娘和孩子。姑娘描眉画唇，衣服艳丽，色彩斑斓，没见过丑姑娘。孩子的眼，像黑葡萄般又圆又大，睫毛又密又长。

观光巴士在驶过一个建筑群时，我的视线一下被这个建筑群所吸引。在城市鳞次栉比的水泥建筑群里，它十分扎眼，像灰色都市里的一件鲜艳华贵的袈裟。它的外墙清一色由原汁原味黄褐色的土砖砌成，让我想起被烤红的黄沙，它的椭圆形大窗，让我想起直冲苍穹的教堂。

我下了巴士，向耀眼的独具风格的建筑群走去。

我走近一看，发现这个建筑群是个大集市。里面阡陌相通，人声鼎沸。我望着在各式店铺里忙活的深眼高鼻的店家和店小二，恍若置身于古丝绸之路上之西域的繁华商市。我走进大集市，在里面随意四处转悠。我高挑的身材，让我在嘉洲常赚到较高回头率，但在这里却没人注意。集市里的人忙忙碌碌，来来往往。我发现他们只专注自己的事，对外界并不好奇。我看到在集市一角，有个年轻人边弹吉他边唱歌，有两人随着节奏尽情跳舞，舞动的衣袖上好像都抖动着欢乐，这要是换在嘉洲，早就围了一圈人，但在这个偌大的集市里，却没人围观。“淡定，他们都这么淡定。”我想：“欢乐是不是就像他们这样，不急不躁走路，从容淡定做事，对其他人不好奇？

我饶有兴趣地在卖古玩、玉器、土特产、布匹绸料、小食等摊位前随意闲逛，一直逛到天黑，只买了一片甜西瓜解渴。

天暗了，集市亮起了灯。我想回宾馆，就向集市门前的公交车站走去。我想，明天就要离开西山，以后也可能很难再来此地，与这耀眼的大集市或许就只一面之缘，再多看一眼吧，它那鲜艳夺目的华丽是这样让人印象深刻。于是，我停住脚步，向大集市回眸。这一回眸，让我再次睁大双眼。夜色中众多璀璨的灯光，让集市变幻出一种很特别的风情。

“哇——”我在心底惊叹一声。

“漂亮吗？漂亮吧！”我的耳边突然响起一个声音。我没转头，我远离嘉洲，孤身一人来西山，不会有人和我说话。

“嗨！高个儿姑娘。”那个声音这回对准我的耳朵。我转头一看，是个小伙子，正对我笑。“一个人出门？”他问。

“你是和我说话？”我问。“是的。”他确认。

“嗯。”我应了一声，有些警惕狐疑地看着他。

“在欣赏大集市夜景吧？我也是。我第三次来西山了。对这里，我有些眷恋。”他说：“你第一次来吧？”

“是的。”

“感觉怎样？”“感觉良好。”

“你很勇敢！”“哦？”

“敢孤身出游的姑娘都勇敢，我也孤身出游。”

“哦！”我笑了一下。

“你的笑，很美。”

“多谢。”

“不客气。你这么高个，能有很高的回头率，但百分之五十的男子得仰视。还好，我也不矮，免了仰视之苦。”

“我在这，没回头率。这里的人不好奇。”我说，觉得这个主动搭讪的人有些幽默，不由仔细打量他。他健康结实，面容英俊，鼻梁挺直，眼睛深邃。“你是本地人？”我问，西山大街上到处都是像他这般深目高鼻的青年。“我曾爷爷是。”他答。

“隔代遗传。这次来西山，是回老家？”我问。

“我家现住琉璃城，在西山已没亲戚。”他从包里掏出纸笔，刷刷刷写下一行字递给我，说：“我没名片，给人留电话就写纸上。”

我接过纸条，看上面写着：原晓，做过导游，现无业，到处游逛，电话……

“你叫啥名？”他问。

“兰英子。”“好名。”“怎个好法？”“兰者，清香之花矣；英者，美矣。”

“哦？”我不由一乐。

“我和你，有缘。”“缘在哪里？”

“你是我在西山第一个主动打招呼的人，我是你在西山第一个聊天的人。”他说。接着，他就地取材，给我讲解起这个美丽大集市的历史和现状。当他抖完包袱，我和他差不多像朋友般熟了。

“你离开西山后的下一个目的地，是哪？”他问，一笑，露出洁白整齐的牙。

“玉城。”“真巧，我也去那。”“听说玉城产美玉。”“你爱玉？”“想找和氏璧。”“哦——？”“小时候读过和氏璧的故事后，就萌生过找它的念头。”

他听罢哈哈大笑。我生气地盯他一眼。他忙解释说：“我是觉得你好奇心重，会将传说和现实纠缠。不过，能勇敢在现实生活中寻找梦想的人，应非常热爱生活。”

“和氏璧在上千年颠沛流离后，可能叶落归根了。玉有灵性，出自哪，便会归于哪。此为灵性万物的共通属性。”我说。

“是的，万物均有灵，玉亦如此，只是人不知之，当它是石，故它以失散自行告之，实际上它叶落归根了。”他接过话头：“我很好奇，为什么你选择独自出行？”

“我想在旅途改变心情。”我说，他的聪明善解让我感到轻松。

“你不快乐？我猜你生活富有，为何不快乐？”他问。

“富有不等于快乐，不快乐就是不快乐。”

“你要明白快乐，才能找到快乐。”他笑，笑得有些嬉皮，边笑边说：“你此行任务多，要改变心情，要找和氏璧……有没想过，找一见钟情的人？”

我白他一眼。

“我可否与你同行？你孤身一人到这山长水远之地，不通当地语，有个照应会好些。”他说。当地话于我是天书，他告诉我，他能听懂一些，他做导游时，对啥都用心，差点把自己变成万金油。“你听听。”他说，说完叽哩哇拉了一通。

我笑，答应与他同行。凭直觉，他不坏，而且自己不必当睁眼瞎、顺耳聋。

“天黑成这样了，我送你回酒店。”他说。在这人生地不熟的地方，我很乐意接受他这个建议。他陪我坐车，一直把我送到我住的西山宾馆大堂。

在大堂前台，他为自己订了一个房间，说他住另一家宾馆，现就回去收拾行李，退房，搬到我住的宾馆来，方便一起启程去玉城。“你先去休息吧。今晚，你会做个好梦。怀抱美好愿望的人，都会做好梦。”他说。

我不由哑然失笑。不过，那晚我果真做了一个算好的梦，且和玉有关。

我梦见自己在路上，遇到一个鹤发童颜的白衣老者带着一个童子。童子手拿一块玉。玉忽儿红，忽儿白。我问童子能否借我看看。童子不肯。我再请求。童子说那玉是稀世珍宝，如要看，须得用心来换。

“你拿了我的心，等于要了我的命。”我说。

“我要的，不是那团包裹着血管的肌肉。”童子说。

“我的心，就是那团肌肉呀。”我说。

“你太笨！”童子说罢，不再睬我。

我想想，明白了童子的意，我表明自己很有诚心。童子看我真有诚意，将玉放在绿草地上，玉瞬间变成翠白菜般的颜色，又将它对着阳光，瞬间变成赤红的烈焰，接着把它收回手中，玉变成了白色……

我看得目瞪口呆。

童子说，它叫变色玉。“能否借我一看？”我请求。童子将玉递给我。我小心翼翼拿在手中，左瞧右看，问，它是和氏璧吗。

童子哧然一笑，说和氏璧是人间玉，它是天国玉，两者非同一档次，不可相提并论。童子从我手中一把抢回玉，转身随白衣老者飘然而去……

“等等，等等我……”我喊，在焦急里睁开眼。

我醒了，静躺着，变色玉还在脑海晃动。“日有所思，夜有所梦。”我想。醒来后的我，没再入睡，睁眼到天光发亮，便起床洗漱收拾行李，准备去玉城。

父亲，您对女儿此次远行，十分担忧。为让您放心，我在旅途，会常写信给您，以报平安。今晚就叙到此，暂时搁笔，恭颂吉祥。女儿英子敬禀。

二〇〇四年四月二十一日，于西山宾馆

信四十三 连环画里的和氏璧

英子致父书

父亲，我的玉城之行，是掷硬币决定的。

在我决定出门散心后，我拿出一枚一元硬币，心想，掷三次，掷到哪，便去哪。我拿出一张全国地图，铺在雪白灯光下，五颜六色甚是分明。我将硬币合在掌心，凝神静默片刻，将硬币在掌心回旋几番，往空中抛去。硬币自由落下，在地图上滚动几圈后停住了。第一次它停在一块颜色金黄之地，第二次停在一块青翠之地，第三次又停在那块金黄之地。

三掷二胜定乾坤！

那块涂着金黄色的地方，是座沙漠小城，叫玉城，因缺少雨水，多是戈壁沙漠，它在地图上的标识，用了黄土色。沙漠小城！字面背后蕴含的内容让我顿生兴趣。我上网搜索它的介绍。介绍说，玉城出产美玉。我摸摸脖上佳骏送的翡翠玉兰铂金项链，想起小时候萌生过的对玉的向往。

父亲，记得小时候，家里书柜塞满了书，但使用率不高。爷爷和你白天忙生意，晚上回家已累，也少看书，继母刘珍果没有读书习惯。家里书房，除了郑婶拂尘拖地外，只有我常去。

那时，晚上，我的卧室天花板常传来声音。第一次听到这声音，是一个夜晚，刚熄灯上床，便传来“嘭”一声。我以为是老鼠，亮灯起床，扫视屋子，没见老鼠。接着又传来“嘭”一声，我抬头一看，是从天花板传来的。

楼上是您和继母的卧室。我披衣赤脚悄无声息上楼，站在您的卧室前。门虚掩着，缝里透出灯光。我的心“咚咚”直跳，手哆嗦着刚想敲门，突然听到屋里传出继母“那个给你打电话的骚货是谁”的怒声，接着是您“一个普通朋友，别疑神疑鬼了”的声音，接着是继母高了一倍的“你别以为我是家庭妇女，好哄好欺……”的声音，您没搭话，继母的声音也不再响起，屋里寂静下来。

我犹豫一会，还是抬起哆嗦的手，像小鸟剥啄敲了两下。屋内没动静，我刚想转身下楼，门忽然开了，门后露出继母头发凌乱的脸。她看到是我，不耐烦地问，你干什么？！

因为害怕，我悄声哭起来。

继母面无表情瞪着我，又问，你干什么呀。

我用手背擦把泪，转身沿楼梯一步步回到房间。我躺在被窝里，亮着灯，等待父亲您下楼安慰我，但等到大半夜，终究没等到。

从那以后，在寂静之夜，隔三岔五，我就会听到天花板上传来“嘭，嘭”“喳，喳”声。为躲避声音，我就溜到书房写作业温习功课，后来干脆将枕头被子抱到书房，睡在长椅上。有一天，父亲您深夜回家，推门进书房，看到我半倚着长椅看书。您拿过书翻翻，说：“我小时候读过的，英子你从哪翻到的？”我说书柜里。您说：“别看了，该睡了。”您说罢，把我轻抱起送到睡房，替我盖被，守着我，直至我沉入平静深沉的梦中，才离去。

翌日，您抱了一大堆连环画、儿童书回家，并在书房放置了一张小床。在您抱回的书里，有本彩色连环画，讲述了这样的一个故事。

春秋时，楚国人卞和在一只凤凰栖息的山中找到一块玉璞，文王命人剖开玉璞，果然得到一块无瑕美玉，逐将其命名为“和氏之璧”。战国后期，秦昭王愿以十五座城池换取和氏璧。后来，秦统一七国，和氏璧被秦始皇琢成世代相传的“传国玉玺”，上刻“受命于天,既寿永昌”八个篆字,成为帝王无上权力的象征……

我边看边想，那是一块怎样的美玉？秦王愿以十五座城池来换……“后来呢？下落呢？”我急翻故事结尾。

后唐废帝李从珂被契丹人击败，手里拿着那块用和氏璧雕成的玉玺登楼自焚，玉玺至此下落不明。

读完这故事，我对和氏璧产生了浓厚兴趣和奇异联想。我想下落不明的玉璧，是不是流失在契丹民间？可那时的契丹现在哪？我当时萌生了一个念头，心想，等自己长大后，要去找找它。

我拿着连环画找到您，问“侧而视之色碧，正而视之色白”是啥意。书上说此话是《录异记》里对和氏璧的描述。当时您的回答是“从侧面看色绿，从正面看色白”。我问，那就是变色玉了？真有和氏璧吗？

您说，那是古人编的。

我怏怏回到书房，在灯下琢磨书上的和氏璧。书的绘制者意在告诉孩子们这个故事，图并不精致，玉被画成平面无触感的碧绿色。

我又找到爷爷，问知不知和氏璧。爷爷一头雾水望着我，说兰家没和氏璧，但有珍宝。爷爷要我跟他去房间。他在衣柜里摸索半天，掏出一个红锦缎首饰盒。他打开盒子，从一堆项链、戒指、手镯等珠宝里，拿出一对碧玉镯和一个玉如意，说，这些珍宝都是曾爷爷留的，玉石通灵，跟人一样是活的。“等你长大后，碧玉镯给你。”爷爷说，把碧玉镯往我手上套。

我看中了那支白色玉如意，它玲珑剔透，温润光泽。

“佳骏长大后，如意传给他。它是你曾爷爷用过的，你曾爷爷说，如意教人回头与省思，手中拿着它，能时时提醒自己求功名富贵时要知足。”爷爷说。

“我要如意。”我撅起小嘴，嚷。

“如意是男子用的，女孩子要戴玉镯。”爷爷说。

“两样我都不要了。等我长大后，会找到比这更好的玉。”我说。

“你这孩子！”爷爷稍有嗔意，他拿出一块玉佩，穿上红丝线，套在我脖上。后来这块玉佩因红丝线断开，不知掉在何处时，我没有感到一点可惜。爷爷说我心不在焉。

父亲，女儿英子对玉的情结始于童年，这次硬币落在玉城，女儿忆起往事，忽然觉得此次被硬币选中来玉城，冥冥中定有缘由。

当我告诉您要去玉城时，您有些吃惊。“距嘉洲两千多公里哩。”您不无担心，但您最后还是准了我的行为，感谢您的理解。

二〇〇四年四月二十二日，于西山宾馆

信四十四

走进玉城

英子致父书

父亲，女儿到西山后，在大集市邂逅了原晓。我和他商定结伴同行去玉城。

玉城没有机场，要在西山汽车站坐长途卧铺车。当我和原晓上车时，乘客差不多都到了。我脱下鞋，塞进黑胶袋，拎在手上，找到自己的上铺位，爬了上去。车里弥漫着一股浓重脚臭味，熏得我想吐。司机拿起一罐空气清新剂，往每人的脚丫子上猛喷，大叫臭到家了。空气清新剂虽不能完全清除异味，但车里的气味总算好闻了一些。

我的下铺是个腰如水桶的中年妇女。她穿紧身长裤，套色泽艳丽长裙，头裹色泽艳丽的纱巾。她对我莞尔一笑，说了一句话。我回笑一下，嗅到妇女身上散发出一股说不出的味。她的话，我不懂。原晓说，是问我好。

不一会，车启动了，驶出西山市。

旅途、乘客、语言、环境……都陌生，但有了原晓做伴，我没那么茫然。我躺在铺位上，望着窗外粗砺单调的风景。窗外除了戈壁滩、沙漠及一座接一座不长一物的荒山野岭外，还是戈壁滩、沙漠和一座接一座不长一物的荒山野岭。粗砺的地上，生长最多的植物是骆驼草，一丛丛密麻麻枯黄地延伸着。

客车驶过一百公里荒无人烟的戈壁后，公路旁突然冒出一排排高大的树木和一些房子。客车停了下来，司机要乘客下车舒展筋骨和吃饭。

我跳下车，站在路旁。原晓介绍说，这里是个小镇。我抬眼扫视小镇。耸立在路边的两排简陋平房，就是小镇全貌，前后不过一公里。四周广袤无垠的戈壁滩和沙漠，让我脑海浮出类似电影情节的画面：在漫漫黄沙里的小镇，夜幕降临后，各路神秘人物纷纷登场，扑朔迷离的故事就此展开。

公路边有条水沟。与其说是水沟，不如说是水塘，在低凹地带突凸地冒出一滩水。原晓说，很久以前，这里曾是沼泽地，因天气干燥，沼泽地渐渐风干，不过在地势较低处，仍能看到有水渗出。

乘客都下了车。一个白人男子央求司机打开车上厕所，说小镇公用厕所太臭。司机说，车里厕所也臭。白人男子说，厕所可能从没冲洗过，太恶心，地板上堆满发硬的大便，人脱下裤子时，得腾出手驱赶 “嗡嗡”乱飞的苍蝇，人难以下足。司机说，他们都能下足。白人男子无奈，只得一脸沮丧再次向太臭的厕所走去。

车在小镇停了十五分钟。重新上路后，天黑了下来，窗外一切变得模糊。躺在卧铺上的我收回视线，问原晓，西山和玉城相邻，为何相距这么远。原晓说，在这里，两座相邻之城，隔几百里乃至上千里是常事。“这么广袤的土地都是荒山野岭，有些浪费。”我说。

“造物主的安排自有道理。”他说。

“道理是啥？”

原晓笑笑，露出整齐洁白的牙齿，说：“一个人去的地方越多，看得都多，越会相信造物主的安排自有道理。在让人心惊的荒凉下，往往有惊人的奇迹，别看这片戈壁滩和沙漠荒芜之极，地底下却埋藏着丰富的宝藏。”

“你啥都能说出个道道来。”我有些佩服他了。

“做过万金油职业。万金油，蚊叮虫咬，都有点用。”他诙谐地说。他的铺位正对我的。他翻个身，面对我，好奇地问：“你为何要来玉城找和氏璧，不去别处？”

“掷硬币定的。”我说。

“听起来有趣。不过，你的硬币掷对了。据资料记载，玉城之玉是世上最伟大的山脉喜马拉雅山造山运动的结果。伟大山脉的造山运动，必会造出大美之玉。大美者，在极其稀罕处矣。玉城有条河，叫玉河，成千上万年都流淌着美玉。”原晓神秘地对我眨眨眼，说：“等你到了玉城，就会眼见为实。”

我不由兴奋起来，心想，一个从河里就能捞到美玉的城市，一定堆满金银珠宝……我在这种想象的兴奋里，迷迷糊糊睡了过去。

翌日上午，客车抵达玉城。透过车窗看玉城，我觉得仿如奇迹。在越过漫漫黄沙和一望无垠的戈壁后，如海市蜃楼般，突然出现一座有绿树河流的城。

客车开进玉城汽车站。我拎好行李下车，车站里乱哄哄沸腾着人声，却听不清一句具体人语。我和原晓往车站外走。走着走着，忽然有人拦在我面前。我抬头一看，是个年届花甲的老人。老人穿破旧蓝长袍，头戴破帽，花白胡须垂至胸前，右手按在胸前，嘴里喃喃念叨，声音平静安详。

我听不懂。原晓小声对我解释说，老人在乞讨，重复着一句话，说“姑娘是有好心有好运的人，是能梦想成真的人……”在嘉洲见惯低声下气、跪地磕头博同情的乞讨者的我，第一次见到如此从容淡定的乞讨者，不磕头不哀求，只将右手按在胸前，对你表示恭敬。我感到对方不可轻视的尊严，掏出十块钱。老人接过，再次行礼，说了句话，转身离去。

原晓翻译给我，说老人的话是“谢谢，姑娘是有好心好运的人，能梦想成真。”

“他对所有人都这么说吧？”我猜测。

“或许不是，他们也看人说话。一个人脸上带有许多内心信息，他在祝愿你。”原晓说。我忽然异想天开，说：“如果老人是普通乞讨者，那他的话是祝愿。如果不是，那他的话是预言。有异能者，往往以破衣烂衫示人。”

“他只是个普通乞讨者。你是童话书和科幻书读多了。”原晓一笑。

我无法忘怀行乞老人的从容淡定和尊严。“这是有宗教信仰和没宗教信仰的区别。他虽是乞丐，却有信仰。他虽贫穷，却不羡慕你，他只是给你机会，让你帮助他，让你积福。”原晓说。“尊严，让国王和乞丐站在同一层面上。”我说，用眼光寻找老人，老人已消失在熙熙攘攘的人流里，但老人的话却让我信心大增。

走出车站，我和原晓在玉城宾馆住下。简单吃完中餐，我在路边书报摊买了张玉城地图，研究接下来的行程。我想找我的和氏璧，原晓想看附近一座千年古城遗址。“先陪你找玉。”原晓说，他把我的愿望放在前面。

二〇〇四年四月二十三日，于玉城宾馆

信四十五 遇见小依丽

英子致父书

父亲，翌日，早七点，我起床。吃完早餐，八点与原晓走出宾馆，在玉城街上闲逛。街上很寂寥，许多商铺和店家还没开门，偶尔从一扇门里走出一个人，或从一条小巷驶出一辆摩托车。

父亲，玉城是个素朴小城，离我想象中拥有遍地财富珠宝的情形大相径庭。前几天刮了沙尘暴，大街、屋顶、树枝上铺满一层厚沙尘，脚踩在路上一步一脚印，没走多久，鞋面就沾满沙尘。原晓说，不刮沙尘暴时，街上应没这么多沙尘。

面对漫天陌生，我毫无头绪，原晓也一筹莫展。我俩徘徊良久，左看右看，看到街对面有家店铺开了店门。原晓自告奋勇要向店家问路。

正在这时，从一条小巷里走出一个小女孩。

女孩十二岁左右，眉清目秀，肤白细嫩，穿白上衣，胭脂红长裤，头系白底胭脂红格子纱巾，在铺满黄沙的大街上，如沙漠里一朵蓓蕾初绽的鲜花。

小女孩迎面向我们走来。待女孩走近，我上前拦住她，问玉街怎么走。“哪条玉街？”女孩问，她的衣服因风沙有点脏。

“难道有几条玉街？”我愣了。“有两条。一条是集散地，一条是一条街。”女孩说，双眼如清澈山涧泉水望向我。

我像刘姥姥进大观园，问什么是集散地，什么是一条街。“集散地就是个人零卖多，有摆地摊，有站街，有开小铺子。”女孩口齿伶俐。

“站街？”我想起嘉洲街头的拉客女。“站在路边，手拿货物向顾客兜售，不过兜售的十有八九是假货。”女孩说。

“一条街呢？”我问。“都开铺子，街两边一字儿排开一家一家店铺。你们来旅游吧？”女孩说。

“对。”我点头。“来找玉？”“嗯。”

“最好的玉藏在雪山里，没人能找到。”女孩说。

“你懂玉？”我一下喜欢上了小女孩，虽只是土生土长的小不点，但大眼透出阵阵灵气。“粗通。我家从爷爷的曾爷爷起，就开始和玉打交道。学校放假，我就跟爷爷学。”女孩口吻虽谦虚，但昂起的头像只骄傲的小公鸡。

“你知道和氏璧吧？”我想，女孩会被问住。没想到她伶俐的大眼望着我，对答如流：“那是古代传说里的一块美玉。”

过了片刻，她调皮一笑，问：“你想找它？”

我内心小小一惊，认真端详着女孩，觉得小姑娘太解人意，能说到你心坎上。我想，是不是因年纪小，心灵纯真，从而感觉灵敏？不过看得出女孩对我颇有好感。“你说说，和氏璧的出生地是不是在玉城？”我问。

女孩想了会，说：“这，得回去问爷爷。”

“你爷爷是百科全书？”原晓逗她。

“他比百科全书还百科全书。我爷爷说，最美之玉，在喜马拉雅山冰川雪峰顶上，有几百公里周长，成千上万年以来，很多人去到雪山寻找美玉，没一个活着回来。那些人即使能抵挡住雪山的风雪骤雨冰雹，也无法战胜守玉天神。”女孩对原晓的逗弄毫不在意。

“既然没人能活着回来，怎会有人把天神守玉的消息带回来？”我问。

被问住的女孩，眨巴眼，脑筋急转弯换了个话题：“我爷爷说，神的随手点击，对人都是传奇。”

“那美玉肯定不是和氏璧，和氏璧只有巴掌大。”原晓说。

“和氏璧或许只是它身上剥落下来的一小块。”女孩说。

“你真聪明！”我说。

“你也聪明。”女孩掏出一张名片递给我：“我家开有玉铺，你们可去看看。”

我接过名片，见上面写着“宝玉阁”，下面是街名和电话。我想，名字雅俗共赏，一个从爷爷的曾爷爷时起就做玉生意的人家，应收藏了不少稀奇宝贝。我和原晓商量后，答应随小女孩去她家的宝玉阁。

宝玉阁位于玉市一条街。我和原晓随小女孩走进店里，看到一个健壮精明的中年男子站在柜台里。女孩介绍说是她父亲。

“你爷爷在吗？”原晓说：“想拜访一下比百科全书还百科全书的人。”“爷爷住山里。这里由父亲打理，柜台里的宝贝都货真价实，你俩随便挑。”女孩说。

四米长的柜台里，前后左右都亮着雪白的灯光。灯光照着各种玉石，有玉手镯、玉戒指、玉耳环、玉项链、玉佩……在这些宝贝之外，还有三堆小玉籽。我凑近柜台，细瞧着那堆小玉籽。它们有长有短，有大有小，有粗有细，形状颜色各异，有纯白、浅黄、墨绿，有白中带翠之青、粟之褐、丹之赤……中年男子顺着我的目光介绍说，这些都是未加工的玉籽，没被打蜡，更接近自然。

玉手镯、玉项链、玉佩上价钱昂贵，我想玉籽小，可能较便宜，问一堆多少钱。“三十万。”店主说：“这堆玉籽可串多条项链和手链。”柜台里放着五六条由花生米大、颜色各异的玉籽串成的项链，我一看每条标价五千，吐吐舌头说：“家里放着几十条项链手链，又有何用？”

“宝贝再多，不嫌多，只要货真。”店主说。

原晓对玉籽兴趣不大，他问店主有没大些的。店主闻言，笑而不答。一直在旁察言观色的女孩嚷了句，保险柜里有。我抬头看到柜台里靠墙放着一个冰箱大小的墨绿色保险柜。店主用当地土语说了小女孩一句，小女孩答了三四句。原晓悄悄告诉我说，店主说小女孩多嘴，小女孩说，这两人是真正爱玉之人，让他们看看吧。

店主想想，拿出一串钥匙，打开保险柜，拿出一块黄玉。玉有一个健壮男人拳头的两倍大，通体虎皮黄，润如凝脂，有几缕青色皮子。

我接过，用手细捏，往脸上摩挲，感觉凉如高山冰雪，润如婴儿凝脂，问店主多少钱。“你们买不起的。”店家说。我有点尴尬。

“他们不需这么大的玉。玉对一个人有用，才有价值。”女孩说。

店主将黄玉收进保险箱，兴致颇好地说：“看我女儿这么喜欢你们，再拿一块，让你们开开眼界。”这次店主拿出的是一块椭圆形玉，和一只小哈密瓜差不多大。玉的一侧是白色，另一侧是带有金光透闪的丹朱皮子。店主将椭圆形玉拿在手上，在我们眼前左晃右晃。晃了几下，他问：“有没看出奥妙？”

“红皮子罕见。”原晓说。

店主卖起关子不答。我和原晓都茫然站着。店主等了一会，手拿宝玉走到窗边，将玉对准从窗子射进的阳光，接着又将玉的另一面对准阳光，问：“看到了吗？”

“看到了。天啦！太奇妙了！”原晓和我的嘴同时张成O型，半天回不过神。

那块玉会变色！且变幻得纯粹彻底。当白色一面正对阳光时，整块玉纯白无暇，沉静如雪，润如凝脂。当带丹朱皮子一面正对阳光时，整块玉鲜艳如血，灿烂如火。

我只见过自然界的生物会随环境而变色，没见过玉也会变色。“能给我们摸摸吗？”我伸出手。中年男子犹豫一下，将手中宝玉递给我。我小心翼翼拿过，握在手中，贴近腮帮摩挲，它的滋润细腻比刚才那块黄玉又胜许多筹。“极品玉是不是如同有灵体，蕴含着变化本质？”我问得轻言细语，怕我的声波会惊扰玉的宁静。

“应该是的。”中年男子说。

我继续摩挲着丹朱白玉，脑中浮起童年时在图画书中看到的和氏璧形象。卞和的和氏璧，不外乎就是这样吧？或许会好点，但好到什么程度？或许还没这玉好，只不过因传说而变得神秘，在流传千年的故事里变得高不可攀了。

“让我也摸摸。”原晓从我手中拿过玉，玩味起来。

我问店主，这玉怎么得到的。店主笑而不言，倒是小女孩劈里啪啦说起来。她说："我爷爷的爷爷在雪山上找到的。那是很久以前的事了，我爷爷的爷爷在雪山脚下射中一只白羊，受伤后的羊向山上狂奔。他顺着血迹追寻，在攀越一座大山后，看到白羊倒在一块色泽雪白、光滑细腻的玉上，血染红了玉。他把白羊和宝玉都扛回家，埋了白羊，说不能吃让他找到美玉的引路者。他说，没有贪婪之心，才能找到好玉。因此，戒贪婪之心，是我家经营玉石的祖训。"

"卖吗？多少钱？"我问。

"不卖，传家宝，无价。"店主回答得十分干脆。

我想，它是现代和氏璧，要拿城池换，或许就是用城池换，也不行，因为城池换不走感情和依恋。秦王可用十五座城池换和氏璧，我有什么，只能纸画十五座城池而已。"能欣赏到，也是缘。你们一到玉城，就看到这块奇玉，你们和它有缘。"女孩说。

我问女孩名字。"依丽。"她说。我重复了一遍，记在心里。

这时，有别的顾客推门而入。店主忙从原晓手中拿回丹朱白玉，锁进保险柜。

我用数码相机给依丽照了几张相。她看着在屏幕上立马能显示的人像，高兴得跳起来。"我家玉多，却没这小巧精致的东西。"她说。

"你们在玉城玩几天？"她又问。

"没定。"我说。

"我给你们做导游。"她毛遂自荐。

我答应了，在宝玉阁欣赏到好玉，很开心，但不能拥有，又有些惆怅。"欣赏，不一定要拥有。你欣赏的，不一定是适合你的。玉要适合，对这个人才有意义。和人谈恋爱一样。"依丽说。

我觉得这女孩像小人精，起码从现在开始，我要向小人精请教了。我问：“那去哪找适合自己的？”

“明天带你去，我试试能不能帮到你。”她说。

二〇〇四年四月二十四日，于玉城宾馆

信四十六

干涸的玉河

英子致父书

父亲，在人生地不熟的玉城，能遇到小依丽，是女儿的旅途幸运。

翌日上午八点，小依丽准时来到玉城宾馆敲响我的房门。她带我和原晓来到街上，拦住一辆三轮车，用当地话给司机说了几句。我坐上三轮车，将小依丽灿若桃花的面容摄进相机，小女孩高兴得手舞足蹈。

三轮车七拐八弯了近二十分钟，来到玉城近郊一条河边。河的水位较低，露出较宽的干涸河床，裸露着大大小小的鹅卵石。河滩与河床上聚集着三三两两的人，有一家老少正埋头挖掘壕沟，有的在卵石堆里翻捡，有的手中拿着玉石见人就兜售。

“他们挖什么？”我问。

“挖玉。这是玉河。”原晓说。

我大吃一惊！这就是传说中的那条几千年来源源不断流淌着美玉、满载珠宝财富的河？这条河，再普通不过呀，干枯贫瘦，堆着一个又一个被挖掘的深洞壕沟，如被大火焚烧过的伤痕累累的人体。

“现在是枯水季节。”原晓解释。

“与想象中的大相径庭。”我十分失望。

“这条河自打河边有人迹时起，人们就开始河中取玉，至今几千年。因过度采捞，玉河生态环境已遭严重破坏。”原晓说。

“几千年了，为啥有源源不断的玉流淌下来？”我问。

“源头没有穷尽。玉河源头在喜马拉雅山的雪峰里，雪山融化的水就是玉河水，每年夏天，雪山上的雪融化后，雪水携带雪山上的玉石碎块奔涌而下，如遇山或阻碍，雪水流速减慢，玉石就堆积在河床中了。”原晓说。

“在这住上一年半载，说不定能发财。”我说。

“你贪心了。你来这，是找你想找的东西，不是梦想发财的。不贪心，梦想才会成真！”原晓说。

“顺便发发财，也不错。”我说。

小依丽插话说：“姐姐，你会梦想成真。你长得像玉人。”

“玉人是啥样？”我问。“天地间，每个玉人都有和她相匹配的玉，玉人和玉都敛集了太阴之光，彼此灵性相通，冥冥中会有线把他们相牵，相遇后会彼此相生相荣。”小依丽说。

“谁说的？”我问。“我爷爷。”小依丽答。

我心中忽起一念，想这小女孩怎么有些像小巫婆？我想起刚到玉城下车时遇到的乞讨老人，也对我说过梦想成真的话，是不是我的愿望一览无余写在脸上？

这时，河滩上的男人三三两两围过来。他们一个个晒得黝黑，脸上浮笑，从口袋掏出小玉块或者玉籽，要和原晓谈生意。原晓用当地话和他们交谈，我完全听不懂，只能在旁看他们辨质地谈价钱。原晓把玩着那些人的玉石玉籽，行家般摸摸捏捏，对着阳光瞧瞧，挑着毛病，说："这个质量一般，那个样子粗笨……"卖玉人一心要谈成生意，要原晓开价。原晓没开价，继续说："这块有个疤，那块颜色晦暗，是下品……"

"一路顺水流下来，自然会有碰撞，有疤正常，太光滑了怕假，你说个价。"卖玉人说。我虽是外行，也看得出它们和小依丽家的玉相比，质地差一大截。

原晓说："玉这东西，要玩一见钟情，如没看上，就是再便宜也甭买，主要是没喜欢的，英子，我们走。"说罢，他带我离开河滩向岸上走。小依丽小跑着跟在后面叫："姐姐，等等。"我放慢脚步，牵着小姑娘，拖她走上陡峭河堤。

小姑娘对原晓说："你的见识真多。"原晓面有窃喜，嘴里却说："一般，一般。"

"谦虚了，谦虚了。"小依丽说起大人话："我爷爷也说过，不仅是玉，就是其他东西，喜欢，才有意义，即使遇到真正的和氏璧，如不喜欢，也没意义。玉是大自然的产物，你一见钟情了，说明找到了和你的磁场相吻合的玉。"

"玄妙。"我说。

"不玄，经过了科学验证。人体本身会产生温度场、磁场、电场，它们构成人体生物信息场。这个生物信息场会产生相应波谱，波谱可产生生物电，生物电会产生光电效应。如一个人对一块玉一见钟情，说明他的光电效应和玉的光电效应相吻合，玉和人一样，能产生光电效应，释放出影响到人体的生物电。"原晓解释了一通。

我站在河堤上，望着干涸玉河。天空没有太阳，灰蒙一片，河面上笼罩着薄雾。“下一步去哪？”我问。

“去我爷爷家？这位哥哥想见我爷爷。”依丽建议。

我想起“宝玉阁”收藏的丹朱白玉，想大概好货都在秘不示人的祖传里，马上点头。“现在就去？”依丽问。“好。”我说。

依丽在前领我和原晓走上公路，拦了辆出租车，她主动坐副驾驶座，给司机指路。我想这小姑娘胆子贼大，就这么跟陌生人走，话也说得中肯，和她的年龄不太相称。“依丽，你好懂事。”我赞她。

小姑娘回头嫣然一笑：“爷爷教的。”

“你爷爷，了不起。”我竖起拇指，直觉小姑娘的笑很成熟。

“爷爷是我的偶像。”小依丽得意非凡。

出租车在依丽指挥下出城，半小时后离开公路，行驶在乡间小路上，不久到一个洞口。原晓付了车费，我们下车，依丽领我们向洞里走去。

那是一个高大的自然岩洞，洞里没光，人只能借助洞口两边照进的阳光勉强看路。洞里很潮湿，冷飕飕，比外面低好几度。路湿漉漉，坑坑洼洼，凹凸不平。路的一边是洞壁，另一边是条在幽暗里反射着粼粼波光的暗河。

我和原晓小心翼翼跟着依丽摸着洞壁前行。走了约十来分钟，我的眼前豁然开朗，抬眼一望，洞的另一边出口就在不远处。

我快步走到洞外。洞外阳光灿烂，青枝绿叶在微风里摇头晃脑。

二〇〇四年四月二十五日，于玉城宾馆

信四十七 荒漠里的农庄

英子致父书

父亲，我看着洞外的青枝绿叶，一片田园绿意好风光，欣喜不已。

“我爷爷在这弄了个生态农庄，他住农庄里。”小依丽说。我想，老人不简单，在一望无垠的戈壁荒滩，能找到这么一个有树林有溪水蜿蜒的宜居之地。

我和原晓随小依丽走上一条阡陌小道。小道蜿蜒穿行于田野，路旁有小木屋和小亭子零星分布，让我想起晋人陶渊明的《桃花源记》，农庄虽没桃花林的芳草鲜美，落英缤纷，其它方面与桃花源差不多。

阡陌小道的尽头，有个大门紧闭的院落。小溪从院落前流过，水声潺潺悠悠，添了许多乡野寂静。小依丽说这条小溪是玉河支流，在小溪里也能捡到玉。小依丽在门上拍了两下，用当地话喊了两声。不一会门开了，门后站着个笑容可掬的老太太。

“奶奶。”女孩欢叫一声。我和原晓向老太太点头微笑打招呼。

小依丽熟络地带我们走进院子。院里很宽敞，青葡萄藤爬满架子，遮蔽着院子上空的阳光，地上印着从枝叶间漏下的形状各异的光斑。院里有张乒乓球桌大的水泥台，台上铺红毡，毡上放着小桌。

老太太把我们让到红炕毡上就坐。

我和原晓脱鞋，盘腿坐在毡上。小依丽陪我们坐着。我品着老太太端上的热茶、晒干的瓜果和点心。茶有咸味和奶味，炕毡摸起来柔软厚实，是手工织出的好货。我环顾院落，看到一块青绿色巨石耸立在院墙根。石头刚被浇过水，湿湿的，焕发出晶莹光彩。我从没见过这么大的石头，还是青绿的。小依丽说，这是玉石，两吨重，奶奶每天早晚浇水，养着它，大太阳天时，还要用布包起来。“它像女人，要养，越养越滋润。”依丽说。

我“噗嗤”一笑，觉得比喻形象，可这巨石怎么弄回来。小姑娘比划着说，扎一个大木排，在木排下放汽车轮胎，沿河流运回来。接着小依丽用当地话和奶奶讲了几句，老太起身进屋，不一会手抱一个包袱出来，将包袱放在红炕毡上。

包袱摊开，就是一块花色艳丽的布，纯羊毛手工织成，一朵朵线绣的牡丹花在布上灿烂绽放。在这差不多与世隔绝的农庄里，住家的帘子、衣着、桌布和其它装饰布，样样都色彩鲜艳，在寂寞单调的环境里迸发出生命的热情和活力。

包袱布上堆着颜色各异的玉籽。有带皮子的、有纯色的；有花生米大、手指大、打火机般大；有圆、方、长条形……我把双手伸进玉籽堆里，惊叹一声，这么多宝贝！我的双手在玉籽堆里游移，细细抚捏，体味它们清凉的皮子。“这是我家的多年收藏，质量上好，适合佩戴。再大一点，戴起来就不好看了。”小依丽说。她把玉籽一块一块排开，要我挑挑，看有没喜欢的。

其实，不用挑选，当女孩铺排玉籽时，我一眼看到一块水晶凝露般的白玉。那玉有两个成人拇指般大，混在玉籽里，因色白如脂，要蒙混过关有点困难。

我拣出白玉，递给原晓。原晓用手捏拿一下，连说，好玉！好玉！

小依丽眨眨眼，调皮地说：“我知道姐姐会挑这块，所以特意把它放在姐姐眼皮底下。它是一块货真价实的羊脂白玉。”

“你真鬼。”我噗嗤一下笑了。小姑娘说中了，我毫不犹豫喜欢上了它。我问依丽价钱，依丽说奶奶定。她和老太太嘀咕了几句。

老太太说了一句话。原晓翻译给我：“看我孙女这么喜欢你，给你个实心价。”原晓翻译的数字正是我估摸的数字。

我爽快点头。它是我喜欢的，就是我的和氏璧，我没有十五座城池，我能支付的正是玉主人开的价钱，我掏出钱递给老太太。老太太在白玉上穿个牛鼻子，找根红丝线串着，要我戴在脖上。老太说，玉要和人亲密接触，要被人的汗水、体温捂浸，才会和人越来越亲，越来越近。

“取个名吧？”小依丽说。

“你年纪小，脑子灵，你取。”我把任务还给依丽。

“水晶凝露？”依丽脱口而出。

“贴切，形象。”我将白玉挂在脖上。我身上现有两块玉，一块是弟弟佳骏送的铂金项链上的翡翠玉兰花坠，一块是这纯白如脂的水晶凝露。我将两块玉并排放在掌心，比较着。

老奶奶嘟哝了一句。原晓翻译给我：“玉不能比。喜欢的，就是好的。”

老奶奶又嘟哝了一串话。原晓翻译给我听：“我记得这玉，是两年前，门前小溪的冰融化后，我孙女捡的。她去了三天，第一天一无所获，第二天两手空空，第三天吃完晚饭后，她到小溪边，那时月亮升上了天空，月辉皎洁，她看到溪水里闪动着一点夺目光芒，朝亮光走去，就捡到了这玉籽。”

原晓将白玉对着阳光细瞧，啧啧称赞：“你看看，它在雪山藏了多年，在冰雪里冻了多年，在河水里滚动了多年，被粹炼得如此完美。”

“谢谢。”我真诚地对小依丽说。

“不用谢我。姐姐，你只是找到了与你相匹配的玉。它本就是你的，我只是把线的这头放在你手上，另一头系到它身上。它会给你带来健康、爱情和运气。姐姐，祝你好运！”依丽说。

小姑娘的话让我心花怒放，“好伶俐的丫头！”我赞她。

“还有一样东西，也是我家宝贝，不知你们有没兴趣？”小依丽问。

“你家宝贝真多，这一次是什么？”原晓喜滋滋说。

小姑娘跑进屋拿出一幅画。原晓展开一看，叫声“好画”。我凑过去一看，见那画上是座高耸入云的山，山顶冰雪覆盖，山里有栋房子，黄瓦红墙，檐角飞翘，是一座寺院，寺院里有个花园，园里生长着姹紫嫣红的花草，在花草旁的砾石里，生长着一朵有多瓣花叶的雪莲，叶叶如玉，花花似雪……

“用笔清凉，好爽心。”我不懂画，凭感觉说话：“谁画的？”

“我爷爷。”小姑娘说。

“可惜，只能在画中见到这么漂亮的雪莲花。”我惋叹。

“你可能见过它哩，你只是记不得了。我们每个人都见过无数的人与花，只是忘了。”依丽说。

“哦？”我觉得小丫头鬼灵精怪。小依丽说，这些话都是爷爷教的，爷爷说，一个人如果用心去爱，幸福就会像雪莲花一样绽放。

“用心去爱……”我一边琢磨一边问小依丽，这画卖吗。小姑娘说不卖。

原晓说，他想拜见画作者。小依丽把画卷起收好，她要原晓稍等，说她爷爷还在林子里，爷爷每天都要在林子里坐上两三个小时。

“坐那么久？”我不解。“我爷爷在修行，不过快到时间了。”依丽说。

小依丽说完，带我们向屋后走去。

二〇〇四年四月二十六日，于玉城宾馆

信四十八 农庄老人

英子致父书

父亲，那条小溪，就是经过依丽家门前的那条小溪，蜿蜒绕向屋后，一直往树林深处流去。沿溪有条小径，也通向树林深处。我和原晓随依丽沿小径走着，溪水十分清冽，我捧了一把，凉透心底，溪边生长着五颜六色的花及茂盛树林。

我边走边欣赏，越走越惊奇。在漫漫荒漠里，居然有这样苍翠的绿洲！林子很大，树木遮天蔽日。走到树林深处，我看到在几棵茂密的树之间，趴着一株树，那树枝条粗壮，像摊开四肢俯睡的人。

我停住脚步，俯身对这株树左看右看。“这是无花果树。”小依丽说。

久闻无花果树之名，见到却是首次，我不明白无花果树怎会长成这样？

“因为传说。”原晓说：“一种传说是，夏娃亚当偷吃禁果后，知道了善恶羞耻，天堂里的树都不愿遮盖他们的裸露，只有无花果发了同情心。另一种传说是，亚当偷吃禁果后有了排泄，想找一棵树来解决，但天堂里所有的树都用枝条抽打他，只有无花果树同情他。总之，无论哪种传说，无花果树都与夏娃亚当的原罪有着纠缠。”

“这是你的万金油知识吧？”我问。

“人自身的原罪，隔断了人类走向天堂的路，这是我爷爷说的。不过我爷爷种无花果树，肯定不是因为对树的同情。”小依丽说。

“因为什么？”我问。小依丽笑而不答。

我们离开无花果树继续前行。树林里还种有梨树、国槐和白蜡，现在不是梨树结果的季节，只能见到满树青枝绿叶在微风中婆娑。在树林深处的一棵茂盛的树下，盘腿坐着一位啡衣老者。小姑娘说，那是她爷爷，他背后那棵树，在这片树林里树龄最长。我们停留在离老人五十米左右的两棵树下。这两棵树十分茂密，枝叶下垂，浓密的树枝交错，遮出一片荫凉。树荫下铺着红地毡，毡上放着长方形矮桌，桌上铺蓝底起白花台布。树隙漏下的阳光斑驳陆离投射在桌上、地毡上。

我和原晓脱鞋，兴致勃勃坐在桌边软垫上。

小依丽要我俩坐一会，她去拿茶。她一蹦一跳走了，不一会又一蹦一跳回来，左手提茶壶，右手提小篮。她盘腿坐在垫上，将壶里的奶白液体注进三只小碗。我端起一碗，喝了一口，有咸味和奶味。“奶茶，喝过吧？”她说。

“没。”我摇头，在嘉洲没这玩意。我又喝了一口，奶和茶混合的味，让我的嘴香气弥漫。我将整碗奶茶一饮而尽。原晓告诉我，在茶里加盐和奶油，就成了奶茶。这方法简单好记，我想，回嘉洲后如法炮制。

小依丽的提篮内盛着一些紫色果实，她说是桑葚，刚从树上摘的。我拿起一颗咬了一口，甜甜的，汁液饱满得“唆”一下溅满我的手和嘴。

原晓欣赏着树林美景，惋叹没带画笔。

“你会绘画？”我有点惊讶，没听他说过这才艺。

“粗通。”他说。

“能否让我们欣赏一下？”我说。

原晓腼腆一笑，起身从树上摘下两片水分饱满的肥大绿叶，用衣袖擦去叶上尘土，平摆于桌，然后用指甲在叶上左旋右描。不一会，两个女子的头像素描出来了。他把其中一片给我，另一片递给小依丽。

我细瞧着树叶画，人物线条柔和润美，和自己有七分相似。“这礼物别致，要珍藏。”我说，用小丝巾将树叶画小心翼翼包起来。依丽将树叶画捧在手上，左瞧右看，啧啧称奇，这时我看到了她脸上和其他孩子一样的天真可爱。

“我想为你们唱首歌，可惜没伴奏。”原晓说。

“你想为她唱，你可以清唱。”小依丽说。

“是为你俩唱。”原晓说。

“别不好意思，我只是替你说出心里话。”小依丽说。

原晓不再辩解，“咳咳”几声清清嗓唱起来。

匆匆一见，教我行思坐想
潇潇雨落，山长水远人也远
相思的人，只有抬头望天

伊人在另一边
抬头望天
天空，星星闪烁明亮
爱望星星的人
双眼会很明亮
相思的人，只有抬头望天
伊人在另一边

原晓唱完，我和依丽鼓掌。原晓说这是他家乡的一首抒情民歌《望星星》，他第一次听到它，是一个夏夜，天上星又多又亮，他和朋友在野外露营，他躺在草地上，眼望星空，旁边的朋友弹起吉他唱起这首歌，让他觉得美到了灵魂里。后来，他就常躺在星空下的草地上，唱这首《望星星》。

这时，不远处的老者动了一下。

过了一会，他散开盘着的双腿，搓搓手搓搓脸后，才慢慢站起来。老者在原地站着，仿如刚从一场安详无比的静眠中醒来，尚未回到这热闹世界。又过了一会，老者步履淡定向我们这边走来。他气定神闲走着，或许是刚才原晓的歌声唤醒了他，或许是什么都没听到，仅因时辰到了，就醒了。

“爷爷！”小依丽欢叫一声。老者“哎”了一声，对我们和蔼笑笑，走到我们坐着的地毡边，脱鞋，盘坐软垫上。“您好！”我和原晓躬身合掌问讯。

“这园子还好吧？”老人问。

“好极了。”我说。老人很瘦削，但精神矍铄，双眼有神，一件质地飘逸的啡色长袍披在身上。

“园里的树，多是爷爷亲手栽种。爷爷费尽精力种植这些树木，想给生活在荒芜贫瘠环境里的人，带来一个快乐休闲之地。”小依丽说。老人疼爱地看着依丽，说：“这孩子，一天一天长大，还是那么淘气。”

“种植这么多树木，功德无量。”我说。

“尽份力罢了。人有多少力，就出多少力吧，力多了，这世界自然就兴盛了。人有多少光，就发多少光吧，光多了，这世界就明亮了。”老者说。

我的心在老人的话里忽然豁亮了一下。

我们和老人闲聊。随着话题的深入，我对老人的亲切感也越来越多。我很有些惭愧地告诉老人，说自己生活在富足的家庭，住宅附近就有大自然赐予的茂盛葱郁的大山，衣食无忧，但我却总是郁闷，这次来玉城，是想转换一下心情。

老者呵呵一笑，说：“姑娘，我理解。我也有过和你相似的经历，我年轻时就赚了很多钱，但内心总是郁闷不快乐，也曾像你一样羁旅行役。”

“在羁旅行役中，大有收获吧？”我问。

“是的，在旅途遇到的人和事里，总有一件，会让你醍醐灌顶。”老人说。

我内心欢悦，觉得自己好运气，遇到了投缘的人。

老人很健谈，聊起他的经历。他说，他的家族和玉有缘，总能顺利找到美玉，很快就发了财。不过财富并没让他满足，他总觉得人生做啥事都没意义，钱赚得再多，只是银行里一个数字。后来，他把淘玉的活交给儿子，自己放下生意，长年累月在外行走。家人说他身在福中不知福，有那么多钱还发愁，自找烦恼。他说，衣食无忧，本该知足，可人偏偏长了个会想事的脑，脑袋总想事，内心就不得安宁，如笨一点，只求“呼噜呼噜”吃饱喝足然后“呼噜呼噜”睡觉就好了。

我哑然失笑，问老人，那个让他醍醐灌顶的缘是什么。

老人说，是一个人，他遇到一个人……那个人，改变了他，事情就这么简单。

“什么人？”我问。

“一个在旅途遇到的人。”他说。

老人说，在他五十岁生日后，看到身边有些朋友已去了另一个世界，心情悲伤，又一个人出了远门。这一次他去了风景秀丽、犹如人间仙境的终南山，因他听说那山聚天地之灵气，历史上曾是不少高僧大德的隐修之地。他坐车到山脚，徒步上山。在他一路跋涉上山的路上，他看到一个峭壁下有一间小屋。他正口渴得厉害，想去小屋找水喝。他走进小屋，小屋内有一床一桌一凳，还有个小地灶，灶上有个被烧得乌黑的铁壶。屋内很安静，屋里有个人，正闭目双脚盘坐在蒲团上。

他望向那人。他感到那人身上有一种强大的平静的力量，小屋简朴的环境里有一种让人身心安然的氛围，那种力量、那种氛围在安抚着他纷扰的内心。他有种感觉，觉得他和那个人之间，会有事情发生……他没吭声，只悄悄拿过屋内唯一的凳子，悄悄坐下。他坐了没多久，那人就睁开了眼。

“你是谁？”“游客。”“有事吗？”“找水喝。”“坐，我给你泡茶。”

他坐在那人对面，那人拿出一包新茶，用乌黑的铁壶烧水。他喝着茶，把自己的苦闷毫无保留倾诉给那人。那人静听着，没做任何回答。待喝完杯中茶，静默一会，才开口，那人说：“我叫慧明，已在此隐居二十年。”

“你从哪里获得生活来源？”他问。

“山下有几户村民会定期送些米油盐菜来，附近有山泉，还有野果野菜。”

“这里空气真好。”

“是的。在此久住，已不想下山。”

“你一人独居山林，不孤独害怕？”

“心安宁，一切安宁。心淡然，一切淡然。”

夜色降临时，他在这小屋内做出一个决定，他要跟随慧明在这小屋生活一段时间。接下来，他在小屋打地铺，随慧明静坐念经，穿行山林。

他在这小屋住了一个月。一个月后，他决定下山。“这一个月，我明白了很多。我回去也要像您这样生活。”临走前，他告诉慧明。回到家后，他把家族生意交给儿子，自己从中抽身，拿出积蓄，几番辛苦，找到这样一个别有洞天的地方，在此租地建园，种植树木。

“您在山上住了一个月，明白了什么？”我问。

“明白一个人拥有财富，获得功名，得到肯定……都是世俗成功。这些成功会让人有暂时的快乐。但一个人要长久快乐，必须要内心快乐，这种快乐，只能在内心生成，要改变内心。”老人说。

“这，很多人懂。”

“懂，是一回事；做到，是另一回事。清谈，是一回事；身体力行，是另一回事。”

“怎样身体力行？”

“慧明教我一个方法。他说，人每时每刻都会有无数念头和想法，有的有益，有的有害。先分辨哪些有益，哪些有害，然后努力发扬有益的，减少有害的。人要在每天所遇到的事里，慢慢改变自己不好的习性，慢慢磨掉自己心中不好的种子。慢慢地，人就会快乐起来。”

“改变，需要毅力。”

“还需要时间。我曾耗费多年，才让自己有所改变。曾有一段时间，我每晚临睡前，都对这一天进行反省，省思今天做了什么，做的事是好还是不好，面对外境时内心的反应是怎样的状态……如古代贤人所言，一日三省。这样日积月累，我发现自己真的改变了许多。”

“这跟兵营训练差不多。”

“是的。”

“很多人痛苦，是因求不得。而要满足自己，必须要损人。”

“善让人快乐，恶让人痛苦。自私损人不能让内心快乐。当人的心中充满善念时，他会很快乐。宇宙法则就是这样奇妙。”老人说：“这是宇宙法则，人要顺应宇宙法则。”

“宇宙法则！宇宙法则！”我重复了两遍，像发现新大陆般。

我和老人聊得兴味盎然，不知不觉傍晚已至，老奶奶过来要留我们吃晚饭。我怕添麻烦，婉然谢绝。

我和原晓起身告辞。小依丽把我们送过岩洞，在洞口和我们挥手告别，她说她要在爷爷奶奶家住几天。

在回宾馆的路上，原晓说：“你的和氏璧找到了，下一步该去我想去的地方了。”“好。”想起那块羊脂白玉及与老人的一席交谈，我心情雀跃。

二〇〇四年四月二十七日，于玉城宾馆

信四十九 千年之城

英子致父书

父亲，今天，我和原晓去了玉城附近的一座千年前的城，当然那座城已是遗址。

没到遗址前，我想象它肯定有古旧但经过后人修缮的房屋街道，但当我们到达废城时，才发现那只是自己一厢情愿的想象。时间是一架巨大的粉碎机，能让一切烟消云散，能让一切碎为齑粉。这座千年前繁华的古城，如今光秃秃的，没有房屋街道，除了大土堆就是小土堆。每个土堆前立着一块后人竖的铭牌，说明此处曾是民居还是王公宅第，是庙宇还是戏台，是士兵瞭望台还是广场……贵族区和平民区泾渭分明，即使只遗留下土堆，仍然看得到王公宅第有宽敞庭园，平民的家是一两间平房，穷人只能在地下掘个洞穴，在上面搭个茅草顶。

后人把这六公里周长的黄土堆圈起来，门前立个“雅河古城”

牌子，供游客参观。遗址四周曾是宽敞的护城河，现已干涸，谷底长满青翠树木和绿草。

“就这些土堆？门票要五十块？”我说：“这些黄土堆，和其它地方的黄土堆并没啥区别。”

“它们是千年前一座城池的黄土。”原晓说：“千年前，这里曾是一座繁荣兴旺的城池，后来毁于战火。”

“千年前的黄土和千年后的黄土其实一样，只是被人赋予了历史含义，拥有了曾是千年前一座城池的概念，在人心里具有了沧桑感和纪念意义。”我说。阳光直射，我有些睁不开眼，遮阳帽的帽檐浅了些，不能将脸全部遮挡。这帽子花了我三十块，我发誓以后再也不买这种绣花枕头。

我在废城里转悠，六公里周长，要走完一圈得费点时间。走到遗址后部时，我有些累了，这里是整座城池地势最高之处，铭牌上介绍说，一千年前，这里是一座庙宇，庙前曾有广场和塔，但现在空荡荡一片，残留着大土堆小土堆。不过，空地上留有一块大石壁。

这也是光秃秃的废城里唯一非黄土之物，也是整个遗址里受保护的核心。后人为它搭了顶篷，立了一圈铁栏杆圈着它。

走近石壁，我看到壁上凿着一幅巨画。画用笔古拙，长约六米，高约三米，用红色矿物质作颜料雕凿而成。画的多是人物，形象算勉强清晰，有站有卧，有在狩猎，有在收割……男性多，女性少。男性浓眉大眼，阔嘴高鼻，剽悍粗犷。女性娇小秀美，细腰肥臀，婀娜多姿。除了人物外，还有一些稀奇古怪的符号。壁画剥蚀和毁损不轻，有的部分已模糊，但能让后人隐约估摸到它曾经的辉煌。

原晓要我猜画的内容，说铭牌上的文字介绍只是简单的考古说明，不要被简介引导。我站在壁画前仔细研究了一会，看不出所以然，只觉得在石上凿的画能保存一千年，凿者当时一定用尽心思。

原晓指向画左边部分，问我画的是什么。我感到他的笑里有种阴谋，心怀狐疑辨识着画面。画的线条过于古朴稚拙，颜色脱落不少，辨认起来有些费劲。我看了一会，说："像打架，也像在抢东西……"

原晓说："再看看画中人的性别。"

这下，我估到了，是一个强壮男人贴面抱着一个小巧玲珑的女子。

我并不觉得惊奇，但在庙宇前的广场上有这样的内容，就让我费解。在我的意识里，庙宇应是远离欲望、追求精神和灵魂归宿之地，与这些内容不搭界。

"千年前，这座庙宇传承的可能是某种特别的宗教。"原晓说。

"什么宗教？"我问。

"我曾读过一个故事，说在印度，有个国王残忍成性，为了度化他，菩萨化为妩媚女子去点化他，沉溺女色的国王最终受到感化，去恶从善。我想，这里是不是有类似情节。"原晓说，说罢又补充一句："我只是在搬当导游时学到的万金油知识。"

"一个人快乐时，容易对别人善良、宽容大度，我们自己在生活中也有这种体会。"我说。

"这可能是一种方便法吧。"原晓点头表示赞同。

我们离开废庙广场，来到城边。原晓指着古城边干涸的护城河，说千年前，生活在这座城池里的人一定很浪漫。我不明其意。他狡黠地看我一眼，说："你看，一条护城河将城池圈在河洲上。

‘关关雎鸠，在河之洲。窈窕淑女，君子好逑。’我和你，现站在‘在河之洲’上，便会有窈窕淑女，君子好逑之故事。”

我的脸刹时潮红，说：“此时没有窈窕淑女，此地也无河洲，君子求啥？瞎联想。”

父亲，这一天，我和原晓在这座千年废城里溜达了几小时。我们回到玉城宾馆，已是晚七点。在宾馆附近餐馆吃完晚餐，我又去一家小卖店买了包奶油蛋糕，准备做宵夜。

回到宾馆，我洗个热水澡，一天的疲劳消散许多，沐浴后的皮肤散发出清爽，舒服得像到了天堂。洗漱过后，我坐于桌前，启笔向您报告行踪。父亲，女儿旅途一路平安，务请放心。恭祝身心安泰。英子敬禀。

二〇〇四年四月二十八日，于玉城宾馆

信五十

与麻烦不期而遇

英子与美茵书

美茵慧览，许久不见，念兹在兹。此次启笔，有一事相求。

美茵，我在玉城旅行时遇到麻烦，不敢将实情禀告我父，怕他忧心。我在玉城耽搁的时日，我对我父说，是绕道去了你处看望你。若我父向你问起，还请帮忙圆这个善意之谎，祈请谅解。真实状况，具笔于下。

在陪原晓从玉城近郊古城遗址回到宾馆那晚，我给我父写完信，交给宾馆前台服务生，烦请帮忙投递后，我回到房间，躺在床上休息。我躺了一会，没有睡意，就看电视。看完一个娱乐节目，有些饿，随手拿起刚买的蛋糕，连吃三个。蛋糕里的奶油有点异味，不太新鲜，但我已吃进肚，也没当回事。吃完蛋糕，重新刷牙，躺回床上。

躺了一会，我感到不太舒服，以为是白天走路过多，休息一晚就会舒缓。但几分钟后，肚子开始“咕咕”响，越来越难受。我跑进卫生间吐出一堆东西，感到好受了些。我看着镜里的自己，脸泛潮红。

这时，电话铃声响起，是原晓。他住邻近房间，问我睡了没。我说有些难受。不一会他敲门进来，他穿戴整齐，白衬衣配深蓝色长裤，乌黑头发软垂在额头。只开了床头灯的房间有些昏暗，我躺在被褥里，四肢乏力，眼神迷离。原晓搬椅子到床边，看着我，问怎么啦。我说肚子不舒服。

他问，吃药没。我说吃了，但无效。每次出门远行，我都会随身带些藿香正气丸、黄连素、创可贴、风油精等药。原晓要送我去医院。我说，天太晚，躺会儿就会好。就说了这么几句，我便有些上气不接下气。原晓见状，要我好好休息，有事给他电话。他把他的房间号码写在纸上，放在我枕边，倒了杯开水放在床头柜上，有些不放心地和我道了再见。

他走后，我上了三次洗漱间。对着洗漱盆，我吐得昏天黑地、稀里哗啦，不仅把晚餐吐了，连午餐的残渣也一点不留。等到吐完，拉完，我像棵霜打白菜，云里雾里回到床上。

我的大脑是空的，身体是空的，眼前的世界也是空的。凭直觉，我知应是蛋糕里的奶油变了质，变质食物产生的毒素正在我血液里恣意奔流，如千蚁噬咬，虽然吐了拉了，身体没丝毫好转。

我躺着，全身筋骨如散架，虚弱无力的感觉铺天盖地涌来，我难受得在床上翻来滚去，在稀里糊涂中本能地喊着“救命”，声音细如蚊叫，只在喉咙回旋。我喊了一会，嘴里忽然泛起渴望苹果的津液，我隐约感到苹果会是一根救命稻草。

枕边写有原晓电话的那行数字，在眼中已变成模糊印痕。我拿起话筒，努力看清那几个数字，挣扎着按完键。

原晓说他去找苹果。

十多分钟后，他变魔术般提了一袋苹果进屋，说是找了前台服务生帮忙。那些苹果个头不大，外表也不漂亮，却是我渴望的苹果。原晓拿起最大的一只，三下两下便削得光溜溜。他把苹果递给我，说："刚才走时还见你好好的，怎么一下变成这样？"

我虚火攻心，脸上像有火在烧。刚才的我并不是好好的，只不过在他面前，没虚弱得这么厉害。我咬着苹果，那只苹果可能放的时间有点久，甜得有些蔫。嘴巴苦涩的我嚼着它，觉得很美味。

原晓又削了一只。

这只酸得我只吃了一口便扔进垃圾筒。他还要削，我说够了。我需要的不是量，是对苹果的渴望，这渴望用一只甜苹果就能满足。

原晓要送我去医院。我看着窗外漆黑的夜，摇摇头。子夜时分，人生了病，除非万不得已，都懒得去看医生，觉得折腾，加上胃里已装进一只甜苹果，我有了一点力气。"还是去吧。"原晓坚持。

"没事，我已把肠胃里的毒素吐了拉了。夜已深，你回去休息，看把你麻烦的。"我说。原晓坚持要陪我，我用手推他离开，他只得离去，临走前再三叮咛若有事，一定给他电话。他走后，我继续躺着。床很柔软但我感觉不到，那只苹果给了我一点力量，但那点力量在病魔前，如杯水车薪。

那个夜晚，余下的时光，我备受煎熬……

接连不断去卫生间，拉出的东西变成黄水，仍无法止住，全身冷汗直冒、恶心，肌肉与关节被疼痛包围，肚脐周围隐隐作疼。我在床上翻滚呻吟，借以稍微减轻一点身体遭受的煎熬。我想给原晓打电话，但拿起话筒犹豫了一下，又放了下来。

我极度虚弱地躺着，看着床头昏黄的灯，谛听万籁俱寂的夜，在恍惚迷离里熬着时光……我仿佛看到张开翅膀的死神在我眼前翔舞，微笑，喊我的名……“我要死了？我要死了！我要死了……”我在心里反复念叨。

我迷迷糊糊想，原来深夜是黎明前的黑暗，也是人生命的最低谷……这是个秘密，宇宙里的秘密……但我现在活生生看到了它，看到了生命降到最低谷时的脆弱，看到了人细若游丝的那口濒临断绝的呼吸，看到了在黑夜中飞舞的吸取人活气的游灵……

“天呀，救我，救我呀……”我在心里接连不断呼喊，在床上翻滚……我在昏糊的视线里，看到床头柜上的苹果，大小不一，红红粉粉，散发出淡淡香味。我在迷糊里伸手抓过一只苹果，用被单擦擦，放进嘴里咬起来……运气好，这只苹果甜且鲜。

新鲜苹果拥有的生命甜味，细若游丝进入我体内，身体的难受稍有减轻，也有了一点精力。我闭上眼，心里念叨着：“我不用死了，不用死了，不用死了……”

念到累时，脑子就迷糊了……

感觉只一眨眼功夫，我睁开了眼。我看到房间亮了，那是透过窗帘的晨光。

黑夜已过，窗外蒸腾着苏醒的浪。世界醒了过来，我也从昏糊里醒了过来，感觉身体好了一些。我起身，走到洗漱间，站在镜前，镜里的脸像涂了胭脂。

原晓打来电话询问。我说好多了，谢谢他的苹果。原晓过来，把我送到附近的医院。在医院，医生给我做了血常规化验和大便化验，诊断为食物中毒并发急性肠炎，要我留院治疗。听到要住院，我“啊——”了一声。我做梦也没想到，要在人生地不熟的地方留医。

“人生中，想不到的事很多。遇到了，就勇敢面对，有我在。”原晓握着我的手，说：“这手，温软如刚出生的小白鸽，虚弱得没有一点力量。”这是他第一次握住我的手。

“不会住很久吧？”我愁容满面。

“你住多久，我就陪多久。”原晓说。他为我申请了单人病房，说几个人一间，晚上不是这个上厕所就是那个磨牙，不是这个打鼾就是那个梦呓，休息不好。

二〇〇四年五月十日，于嘉洲

信五十一 拥抱的力量

英子与美茵书

美茵，我住院第一天，挂了八小时吊瓶。医生说我严重脱水。我的血管细，护士扎了好一会才扎进去。我感到手背一阵胀痛，以为是正常现象，没吭声，直到几分钟后手背青肿一片，才大声叫护士。

护士拔出针头重扎，说，不舒服时就叫，别扛着，这不是正常现象，扎针时有点疼，扎进去后，不疼也不会青肿。

护士走后，原晓要求我不舒服时一定要说，什么事都憋在心里，会害了自己。

“这一病，如果没你，我不知会怎样。”对这个旅伴，我心生亲切之感。

“应该的。”他说。

我望着他。与他结伴同行以来，我从没认真凝视过他。他柔软的黑发耷拉在额上，梦幻般的眼神浮动点点湿光，不是真的湿润，是将湿未湿时铺陈开的光，面容在将湿未湿下如梨花带雨般楚楚可怜，好像病了的是他自己。

药水一滴滴流进血管，力气一点点回到体内，输完两瓶后，我有了一种身体是属于自己的感觉。原晓买来一大袋鲜苹果，削了一只给我，这时我已不想吃了。

晚上十点，我要他回酒店休息，说晚上有护士值班。原晓打了个呵欠，嘱我好好休息后便离开了医院。他走后，病床上的我也没睡意，拿起今天的报纸，希望借助阅读助眠。我几乎就快成功了，突然一阵凄厉的哭声传来，吓了我一跳。这一下我完全清醒，完全睡不着了。

我没去探究哭声的缘由，仍躺着，嗅着空气里淡淡的消毒水味。我想，无论医院弄得多么干净，它的空气里永远都飘浮着药味和消毒水味，无论医院的花园多么姹紫嫣红，在这里碰到的永远是青白蜡黄的面容，听到的是痛苦呻吟和叹息。这是一个人与病魔搏斗的地方，药和消毒水就是武器。

我在床上念头纷飞地想着，直至下半夜才蒙眬睡去，却又似睡非睡。深夜里，远处传来一声响，惊醒了我，我睁开眼看着天花板，天花板朦朦胧胧白，我又闭上眼，感到有点慌，一种陌生感像蛇般蜿蜒游进我内心并盘踞下来……我如同站在四顾无人的黑暗荒原里，阴云在头顶浮动，远处地平线有一抹苍黄墨迹，忧戚茫然的我正往那苍黄处走去……在漫天的陌生感里，我的心忽然猛烈悸跳了几下。

突然，难受开始攻击我的身体，精神荒原感被这种难受挤走。我看看时间，凌晨三点半。我明白这是生命低谷的时辰，我要挺过这低谷，等待光亮到来，太阳升起，世界苏醒，那时我的抵抗力也会随之苏醒……我就那样躺着，扛着，全身乏力酸疼，任病魔在体内横行，直到天亮。

翌日一大早，原晓赶到医院。我看到他，仿佛看到救星之感。他去医院饭堂给我买来早餐，稀饭馒头，还有咸菜。

吃完早餐，他抓住我绵软无力的手，他的手很温暖，我从那种温暖里吸收到力量，觉得正在折磨自己的乏力和酸疼有所缓解。

原晓要回宾馆退房，搬来医院陪我。他说："你一个人在陌生的医院，我一个人在陌生的宾馆，不如两个人都在陌生的医院。对我们来说，在这个城市，哪里都是陌生的。"

"你睡哪？"我问。"可向医院租张折叠小床，我刚才问了护士，五块钱一天，外加陪人费二块钱一天。"他说。

"这里有医生护士照顾。"我说。"你只是医生护士照看对象中的一个，我是你现在唯一的朋友。"他说。

"太委屈你了。"我说。"没关系，只要你快点好。等会我去市场买只鸡，找家餐馆给煲了。"他说。

我谢了他。"不谢。"他要我躺着，他去买鸡。

一小时后，他提着保温饭盒走进病房。他打开盒盖，一股鸡汤香味扑鼻而来。输了液的我本不想吃饭，在他的要求下还是喝了一半，剩下的一半我强迫他喝了。

晚饭后，他陪我去散步。这所医院不大，沿着住院部病房，有条林荫小道。我们沿着林荫小道来来回回走，直到我疲累为止。

入夜，原晓打开折叠床，躺在小床上，陪我断断续续聊天。我累，却睡不着，和昨天一样，黑夜是魑魅的天堂，躺在黑夜里的我，虽比昨天好了些，仍难以安然入眠。

原晓从折叠床上起身，对我说："抱住你，你可能会好一些。"我内心还没达到能和他拥抱的程度，我婉拒。他继续说："只是抱住你，这样你会好得快些。”我想起手被他握住时所获得的温暖和力量，看他一脸真诚，没吭声。

他掀开被钻进来，握住我冰凉的手。医院的床很窄，他侧身而躺，我并没感到拥挤。他一动不动抱了我一会后，开始揉搓起来。他把身心双重力量都放在手掌上，好像要让我变成一团发好的面，方的圆的、长的短的……随意捏。奇怪的是，渐渐地，在他掌下，我感到身体慢慢有些好转，有几分钟甚至接近健康临界点……

“你把健康和活力传给了我。”我说。

“医书上说，真诚的拥抱会促进和增强病人的免疫系统，帮助病人驱逐病魔。”他说。

“真是太麻烦你了。”我已体会到医书上所说的那种力量和温暖。

“那我天天这样，只要你能快点好。”他说。

“你找借口吧？”我问。

“一半按医书行事，一半是自己意愿。当我第一眼看到你时，就想拥抱你。”他并不隐晦。

“处心积虑，趁火打劫。”我说。

“是真心诚意，何况，只要劫得合情合理，顺理成章，又何乐不为？”他有些嬉皮笑脸。

“贫嘴。”我说完，道声晚安，放松身心，毫无顾虑睡了。

翌日清晨，我睁开眼，看到他已醒，躺在折叠小床上。还没到起床时间，我们躺着说话。“梦到什么？”他问。

“我做过梦？”我有些惊讶。

“做过，好像遇到大的危险，发出连串尖叫。”

“不好意思，把你吵醒了。”

“你做了啥梦？”他追问。

我迟疑了一会，才吞吞吐吐说，自己常做噩梦，要么处在危险境地，要么被鬼魅追赶，要么面临灾难，整个梦境都惊心动魄……“最终都逃脱了吧？”他问。

“是的。”

“你成功了，是不是？不怕，只要我在你身边，就要让你远离被魑魅与恐惧的纠缠，给你一个甜美的梦。”他说。

我在医院住了一个星期，原晓无微不至照顾了我一个星期。

出院后，原晓陪我从玉城到西山。在西山买回家的票时，他说，他想送我到嘉洲，那个地方他没去过，现在有了我这个东道主，方便。我心存顾虑，怕如此带他回家，让父亲惊讶，就说，等过段时间吧，那时会接待得更好。

“也好，我自己也要回家看母亲和弟弟。”他说。

“你母亲和弟弟住哪？”我问。

“琉璃城，一个很美的小城，欢迎去做客。”他说。

我和他买的机票差不多同时起飞，目的地不同。他的航班早一个小时。我先送他到登机口，在临进登机口最后一刻，他要我同去。我用手点点他的鼻，说只是暂时分别。他还是不愿放开我，好像他一走进去，两人就会生离死别。我看着他的眼。他的眼光流露出哀怜，像根即将被风吹折的苇草，像个找不到家的迷路者，像片飘落到树下的叶。他的眼光几欲击碎我的心，我差点就想补张机票随他走，但我控制住冲动，说：“只是分开一段时间，怎么就掉泪了？”

“舍不得你。”他说。

这时，登机口工作人员在做最后催促。我说了声“再见”，将他推了进去。待他消失于视野后，我抬手抹了一下脸，发现手背一片湿润……我流泪了，在不知不觉中流泪了！我一直以为自己不会再流泪，在没有母亲的生活里，在爱的破碎里，在弟弟佳骏的离去里，我已流尽一生的泪！但现在，泪水怎么就流出来了呢？

我落寞地向自己那个航班登机口走去。候机大厅熙熙攘攘，没人认识我，我一个人低头走着……美茵，这些是我在玉城的真实遭遇，絮絮叨叨，书不尽意，多劳费心阅读，顺颂懿安，英子亲笔。

二〇〇四年五月十一日，于嘉洲

第六章

琉璃城故事

信五十二 走进琉璃城

英子与弟书

佳骏贤弟，你在天堂，一切可好？姊姊坐在嘉洲宁静的桌前，铺开信纸，给你写信，给你叙述一个姊姊与琉璃城的故事。你在世时，一直关心姊姊的个人生活。姊姊现在有了个人故事，就向你叙说，要让你放心。书信或许不能到你处，但姊姊之心意，一定能抵达你内心。

姊姊在玉城旅游时病了一场。病好回嘉洲后，向父亲报了平安，休息了一段时间，又背上背囊出了门。这次，是去琉璃城。姊姊和琉璃城发生联系，是因一个叫原晓的琉璃城人。我与他在玉城邂逅，病中得到他的悉心照顾。我们分别时，他力邀我去琉璃城，说那座城，如一颗璀璨明珠。

“琉璃”这个名字，让我初闻时，即感到有种魅力冲进内心，撩起兴致。回到嘉洲后，我在地图上寻找“琉璃”两字。我的手指在地图上绕来绕去，终于在一个有四条交通线汇集的点上，看到它优雅地躺着。

我搜索它的简介。简介说，琉璃之名，古已有之。清康熙时，琉璃头领归顺清室，受清皇恩宠，被封为琉璃王。琉璃王对古城进行精心建设扩张。倚着琉璃河，城南设府城衙署，建宫室苑囿，城北设商业区，城东设文武庙，城西划为百姓居住区。城内大街小巷悉用青石铺砌，平坦洁净，晴不扬尘，雨不积水。且允许其族民与其他民族通婚，其后裔就是现在的琉璃居民，因有混血基因，男人多高大英俊，女人多漂亮迷人。琉璃王当时筑的城，历无数朝代的修缮和洗礼，饱经沧桑，至今仍被完整保存了下来。

简介最后说，这是一个能迷住全世界的古城。这句话在我脑中形成一幅古朴清凉、粉墙黛瓦、杨柳依依的画面。

贤弟佳骏，姊姊乘坐的汽车，在正午抵达琉璃城。汽车站在琉璃新城，原晓家在琉璃古城。“去古城怎么走？”我下车后，问车站咨询台的工作人员。“坐车。”眉眼含笑的女子指指车站门外广场上的一排三轮车。

我选了一辆新净的三轮车。

车夫七拐八弯，载我穿过琉璃新城向古城驶去。新城干净整齐，背靠绵延高山，腹含蜿蜒穿过的清澈小河，有股现代小家碧玉味。但当三轮车驶入琉璃古城后，我就仿如坐上时光倒流的车，一下子回到几百年前寂静朴素的岁月。我一路举目四望，发现和我出发前脑海想象的古城样貌八九不离十。

原晓家，在琉璃古城鹅石巷 68 号。

“鹅石巷到了。”我还没看够，车夫就对我说：“这是条小巷，只供行走，车只能停在巷口。”“好，谢谢。”我下车，付了车费。

我背着包，站在鹅石巷口，向小巷望去。小巷很长，我的视线望不到头。小巷路面清一色由鹅卵石嵌成，幽深阴凉，路两边肩并肩耸立着一栋又一栋木板屋民居。在这古朴清幽里，我有些惊喜地走在小巷的青石板路上，仔细盯看门牌号寻找 68 这个数字。民居虽古旧，但几乎家家户户门楣上都钉着蓝色门牌号，有些人家还钉有报箱。门牌号一直都按顺序延伸，但到 67 号时，蓦然跳到 70 号。

“68 号，在哪？”我一下傻了眼，呆站着，是前行还是后退？

我站了几分钟，看到从小巷另一头走来一位蓝衣老人。我问老人 68 号在哪。老人用手往后一指，说，走过三家，门上贴着一个大福字的，就是。我问，门牌号到这儿怎就断了呢。老人说，钉门牌号是居委会赶时髦，鹅石巷居民从不记它，几十年街坊，闭眼都能找到。“你是远方来的客人吧？”老人问。

“是。您眼光厉害。”我惊讶且赞扬老人。

“鹅石巷街坊熟着哩，谁家娃叫啥名，多大年纪，读书成绩好孬，谁家婆娘脾气怎样，清楚得很，在这里出现一张陌生面孔，大家都会知道。”老人说。

我谢了老人，走过三家，果然看到这家门牌是 68 号，门上贴着一个大“福”字。我站在紧闭的大门外，提高声音喊：“原晓——”

屋内没动静。

我等了几秒，对着紧闭的大门又高声叫“原晓——”

屋内还是没动静。

二〇〇四年九月十五日，于嘉洲

信五十三 原家小三子

英子与弟书

贤弟佳骏，那天我走进琉璃城，站在鹅石巷68号前，喊了好几声“原晓”。过了好一会，门才“吱呀”一声开了。门后站着个右胳膊拄拐杖的青年，他疑虑地看着门外的我。“我叫兰英子，找原晓。”我说。

“哦——”青年一听，脸上瞬时笑成一朵花，边笑边说：“久闻，久闻，快请进屋，我是原晓弟弟原小三。”

青年腿脚虽有残疾，却动作利索。他热情把我让进门，帮我放好背包，请我坐在厅堂木椅上，一边泡茶一边像熟朋友般打开话匣，说：“街坊和家人都叫我小三子，英子姐，你也叫我小三子好了。”

我喝了几口茶，尔后参观原晓的家。他的家是几十年前的建筑格局，是栋合院式两层建筑。跨进门厅，有个天井，阳光从天井照下来，晒得屋内暖洋洋。走过天井，便是厅堂。厅堂后是厨房饭厅，两侧和楼上都是睡房。他的家陈设简朴，但很干净。

“这屋是祖传的，平时就我和我妈住。我哥休假时会回来住些日子。”小三子说：“我哥现在医院，我妈住院有一段时间了。这次我妈病得厉害，我哥在家待的时间会长一些。”

“你爸呢？”我问。小三子黯然，过了一会才说，前年去世了，他爸去世后，他妈的身体就垮了下来。

“对不起，我是无意的。”我不好意思。

小三子很快多云转晴，脸上全是掏心掏肺的真诚。他说：“常听哥提起英子姐，说非常好。见到本人，才发现比他说的还好，这么高挑，这么俏丽。我现就给哥电话，要他回来。”

我制止他，说他照看母亲要紧。“那他可能要晚上才能回家。”“没关系。”

“饿了吧？我来做饭。尝尝我的手艺，平时我常帮母亲做。”小三子拿起锅淘米，他指指后面一间屋，说是饭厅，要我去那看风景。

我到了那屋。那屋紧邻厨房，放着餐桌餐椅。屋里的木框窗户大开，窗外挂着两只大红灯笼，正在微风里晃动。我将头探出窗外，“哇”地惊叹一声，原来窗外就是琉璃河，我只要弯腰伸手，就可掬到汩汩流动的河水，此时天阴，河上笼罩着薄雾，河边垂柳朦胧在烟雾里。

“临时加建的。”小三子说。

这间加建的屋子，用几根结实的柱子撑着，屋底距河面咫尺之遥。我放眼望去，邻河家家户户都这样用柱子在河中撑起一间小屋，延伸家的空间。

“像吊脚楼。”我拿出相机拍起来，赞不绝口。

“英子姐喜欢就好。”小三子说，快乐地在厨房哼起歌。

没多久小三子进来，欢天喜地说，饭做好了。他用抹布将餐桌擦净，端上热气腾腾的鱼头豆腐汤、炒河虾、清蒸鱼和酸菜螺肉，“都是河里水产，新鲜，不知合不合英子姐口味。”他拿出一个装满咖啡色液体的大号可乐瓶，将瓶内液体斟满两只白瓷酒杯。

我端起品了一口，甘醇芬芳，有糯米酒的甜味。“这是琉璃酒，我们这家家户户都酿。”小三子坐在我对面，将杯中酒一饮而尽，说每餐他都要喝几杯，久之成了习惯，不饮饭不香。我有点饿，端起饭碗狼吞虎咽。小三子做的菜味道很好，鱼汤十分新鲜。

“英子姐，小心噎着。”小三子吃了几筷菜，又喝了一杯酒，说：“我们这儿的男人爱酒，家家户户酿。酿出的酒，温和醇厚，不上头，亲朋好友聚会，桌上少不了它。我父亲那辈人，大多在酒中泡一生，到我和哥哥这一辈，因生活多样性，已不再单一爱酒了。”

“这酒，好喝。”我呷了一口。

“英子姐，你在这多住些日子，多喝点这种酒。我们这人情质朴，日子悠闲，人比较安于现状。男人有酒喝，有朋友串，有娃娃和女人抱，就心满意足，即使穷点，也缺乏走四方的豪情。不过和我差不多年纪的年轻一辈，有不少走了出去，他们在外面做得一点不比别人差。”小三子说。

小三子的热情，很快消融了我初到琉璃城的陌生感。

吃完饭，小三子手脚勤快收拾好饭桌，给我泡了壶茶。我赞他性格好。他眉开眼笑说，他在家排第三，还有个在童年就夭折的姐姐，他开了个电器修理店，业余时间写点东西。说罢，他进到另一间屋拿出个活页本，虔诚捧至我眼前，说我内行，帮他看看。我接过翻开，看到活页本上按时间顺序贴着小三子发表的文章样报。我认真阅读了两篇，写的都是短小的生活感悟。“自强不息，非常好。”我说。小三子现出羞涩，说坐在家里时间多，才信笔涂鸦。

我要小三子以后有什么生活、时尚方面的文章，可寄给我，我编的《美丽之苑》杂志有这方面栏目。小三子带着莫大的喜悦，谢了我。

小三子收好活页本，坐在饭厅小凳上，变戏法般掀开一块方形活动铁板。我惊讶地看到，铁板下就是缓缓流动的河水，水有些浑黄。小三子说昨天下了雨，他慢条斯理扯上一个渔网，网里扑腾着几条小鱼和一条大鱼。“你刚才喝的鱼汤，就是这样钓来的。”小三子把鱼放进盛满水的木桶，又将空网放进河里，盖上方形铁板。

我第一次见到这样钓鱼，对琉璃城的喜爱突然增加了许多。“太诗情画意了。”我说。

“临河居住潮湿阴冷。这些老房子年代也有些久了，不少街坊都搬去新城，住有独立厨卫的混凝土楼房。我哥屡次劝我妈搬去新城，我妈舍不得搬，说老房子有她对父亲的记忆。”小三子说：“这些老房子老街道，只在旅游者眼里，有诗情画意。”

“来的游客多吗？”我哑然失笑。

“多。琉璃古城很有名，等我收拾好，就带英子姐出去逛逛。”小三子说。

“你腿脚不方便。”

“不妨事，我习惯了，生活上从来不输给四肢健全的人。”

“好。”我在小三子满脸真诚的笑意里，不忍拒绝。

二〇〇四年九月十六日，于嘉洲

信五十四

城里有座郡主祠

英子与弟书

佳骏贤弟，那天，小三子带我走在鹅石小巷里，逢人就介绍，说我是远方来的客人。街坊在和小三子招呼后，就和我招呼，脸上的笑像正在头顶照耀的阳光，让我倍感温暖。

走出小巷，小三子说，去看看附近的一座祠堂和古塔，他自小就在那里面玩，觉得就像家门前的桂花树一样平常，没想到突然有一天，它们成了风景，接受从四面八方来的游客的参观和摄影，那些人像看稀世珍宝一样打量它们，觉得它们充满古旧幽深的神秘。“那种奇怪之感，就像突然发现自家床底下藏着一坛黄金。”小三子调皮地对我眨眼。

祠堂位于琉璃河边。

来到祠堂大门前时，一个穿蓝色土布印花衣裙，头扎蓝色土布围巾的姑娘迎上来。“这是珊珊，这里的工作人员。”小三子介绍，他和珊珊熟，免了三十块门票。珊珊主动给我当导游，她说，古时候祠堂是家族显赫和财势象征，但这间祠堂却是民间自发修建的，为纪念一对殉情的恋人。

我抬头，看到祠堂门楣上写着“郡主祠”三个龙飞凤舞的大字，问是不是一个像梁山伯和祝英台那样的故事。

“差不多吧，爱以悲剧告终，才有夺人心魄之感染力。”珊珊给我讲起这个故事。很久以前，在琉璃族归顺清帝之初，琉璃王禁止本族与异族通婚，但他自己的小女儿爱上了异族小伙。琉璃王知情后，将小伙抓进监牢，判其死罪。小郡主对父王说，如果处死小伙，她就自尽。琉璃王派人将她看管起来。小郡主三天不吃饭，急坏的母亲央求琉璃王放女儿出来。小郡主出来后，要父王公开招驸马，条件是答对她出的一道考题。琉璃王答应了。小郡主限应考者在三天之内让王宫门前的大榕树开口唱歌。琉璃王想这可是个难题，如谁能破题，实在聪明。三天后，只有一个人答对，就是小郡主爱上的小伙。小伙用榕树干制成一把琴，弹奏出美妙忧伤的歌曲。被琴声感动的琉璃王免除小伙死罪，但仍不答应女儿嫁给他。小郡主决定私奔，不幸的是，夜半赶路时，她和恋人连人带马失足坠入深谷。痛失爱女，琉璃王悲心悔心大发，废除了禁止本族和异族通婚的律令。当地居民为缅怀这对为爱而死的恋人，修起这座祠堂。每年春天，祠堂旁的菊花盛开时，会引来无数蝴蝶飞舞，琉璃人说它们是自由和爱情的化身。

我说，这样的传说各民族都有，都是为自由的爱，因死亡而唤醒人心中沉睡的宽容大度，化解怨仇隔阂。小三子说，琉璃城的这个传说使这块土地上的男子女子，都有了为爱而在所不惜的个性，那些老一辈男人，为追求心爱的女人，会连续几个月每天去她家帮忙，也有人会为女人打架，打完后让女人决定她愿跟谁好，女人一旦做出决定，男人无论胜负，都不再纠缠，不过现在的年轻小辈，男子浪漫温和起来，打架已不多见了。

“英子姐，我们这里的男人细心，体贴，顾家，会做饭、做家务，他们平时是藏着掖着这些技艺的，只在重要场合亮出来……”小三子继续唠叨：“你和我哥相处久了，就知道他的好了。”

“你在替你哥做广告呀？”我恍然大悟。

小三子腼腆一笑。

在两层木结构四合院式的建筑里溜达了一圈，小三子带我离开郡主祠，沿河走了几百米，就看到一座七层六角砖塔。小三子说，这是百年前一户有钱人家烧字纸用的塔，原塔已毁，这是复制的。我有些气馁，说真正的古迹凝聚着那个时代的气韵和精神，复制即使惟妙惟肖，也无法复制那个时代的气质和精神。小三子听后有些失望，我内心有些自责，转而赞美起复制塔的精致漂亮来。

“还有一座城堡，原汁原味，让我哥带你去。”小三子说得有些慢，有些咬文嚼字。我看到他脸上渗出细密汗珠，就说回家吧，小三子没反对。我叫了三轮车，说走累了，坐车回去。

三轮车经过一个街口时，小三子叫停，指着街边一间店铺，自豪地说，那是他开的电器维修店。我看那店，十多个平方米，门上挂着“原小三电器修理店”牌子，一个穿蓝色工装的小青年正在里面忙碌。“那是我请的伙计，门面小了点，但能维持，像我这样的人，不给社会和家人添负担，就是最开心的事。”小三子说。

二〇〇四年九月十七日，于嘉洲

信五十五　远古的血丝石

英子与弟书

贤弟佳骏，姊姊到达琉璃城那天，原晓近傍晚时才从医院回家。他一进门，见到在他家里的我，嘴张成O型错愕了几秒才恢复正常，接着惊喜交加说，我怎么可以从天而降，突然袭击，让他措手不及。

小三子主动请缨说，明后天他去医院陪他们的母亲，要原晓陪我四处转转。我说不必，照顾病人要紧。但小三子固执地要原晓一定要陪我去看青石城。“原汁原味，闻名遐迩。”他强调了一句。

原晓爱怜地望了一眼小三子，告诉我，别看他这个弟弟身子不太方便，但固执起来像石头。曾有一次，母亲怕他腿脚不方便，不答应他去市里参加一个笔会，他居然绝食，母亲在心疼的眼泪里只得妥协。

小三子向我眨眨眼，脸上的笑有点狡黠，说：“英子姐去了，就知道它的价值了。”

佳骏贤弟，姊姊我在琉璃城，就这样被小三子热情地安排着活动，他处处为我好，时时替我着想。

翌日，我随原晓来到被小三子用“原汁原味、闻名遐迩”来形容的地方。那个地方离琉璃城十多公里，也是一座古城，已无人居住，仅供游客参观。

“它叫青石城。”原晓介绍。

走上城墙，一股朴素的安然气息扑面而来，我如同回到远古时代。放眼望去，一片青色，地面、房屋、城墙全是青石料，唯一不是青石料的是从土壤里生长出的翠绿树木和青草。原晓说，青石能经受岁月风雨的冲刷，所以它能保存至今。

整座城池占地约三千平方米，被围在坚固结实、浑然一体的青石城墙内，四个城楼耸立在阳光下，屋顶均为歇山式，下层覆盖以腰檐，上布小青瓦，飞檐翘角，格外壮观。原晓说，古人对城的设计，井然有序，这座城的东门城楼为太阳门，附近居住着王公贵族，南门城楼为月亮门，附近居住着平民百姓，西门城楼为雷霆门，附近居住着军队，北门城楼为星光门，附近是酒楼菜馆及香艳场所。

我在城墙的青石地面来回走了几遍。“这边是男儿墙。”原晓指着靠外迎敌的有垛口的城墙，又指着靠里的无垛口的墙，说：“这是女儿墙。”

“战争是男子的博弈，自古如此。”我望着在天地苍黄里默然无语、空荡寂然的青石城，嗅到一股千年前的气场。我明白了小三子说的“原汁原味”，其实就是保存着那个年代的非复制品所能企及的磁场。我想起金字塔的神秘，这座青石城也让我感到神秘。我抚摸着箭垛，遥想当年这些箭垛旁刀戟林立、人影浮动，城墙外绵延的山头燃烧着滚滚狼烟，千军万马刀剑相接、搏杀呼号之声响彻云天的情景……一股悲壮和惆怅，刹那间浑然一体涌进心头，使我倍感人生的无常和历史的苍茫，我有些激动，眼角不由湿润起来……

原晓却心静如水，他眺望着古城外的千顷良田，迂回绿水以及从住家屋顶袅袅升起的炊烟，说："我对它，熟如自家。"语气平淡。

"千年前，这城就是这样吗？"在历史的沧桑前，我总会激动，因为我的脑海会走马灯般浮现已流逝在时光隧道里的那些人与事。

"基本框架是，它没被战火毁灭，只有在时光里的破损。各朝代对它有过修缮。听说当初修城时，死了很多人。"原晓抚摸着一块青石说。

"在只能肩挑人扛年代，哪一次修城不死很多人？'死了很多人'，只是文字概述，在死亡的前后左右，也一并浸透了很多人的悲伤痛苦和思念……这些精神的东西，也会形成一种无形能量，影响着这个地方。"我抚摸着冰凉的青石，有些伤感，说："石头非死物，悲伤痛苦和思念，这些精神能量，会渗透进去。只是我们五官被蒙蔽、七窍被堵塞，没有通透灵性，看不到青石上浸渍的情绪，和那份能通透时光和轮回的灵性，只看到它是一块青石而已。"

"每次来这，我也会怀念遥远时代的古朴和结实。"原晓说。

这时，起风了，风带寒意。原晓说，找个避风处吧。他带我沿台阶下到一个四方空间，说这是藏兵阁，古时用来贮备军需物品和供戍守士兵休憩。藏兵阁的墙上有个小洞，我凑近小洞瞧着城外，一目了然。“是瞭望窗。”原晓说。

环顾藏兵阁，我看到在地面铺砌的青石里，有块石头泛出大片丝缕条纹状红色。“怎会有红色的石头？”我指着那块石头问。原晓瞟了一眼，不以为然说，琉璃城人都知道它，叫它血丝石。

“血丝石？”我一惊。

听说过血丝玉，其形成带有恐怖和灵异，据说是人死后将玉佩戴在身，玉吸死者血而成。我曾见过一只随主人殉葬千年的出土古玉镯，已变成土灰色并出现裂缝，一个盘玉人花了一年时间盘它，特意留下一小段没盘，结果被盘的那段变成晶莹的乳白色，裂缝自动修复，没盘的那段仍是土灰色。古时也有采玉人将玉石包裹在被宰杀的狗或驴皮里，埋于土中，让血色沁入其内，以使其价值连城。

“这块血丝石，是不是血渗入石里而成？”我问。

“传说如此。”原晓说。

“什么血？”

“凡与血相关的事，都有惊悚的成份。”

“说来听听。”

“人血。”

“死人血？”我的脑海浮现千年古墓里玉吸人血的阴森画面。

“活人血。一个千年前的女子的血。”

“惊悚！”

“只是口耳相传的故事，没真凭实据，性质和孟姜女寻夫哭倒八百里长城差不多。”原晓说。

二〇〇四年九月十八日，于嘉洲

信五十六　血丝石的传说

英子与弟书

佳骏贤弟，接着，原晓给我讲起那个传说。

他说，千年前，青石城是防止敌人进犯的军事要塞，一个歌女的丈夫被征召到此戍守，歌女十年不见丈夫回家，千里迢迢寻到此地，当得知丈夫已战死时，她带着悲痛和绝望，在夫君戍守之处割脉自尽，因悲痛心堵，她的血流得很慢，浸在青石上，竟慢慢渗了进去。有人说，是因这个藏兵阁是她夫君戍守之处，爱屋及乌，她把魂魄托附于此，青石自然张臂接纳。又有人说，是因这块青石有许多肉眼难见的裂缝，被血浸渍后就变红了。无论哪种说法，总之她的血渗进了这块青石，她的神魂也嵌进了这个藏兵阁。

我听罢吓了一跳，本能移开踩在那块青石上的脚。“第一次听说石有灵，不过大千世界无奇不有，存在人想象力不及的许多事。”我说：“古人言，‘精诚所至，金石为开’，看来并不仅仅只是比喻。”

我细看那块血丝石，在青色自然纹理上，血色像在宣纸上晕染的印渍。墙外天色尚早，故事有些吓人，我虽感寒意但内心并不害怕。我有些累，拉着原晓靠在血丝石对面的墙根席地而坐。我想起小依丽，那个精灵女孩，那块纯白“水晶凝露”还在我脖子上。我想，玉石同类，只因结构更致密便成了玉，而玉成了玉却仍属石，它们肯定有相通之处。

“想啥？”原晓推推我，问。

“血丝石主凶吗？”我的目光游移在那块石上。

“玉石本身无怨无恨，有怨有恨的是附于其上的不散神魂。人有怨恨悲苦，不能化解，才会有凶。”原晓说。

“这里有没发生过凶事？”我问。

“没听说过。不过月圆之夜，人们会听到从这个藏兵阁传出幽幽的歌声。”原晓说。

我全身的汗毛刹时竖起。

“甭怕，现在是白天，阳光朗照，况且这只是传说。”他说。

“你听到过歌声吗？”

“没。”

“敢不敢在月圆之夜陪我来听歌？”

“你敢，我就敢。”

我估摸自己没那个胆量，只是异想一回而已。我静坐着，感觉着整座青石城的寂静，心里忽然浮现出如阳光般晴明暖心的小三子的笑容。“你弟弟善良，坚强，淳朴。”我说。

“我这个弟弟故事多。他四岁前聪明伶俐，调皮爱动，四岁那年得了小儿麻痹症，落下残疾。刚开始时很沮丧，不是发火骂人就是砸东西。爸爸给他讲海伦和保尔·柯察金的故事，家人的爱和启发，让他平静下来。他将保尔·柯察金的人生格言贴在卧室墙上，在家人和学校老师、同学的鼓励和帮助下，读完中学。中学毕业后，他自学电器维修，开了电器维修店，对顾客诚实负责，手艺也高，顾客口耳相传，生意越来越好。同时他还写作和习书法，发表了不少文章，书法作品也在市的比赛中获过奖。”原晓说：“小三子的文墨之才，在琉璃城小有名气。我这个四肢健全的哥哥在他面前都汗颜。”

“他付出了比常人多一倍的努力。”我说。

“我这个弟弟，有情有义，资助了两个贫困孩子上学。不过你不要在他面前提这事，他不希望做点好事就四处张扬。他的理由是，好事做在暗地里，心里会特别高兴。”原晓说。

“肢体残疾者，因行动不便，反而有更多时间静虑内心，锤炼才情。”我说。因为小三子的好，对原晓的亲切也深了一层，握他的手不由用了一些力度。

他忽然在我脸上亲了一下。

“这是古人的青石城！”我推开他，有些惊惧地瞟了一眼对面的血丝石。

“那个千年前的歌女只是怀念夫君。怀念是爱和表达，没有凶。在传说里，人们更多赞美的是她对爱的忠诚和不放弃。”原晓抱住我又亲了一下。

“怀念你个头！一边去！听着，在这里，每一个缝隙都是眼。”我推开他。

“原来你这么唯心。”他说得有些嬉皮笑脸。

“呸，呸……”我微嗔。

就这样，我们在藏兵阁里说些胡乱而嬉笑的话，一直到下午五点，城堡要关门时才起身离去。走到城堡门口时，我傻眼了。只见小三子提着两瓶水和一袋糕点，坐在门口和守门员聊天。小三子看到我们出来，高兴地站起来，大声说：“大姨在医院陪妈，我怕你们饿，拿了水和食品来。”

我本想说饿了会自己买，但看到小三子傻到可爱的笑容，把话咽下去，说：“我正又渴又累，谢谢小三子，想得周到！”

“英子姐，玩得开心吧？”小三子问。

“开心。”我说。

“原汁原味吧？”他问。

“是。”我用力点头。

小三子的双眼笑得眯成了缝。原晓看着小三子搁置在脚边的拐杖，问他到多久了，这么远的路怎来的。小三子说，刚到一会，走了一段路，坐了一段路的车。看着小三子的拐杖和红红的脸，我一阵心痛，忙走到路口，叫了辆三轮车。

回到家，小三子脱下鞋，指指脚底两个大水泡，要原晓帮他挑破。原晓找来缝衣针，在火上烧烧，搬起小三子脚板心，小心挑破水泡，用酒精消毒后，再敷上创可贴。

二〇〇四年九月十九日，于嘉洲

信五十七 城里的幽长

英子与弟书

佳骏贤弟，姊姊我本想只在琉璃城住几天，但原家老太太病情突然转重，原晓要我多住些日子，待她母亲身体有起色后，他陪我回嘉洲。我应承了。

原晓两兄弟日夜陪在医院。原晓要我自己照顾自己，我就用闲逛来消磨时间。我已熟悉了原家，熟悉了幽长的鹅石巷，熟悉了邻家摇摇摆摆的白毛小狗，熟悉了琉璃古城。我常去店铺一字儿排开的商业街欣赏小商品和琉璃城特产，也常在垂柳依依的琉璃河岸边坐上一小时，看清澈河水缓缓流动，看鱼虾们在水里自得其乐……

有天傍晚，原家两兄弟没回家。我煮了鸡蛋面，坐在厅堂桌边往嘴里扒拉，扒拉完时无意识抬头，往对面墙上挂着的两张大照片看了一眼。一张照片是病中的原家老太，眉眼舒展，笑容满面。另一张是已过世的原家老爷子，表情有些严肃，黑白照片，镶在黑框内，因是亡者，让人觉得有些阴森。

我忽然觉得原家老爷子的眼，如魂般躲在幽暗处窥视着我，心里蓦然发毛，连忙收回视线，放下碗筷，起身走出空荡荡的原家。

我站在鹅石小巷，看到家家户户都掩着门或半掩着门。小巷空荡荡，没路灯，只有两边住户从门窗透出的灯光依稀照着青石路面。我向巷口走去，在巷口停留一会，又从巷口走回原家，发现原晓没回来，又走到巷口。巷口有个供居民休憩的小花园，园里种着几棵枝叶茂盛可能有百年树龄的大树，大树盘根错节，枝干粗桠，青枝绿叶在夜风里摇晃。这么多天，我多次经过巷口，已熟悉了这个小花园和这几棵树，但此时我站在黑乎乎的树下时，忽然觉得那些树影很大很黑，我周围的空间很陌生。

我的心"砰砰"跳起来，又一个人走进长长的鹅石巷，回到原家。

站在原家门前，我迟疑好久才打开家门。家里一切如旧，空荡冷清……我四顾屋子，看到椅上扔着原晓一件衣服，地板上扔着几张碎纸片和一个粉色小塑料杯。我将纸片扔进垃圾桶，将小杯放到桌上。做完这些，我坐在厅堂椅上，泡杯今年的新茶，茶叶在滚开的水里，袅袅飘起茶香。我喝着茶，面对满室清冷的灯光，告诫自己不要去看墙上照片，但几分钟后，我还是忍不住抬头看了一眼。逝去的老爷子似乎正在照片上冲我笑，我的脊背顿时寒透，"嗖"的一声站起身，快步走出屋门。

走到鹅石巷的巷口，我想到琉璃古城商业街的热闹，就向商业街走去。商业街仍然灯光明亮，虽客人不多，但大部分商家都开着门。我走到一家卖工艺品的铺子前，看着摆放在台面上的小玩意。

店主和原家熟，热情招呼我，要我慢慢挑，看上了不妨买一件。我有些不好意思，直言原家兄弟都去医院了，我一个人感到冷清，就出来瞎逛。店主搬出凳子要我坐，说："妈病了，儿子是忙点。原家房子大，就你一人时，你就来我这坐。我这小店营业到晚上十二点。"

"那么晚？"我有些吃惊。

"勤快的鸟儿有虫吃。"店主说，眼角皱纹在晒黑的肤上随着笑容的深浅而时深时浅，蒜头鼻上分布着显眼的雀斑，眼光透着好奇和关心。她说："姑娘，原家老大体贴人，跟他不会吃亏。"

"原晓很好，但我总觉得郁闷，我的郁闷和他无关。"我觉得店主亲切热情，就坦言。

"原家老大对你不好？"她问。

"很好。"我说。

"姑娘，你还有什么不满意？人漂亮，工作好，身体健康，又有个会关心人的男朋友。"店主快言快语。

"这都是表面上的。"

"姑娘，你是身在福中不知福。开心是自己找的，愁是人闲出来的，人一闲就发愁。像我，两个孩子，丈夫身体不好没工作，一家人的开支全靠这小店。我像只陀螺，每天从天光转到天黑，没时间去想开心和郁闷。我的生活就是过日子，把日子过好，让全家人有吃有穿有住，孩子能上学，就够了。"店主说，语气透着爽朗。

我哑口无言。

"我的生活就是过日子，把日子过好。"这话对店主来说，或许只是平常生活感言，却一下触到我心底。生活就是把日子过好，做好工作吃好饭睡好觉，就过好了日子！我一个哲学系大学毕业生，居然不及一个小店主的质朴想法来得一针见血。

我忽感惭愧。一个衣食无忧者，在一个日夜为生活操劳的人面前表达郁闷，这种行为本身就可恶。但店主丝毫没觉察到我的自责，继续和我叨家常。

叨着叨着，我抬腕看了下表，已到深夜十一点，忙站起身说：“谢谢你，我要回去了。”“慢走呀，有空多来坐。”店主挥手，眼角皱纹在几乎咧到耳边的笑里深得像条小沟。

我三步并作两步赶回原家，发现原家门灯大开，小三子和他一个伙伴正焦急地说着什么，那伙伴瞟到了我，惊喜地说，回来了。小三子转头看到我，松口气，问我去哪啦，肚子饿不，要不要宵夜，时间晚了，早点休息。小三子伙伴告诉我，小三子回家没看到我，就去问左邻右舍，邻居们都没看见，小三子急了，叫了他，两人一起找，差不多把琉璃古城翻个遍，要是再找不到，就要报警了。

我内疚地说，我在商业街找店主聊天。

小三子自责说，是他和原晓疏忽了，不该这么晚回家，留我一人在屋，以后晚上他和哥哥中，有一个人会回来陪我。小三子的焦急让我心里一下子涌起暖意。我想起自己的家，那栋由钢筋水泥搭建的金碧辉煌的大宅，宅子里无处不在的家规，父亲终日的忙碌，继母没有笑容的脸……

“我哥今晚在医院陪我妈，你甭等他了，先去休息。”小三子说。

我“嗯”了一声。

二○○四年九月二十五日，于嘉洲

信五十八 城里的葬礼

英子与弟书

佳骏，翌日，当阳光照进窗棂时，我醒了。

起床后发现原家空无一人，昨夜回来过的小三子不见了，我忐忑不安等到中午，才见原晓匆匆赶回家。“我妈走了，凌晨四点多。”他一进屋就说。

“现在哪？”我问。“亲戚正帮着收殓，灵堂借用了古城小礼堂，我担心你，就跑了回来。”他说，眼里血丝纵横交错。

“饿了吧？累吗？”我的心涌起痛惜。“心里有事，睡和吃都在其次。”他说。

“你妈走时，还好吧？”我问。

“安详。她走时，我和弟弟一左一右握着她的手……在她咽下最后一口气前，我用这把木梳把她的头发梳得整整齐齐。”原晓从衣袋拿出一把胡杨木梳，他说胡杨木生命坚韧，生而不死一千年，死而不倒一千年，倒而不朽一千年，他会把梳子放在母亲身边，让她在另一个世界好好梳妆。

我看着窗外，天空密布阴云，似要下雨。我庆幸老太太走得安详，安详离去，是人生莫大的幸福，正如人安详地活着是莫大的幸福一样。“你去洗漱，休息会，我做饭。”我说。我学小三子，掀开饭厅活动铁板，捞起一天二十四小时都放在河里的渔网，将被网住的两条鱼捉进水桶，动作麻利做好一碗鱼汤和一条红烧鱼。

当我把饭菜端上桌时，窗外下起大雨。雨点“噼噼啪啪”打在窗上，顷刻，水流变成小瀑布，从玻璃上往下倾泻，窗外一片空蒙。“多吃几碗，才有精力操持你妈的后事。”我说。

原晓很乖地点头，埋头吃起来。吃到一半，他忽然呜咽起来。

我坐到他身边，握着他的手。是原晓在我的病床前，让我明白，这样做会给一个悲伤中的人带来温暖慰藉。他的手温顺无力，像小绵羊。“你就把我当垃圾桶。”我说，想起你离开我时的悲伤，完全理解原晓此时的心情，明白这种突来变故，让他一时难以适应和接受。

原晓的泪越流越多，后来干脆放下碗，一屁股坐在地上，像个孩子把头搁在我膝上，“呜呜呜”大哭。我静静听他哭泣，在他颤抖的双肩里看到了一个男人的绝望和茫然，待他哭够后，擦干他的泪水。

“我妈以前也住过几次院，但这次特别厉害。她的身体一直较弱，但能扛，不过这次没能扛过去。她住院后，脸色一天比一天黄，身子一天比一天瘦，最后几天，手像干柴棒……”原晓止住哭声后，像女人般唠叨起来，几滴亮闪闪的泪挂在他鼻尖，晃了几下，滴落在我手背。他说：“我妈临走前，虚弱得不能说话，只能将嘴裂开，做出一点笑容，示意我和弟弟不要哭。我握着她的手，手粗如树皮，是她为这个家辛勤操劳的见证。当我握着她的手时，她忽然有了精神，要我摇起病床，扶她靠在枕上。她要我照顾好小三子，要我早点成家，年纪不小了。我请她放心，说我会照顾好小三子，会考虑快点成家……”原晓不停地说呀说，说着说着，声音渐小，头枕着我的膝，睡着了。

我用尽全力把他抱到床上，替他盖上被子。

原晓睡了半小时就醒了。我发现醒来后的他，比刚才坚强。“哭过后，把话说出来，心里好受许多。我妈的死犹如一道深壑，在跨过深壑前，我千头万绪都是忧，但现在我的心镇定了下来，一心想的是要把她的后事办好。”他说：“我现在要赶去灵堂。”

我要同去，说去帮忙。我知道原晓此时一定非常累，当我失去你时，我也非常累，好像世界末日到了……“你不熟悉琉璃城办丧事的习俗，帮不上什么忙，在旁边站着看就行。”原晓说。

走出家门时，原晓突然停住脚步，要我换下橙色衣服。我没带黑色或深色衣服，向原晓借了一件，好在我个高，穿上他的衣服，也能撑起来。

琉璃古城很小，走了几分钟就到了老太太的灵堂。灵堂的门楣上扎着几朵纸白花，门框两边贴着一幅白底黑字的挽联：

想见音容空有泪
欲闻教训杳无声

灵堂里满是忙碌的人，到处挂着挽幛，放着花圈。我很庆幸原晓的提醒，如我穿橙色衣服出现在这一屋的黑白里，我将无地自容。老太太已被移入棺木。她安详躺着，脸被一块白色方巾盖着，身穿新寿衣寿鞋，盖着红色寿被，左手拿一枝桃树枝，右手拿一个米饭团，身体四周放满她生前穿过的衣裤，还有几套新衣。棺木没有封盖。原晓说，等起殡时才盖棺。一个眼睛红肿的中年妇女掀开白方巾的一角，将一枚铜钱大的玉佩放进死者嘴里，然后又盖上方巾。

灵柩被放在灵堂正中的硬木长凳上。

灵柩前有个大白纸花圈，花圈前有一张白麻布罩着的供桌，桌上放着点心水果、鱼肉酒杯、调羹筷子之类，还有两盏长明灯和一只香炉，桌前的地上放着一只面盆，里面焚烧着纸钱元宝。

老太太要在这里接受亲朋好友三天的吊丧。

原晓要我跟一位本家大嫂收吊丧礼，帮忙点数和登记，说这都是人情，以后要还。“请柬都发了？”我问。“不用发请柬，街坊都熟，谁家老人走了，一下都知道了，街坊自会赶来，至于外地亲戚，已电话通知。”原晓说。

陆续有人来灵堂吊丧。每一个来者都脸色哀戚，在老太灵前烧香鞠躬，然后来到原晓两兄弟前，要他们节哀顺变。他们送的吊丧礼五花八门，有红包，有酒有米，有挽幛有花圈。原晓谢了他们，要他们晚上去酒楼喝酒，他已在那里订了席位。

原家请的唱丧班也到了。

唱丧班共八人，都有些年纪。他们脸涂油彩，穿黑白两色戏服，站在灵柩旁边，已各就各位。一位本家大嫂向唱丧班里一位花白胡子老人挥了一下手，老人向唱丧班成员挥了一下手，自己用鼓槌用力击出第一鼓，接着，一个胖子高声唱出“啊依呀……”，两个中年大嫂朗声跟着“啊依呀……”，唱丧班开始边唱边跳起来。

我仔细听他们唱的歌。

啊依呀——

我心中的慈母呀，您走了，只留下我一人，我心中的山倒塌了，啊依呀啊依呀……

天下没有不散的宴席，有相聚就会有别离，您走了，但我依依不舍，啊依呀啊依呀……

您乐善好施呀，您坚强真诚呀，您一生操劳呀，您儿孙满堂呀，啊依呀啊依呀……

您去了，您去的是天堂，穿过时空的屏障，穿过黑夜的阻挡，不管那天堂有多远，不管那月亮有多高，不管需要多少时间，啊依呀啊依呀……

您去吧，天堂是那样地漂亮，有您所要的幸福，啊依呀啊依呀……

您去吧，安心地去吧，快乐地去吧，啊依呀啊依呀……

歌曲只有一个调，起伏不大，有悲伤有平和，蕴含着让人心灵平静的节奏。

原晓告诉我，琉璃城的丧歌自古以来就这个调，但歌词会随丧者的不同而变化。“歌词是你自己写的？”我问。

“你怎知？”原晓惊讶。

“凭感觉。”

“参照原有的歌词，做了一些改变。”他说。

唱丧班四人一组，昼夜轮换，唱的就那一个调，跳的就那几个动作，但这不断的重复，却给原家老太的葬礼增添了许多隆重和热闹。“要的就是这种隆重和热闹。”原晓告诉我，琉璃城的习俗是，生死都是喜，婚庆红喜，葬礼白喜，无论红喜白喜，都要摆酒唱歌。

我看着唱丧班的载歌载舞，想起庄子妻死后的鼓盆而歌，想起陶潜“死去何所道，托体同山阿”的感叹，心想，把死亡看成一种喜悦，确实很超然。

原家老太在灵堂接受了三天吊唁，唱丧班也唱足了三天，给原家老太的葬礼赚足热闹哀伤。第四天，老太太出殡。一大早，太阳升到空中后，八个身强力壮的男人来到棺木前，为首的壮汉用宏亮的声音大喊一声："还有没人，要最后看一眼？"

稍等片刻，又喊："还有没人，要最后看一眼？"

再等片刻，再喊："还有没人，要最后看一眼？"

等了片刻，壮汉见无人应，做手势指挥另几个壮汉抬起盖子，准备封棺。这时，原晓飞快从衣袋掏出那把胡杨木梳，放在死者枕边，然后将站在棺木头的我一把推出人群之外，对壮汉说："盖棺吧！"

沉重的棺木盖合了上去，现场哭声顿时铺天盖地。老太两个姐妹几乎要扑到棺木上，被旁人拉到一边，原晓两兄弟也满脸泪水。两个壮汉用粗钉将棺木钉得严严实实。

"刚才盖棺时，原晓为什么把我推出人群外？"我悄声问和我一起收吊唁礼的大婶。"我们这儿的习俗，盖棺时，不要站在棺材头，怕影子被盖进去。"大婶说。

"起殡——"为首的壮汉用洪亮的嗓门大喊。八个精壮男子齐声"唉哟"了一下，将沉重的棺木抬上肩，缓步走出灵堂，往琉璃城郊的山上走去。

原家老太生前人缘好，来送行的人很多。我要随抬灵的人上山。原晓说上山路难走，要我回家等。我说没关系。原晓没再坚持，他说琉璃城没有火葬，城后郁郁葱葱的绵延山坡，就是逝者的家。

老太太的墓穴在原晓父亲墓穴旁。原父墓穴在一块向阳山坡上，站在山坡上遥望对面，是平坦的田园和两座山宽敞的豁口，视野开阔。在原父墓穴上面，是另一座墓穴。那座墓穴被修整得十分漂亮，有坚固的水泥围墙和结实的墓碑，墓前水泥地面上还留有三个小孔，供插香用。原父的墓却只是一个土堆，没有墓碑，看起来很简陋。原晓说，按琉璃城习俗，死者入土三年后才能修墓，那座被修整得很漂亮的墓，是他爷爷的。

原母墓穴已挖好。抬棺木的壮实男子在“唉唷，唉唷……”声里，小心翼翼将棺木放进洞穴。按这里习俗，至亲之人不能亲手埋葬自己的亲人，原晓两兄弟只象征性铲入一铲土，便由其他人将墓穴填平。

当土被一铲铲掀进墓穴时，小三子哭得昏倒在地。旁人将他抬到远离墓穴处，掐他的人中，原晓的神智也有些糊涂，封穴壮汉加快速度，没多久便堆起了一座新坟。墓穴封好后，原晓红着眼掏出香烟，一包一包分发给上山的人，感谢大家的帮忙，要大伙下山后去吃酒。大伙纷纷劝慰他，说人死不能复生，老太太上天了，兄弟多保重。

抬灵和封坟的人完事后，就沿原路下山。我不想随他们走。我记起小时候爷爷说过，将逝者抬上山入土后，送葬者不能沿原路下山，但琉璃城没这个习俗。我心里有疙瘩，不好意思挑明，只问原晓有没别的下山路，我想散散心。

“有的。”原晓有些迟疑，他不能丢下那些抬灵封坟的人。

“我带英子姐去。”小三子说，他有些虚弱疲累，但很坚强。

原晓犹豫地看着小三子的腿。小三子说：“没事，我自小在山上玩，熟得很。”他向我眨眨眼，说那条路上有很多野花野草。

原晓嘱咐弟弟小心点。小三子点点头，带我朝另一条路走去。

二〇〇四年九月二十六日，于嘉洲

五十九 山中有险

英子与弟书

佳骏贤弟，那天，小三子带姊姊走的路，在高大茂密的树林中蜿蜒穿行，由人自发踩出，可能踩的人多，路结实宽敞，路边长满野花野草。

怕小三子累，我走得不快，边走边欣赏路边风景。在一片一片野花野草中，我认得野生小菊花、野生狗尾巴花，还有一些叫不出名的花。野生小菊花最多，一丛丛生长着，小朵小朵花瓣像星星般繁多灿烂。

一个中年妇女手提一个装满野菊花的透明胶袋，一路小跑着，匆匆赶过我，向山下走去。“她摘这个做什么？”我问。“野菊花清热解毒，能治疗疔疮肿痛、目赤肿痛、头痛目晕，琉璃人常用它做药。”小三子说。

“这花生命力真强，没人照料，却开得这么漂亮饱满。”我蹲下身，摘了一朵放在手心。小菊花铜钱大，黄灿灿，赏心悦目。

“这山上的花，开了谢，谢了开，年年如此，都是一群没娘照看的孩子。”小三子说，眼眶有些湿润。

“生老病死，自然规律。”我知小三子触景生情想起刚亡的母亲，我将小菊花放在鼻下嗅嗅，说：“你看，这些黄灿灿的野菊花，并不是没娘照看，它们的娘是大地，是造物主，是自然界无处不在的阳光、雨露和土壤。”

“英子姐，你的话，总让我听了内心舒坦。”小三子说：“我有个问题想问你，造物主是不是会对自己所造之物负责？造物主造物时是不是想让所造之物和谐相处？”

“应该是。造物主造了物，就会赐它生存条件。”我摸着一丛怒放的野菊，在野菊根部，有几只米粒大的黑蚂蚁正急急穿行，我小心拎起一只，说：“人有时会讨厌小虫子，但小虫子也是造物主所造之命，也应有安全生存的空间。”

小三子没答话，但我看到他眼里有一些放松。

“你看这些野花野草，开在荒山野岭，没人浇水施肥，是大自然中一种零落成泥碾作尘的卑微生命，今天盛开于此，明天说不定就被人摘走或被践踏丢弃，但它们照样灿烂绽放，美丽盛开。它们不计较。因为它们是造物主对自然的绿化，是小虫、小鸟和小动物栖息的乐园。它们要把自己的功用释放出来，把自己的美丽绽放出来。我们也要像它们，敞开心灵去接近生命的自然和本源。一个越是敞开心灵的人，越能消除人生中的忧患和烦恼。”我说。

“英子姐，谢谢你的安慰。”小三子说，嘴角咧出一丝笑。

“走吧。”我站起身。

我们走走停停，停停走走。阳光明媚，和风习习，小三子的心情渐渐开朗起来。走到一片茂密的草丛前时，我看到小三子的脸渗出汗珠，建议歇歇。小三子说好。我在一块大石上坐下，这里草深树密，山风阵阵，让人心旷神怡。

歇息了一阵，正准备起身继续行路时，我忽觉脚踝被东西刺了一下，我本能地缩回脚，低头一看，吓了一大跳。我看到脚边草丛中，正蠕动着一条黑白相间的蛇！小三子也看到了，他迅捷挥舞起搁置在脚边的拐杖，用力向蛇头打去，没几下，蛇就头破血流、皮开肉绽。小三子用拐杖把它挑出草丛，辨认了一下，说是条银环蛇。

我看到自己右脚踝上，有几个像冒号一样的红点，有少许渗血。“痛吗？”小三子问。“有点木。”我说。看着那条七扭八歪的死肉，我心生恐惧。那蛇约两尺长，瘦，如果不是黑白相间的花纹，混在草丛中不会引人注意。蛇身花纹暗淡，如果在蛇世界也分贫富，它应属于贫苦阶层。

“英子姐，你坐到路中间来。脱鞋。甭急。甭慌。甭动。”小三子冷静地吩咐我。他说他自小在这山上玩，有对付毒蛇的经验。他利索地从衣服口袋掏出打火机，他说他平时不抽烟，这几天因给母亲办丧事，时时要给人敬烟，就在口袋里装着火机了。“闭眼，无论如何不要睁开。”他说。我依言闭眼。很快，一阵剧痛让我颤抖了一下，我闻到一阵焦煳味，凭感觉知小三子在用火灼烧伤口。

“放松，一会就好。”小三子说。我仍然闭眼，在内心不停告诫自己：“沉着。冷静。忍住。”我努力稳定情绪，让自己放松，把伤口交给小三子。

伤口的灼烧之痛稍轻后，我将眼睁开一条缝，看到小三子脱下上衣，撕下一只袖子，在我脚的伤口上方打个结，然后拿出手机给原晓打电话，要他带几个人火速上山，打完电话，他低头察看我的伤口，伤口被火烧后，有点模糊。

我闭上眼，不想去看这个世界，去看刚刚还在赞美的金色野菊花和茂盛的狗尾巴花。如此美丽的大自然里隐藏着如此凶险，而自己却忽略了这种凶险。我记起小时候爷爷告诉我，走在茂密的草丛中时，要先用棍子打打草丛，但我在花草的美丽前忘了这个告诫。忽然，伤口处的剧痛使我睁开眼。我看到小三子正拿着一把锋利小刀，麻利地将伤口划开一条小缝，用嘴吮吸伤口。

“别，别这样。”我用手推他。

“没事。”小三子连吐几口唾沫。

“这样，对你很危险。”我说。小三子脸涨得通红，声音大起来：“你要信我，我是在这儿长大的。”他说罢，继续吮吸伤口，每吸一口，便狠命吐几口，直至再也吸不出任何东西为止。

很快，原晓带着二叔、三叔气喘吁吁赶来。原晓二话没说，背起我就往山下跑。小三子脚不好，二叔、三叔几乎是腾空架着他往山下赶。

原晓背着我一口气赶到山下公路，拦了辆车，给了司机五十块，叫司机以最快速度去医院。坐在车后排，我除了感到脚踝痛和困倦乏力外，倒没其它异样感，倒是原晓满头大汗，衣服湿透。我问他，累不。他摇摇头，当作回答。

二〇〇四年九月二十七日，于嘉洲

信六十 小三子昏迷了

英子与弟书

佳骏，姊姊当时被送进琉璃医院急诊室，医生查看了死蛇后，马上给我注射了抗蛇毒血清，做了血液常规及尿液常规检查。那条死蛇被二叔带到医院，扔在急诊室角落。琉璃地区气候温热，蛇多，医院每年都要收治几十例乃至上百例被蛇咬伤的病人，当地百姓一般都知道被蛇咬后，最好把蛇打死带回，以便医生对症下药。

我要医生给小三子也打一针，说他用嘴吸过伤口毒液。小三子拒绝了，说自己没事。“他是你弟？”医生问。

“男友的弟。”

“对你真好，一般人做不到的。”医生说：“你的伤救治得比较及时，已无大碍，留院观察一天即可。”

原晓和小三子听罢，舒口气，一脸的紧张顿时松弛下来，疲惫和困倦一股脑儿涌上身体，小三子连打几个呵欠。我要他们都回家去，好好睡个觉。

原晓说，还得去陪帮忙抬灵和封坟的亲戚乡邻吃饭喝酒。

两兄弟离开医院后，躺在病床上的我闭目养神，没多久便睡了过去。我的这一觉，睡得踏实安稳，醒来时已近傍晚。我坐起身，看着窗外，远处山峰有些模糊。山峰上埋着原晓父母，也留着我被蛇咬的悸怕，不过，想到很快就可以回嘉洲，我的心情又高兴起来。

“你弟昏过去了，躺在急诊室里。”正当我暗自思忖时，一个进来给我发药的护士说。

“啥？”我以为听错了。

“你弟昏过去了。”护士提高声音。

“为啥？”

“中了蛇毒，耽搁久了点，出现瞳孔散大、小便失禁症状。”护士说。

我一骨碌起身，三步并作两步赶到急诊室，看到小三子直挺挺躺在抢救床上，医生护士忙得像打仗。原晓手足无措站在一旁，双眼被心火烧得发红。

“天啦，怎会这样？”我问。

原晓声音嘶哑说，小三子中了蛇毒，是在他离开医院三个多小时后，被人偶然发现的。小三子离开医院后，感到身体有些虚脱，说很累要回家休息，就不跟哥哥去喝酒了，说完就独自回家去了。也是小三子命不该绝！当原晓和亲戚乡邻在酒楼吃得正浓时，二叔忽然想起漏了件衣服在原家。原晓要他吃完后再去取，二叔说衣服里有包烟。原晓掏出一包烟递给他，但二叔还是要回去取。其实二叔衣服口袋里装的是三百块钱，刚从银行取出来，给孩子交学费用的。

二叔急匆匆赶到原家。门虚掩着，他推门进屋，在厅堂椅子上看到自己的衣服，摸摸口袋，三百块还在。他拎起衣服正要离去时，忽听到“嗯嗯哎哎”的呻吟。他循声找到卧室，看到小三子躺在床上。他叫小三子，小三子不应，他摇小三子，小三子眼光迷糊散乱。二叔吓了一跳，心想，原家刚死了母亲，小三子又这样，是不是厄运正凶。二叔忙把小三子扛到医院。当小三子被送到医院时，已昏迷过去。医生检查后，说尽力抢救，至于能否妙手回春，要看小三子的造化，如果再晚送一会，那就连抢救都不用了。

我心乱如麻，愧疚之极。小三子是因我中的毒，如果有啥闪失，我怎样才能弥补和赎罪？我走进急诊室，拉住一个医生，求他无论如何都要把小三子救醒。

“抢救病人是医生天职，医院会尽到最后一份力。”那是个中年医生，面对我的焦急，声音很冷静：“病人中毒时间久了点，延误了最佳治疗时间。银环蛇的毒，狡诈且麻痹人，中毒者最初没啥症状，很容易掉以轻心，等到明白时，已是重度危险。这种蛇毒属神经毒素，毒液进入中枢会导致病人死亡。”

“蛇毒怎么进到他体内的？”

“我们检查过病人口腔，虽没伤口和溃疡，但有蛀牙，可能病人自己都忘了有蛀牙这事了。”医生说。

站在旁边的原晓说，小三子小时候爱吃糖，谁都没想到，这已被遗忘的事，现在想要小三子的命。我看到那条皮开肉绽的蛇尸还没被清理走，就走过去，用棍子把它挑进垃圾箱，“呸，呸，呸”狠唾几口，说：“贫瘦暗淡，却如此凶残，想一口要两命。”

原晓要我回病床上去，说我还在观察期。我不肯，说即使帮不上忙，我也无法静养。“你怎么不听话？是不是嫌事情还不够多？不够乱？”原晓冲我吼叫。

我被他的样吓了一跳。他好多天没刮胡须了，下巴黑茸茸一圈，脸上布满疲累，嗓音嘶哑，双眼充血，像一头困兽。我怯站着。他可能意识到有些过分，又补了一句：“对不起。”我老老实实回到病房，躺在床上，蒙头装睡。我躺了十多分钟，又静悄悄起来，悄悄来到急诊室，坐在门外候诊椅上。这次原晓没赶我。

两小时后，医生给小三子戴上呼吸机。“我们已采取了所有的救治措施。”医生说。

“我弟弟还有希望的。医生，你们不能放弃，不能放弃……”原晓绝望地拖住一个医生。

“我没说过没有希望，只要脑不死。”医生从容淡定说：“病人现在是自主呼吸停止，瞳孔扩散，没有反射，脑随时会死。”

“但他的心跳停了，他没有心跳了呀。”原晓哭起来：“小三子，你怎么能没有心跳呀？”

“病人是假死，但随时会真死。停止呼吸的病人，脑意识还在，给病人戴上呼吸机是一种保护措施，不让病人因呼吸衰竭，继之循环衰竭而真死。”医生说。

“小三子不会死的，小三子怎会死哩？他的生命力那么顽强。医生，你救救他……”原晓说着“扑通”一声在医生面前跪下来。

医生扶起原晓，有些动容，说：“很多病人家属，即使病人脑死，已无回天之术，仍求医生抢救到最后，这种心情我们理解。你放心，我们会尽到最后一份力。”

我糊里糊涂听着他们的对话，忽然眼前金星直冒，一阵天旋地转后，就不知东南西北了……

二〇〇四年九月二十八日，于嘉洲

信六十一 梦的世界

英子与弟书

贤弟佳骏，透过病房的窗子，我看到一大片明媚阳光照耀下的草地，绿如翡翠，树木成荫，小鸟啼鸣。

我嗅不惯医院的消毒水味，想去草地透透气。我起身下床，离开病房，穿过长走廊。走廊上人来人往，但我全然陌生。我左顾右盼，不见原晓和小三子。他们去哪了？正当我寻思时，我的面前敞开一扇门，门外就是那片青草地。我向门走去，周围很安静。我走到门外，门外也很安静，好像整个院子就我一人。

绿草地爽心悦目，像精心编织的厚地毯。

以前我怎没看见呢？草地中有条小径。我走上小径，忽然听到有人叫我。回头一看，是小三子。小三子正站在门口朝我招手，问英子姐，你去哪。小三子容光焕发，和健康人一样站着。

我惊喜地问，小三子，你的腿痊愈啦？

小三子说，腿好了。

我说，太好了！真是太好了！

突然，天暗下来，院子被黑暗笼罩。我看不到医院，医院好像消失了，我也看不到任何东西，我感到惊惧。突然，前方出现一束金色光芒，那光很强，却温暖安详，透出无比慈爱之力量，驱赶我的恐惧和惊疑，使我的心安宁下来。

我和小三子对视一眼，不约而同朝光走去。走近一看，是个长隧道，光从隧道另一头传来。小三子说，去隧道那边看看？我说，隧道很长，你的腿行吗？

小三子说，你忘了？我的腿好啦！我欣慰地“哦”了一声，说“好”。

我们走进长长的隧道。我发现自己走路的速度比平时快很多，不一会便到了隧道对面出口。我站在隧道口，被隧道外的世界迷住了。

那是一个光明灿烂的世界！

那个世界全是光，没有穷尽的、很明亮的光。河谷，山脉，草地，鲜花，房屋……所有一切都沐浴在光中。三三两两的人在来来往往，都面带笑容，身上散发着愉悦光芒。

我和小三子茫然站着。

我第一次看到人体能发光，我想和那些人招呼，但他们都各行其是，好像没看到我们一样。当我不知所措时，迎面走来一个男子。男子披白色长袍，个子很高，行走轻盈，相貌俊美。他向小三子招手，用眼示意小三子随他走。小三子想让我一起去，当他生起这个念头时，那人就已知晓，同时用眼示意我，不必跟小三子去。

我觉得奇怪，在这个世界，我不必说话，通过眼睛，自然就能明白对方。小三子向我挥挥手，笑容满面跟那人走了。

剩下我站在这陌生但温暖安详的世界。这个世界里，来来往往的人，继续来来往往，他们向我友好微笑，但没人和我说话。我突然感到有股力量牵引我往前看。我抬起头，看到前方不远处有个人，仔细一看，是爷爷。爷爷微笑看着我。我向他走去，快要走近时，爷爷突然消失不见，在更远的前方，出现一个高个子人，那人向我招手。我向那人走去，走近一看，是一个像你的人。

弟弟，我看到你了。真的是你吗？佳骏。

我疑虑地想，你不是已离开人世了吗？

那个像你的人，用眼告诉我，说他是你，他没死，他活着，只是在我们的世界里觉得他死了。“来，跟我来，我带你参观我工作的地方。”他通过眼告诉我。

佳骏，那个自称是你的人，看起来比原来的你更快乐更俊朗。我觉得在这里遇到的每一个人都快乐俊朗。我随他往前走，边走边打量四周。这里的建筑很壮观，外表都光芒四射。那些建筑，分成一个个群落，每个群落的房屋都朝向一个中心。那人说，围绕一个中心而建的房屋是一个集体，这里有很多集体，每个集体都住着性情、心灵、爱好、习气相近的人，他们相处融洽。

我看那些房子要么全是圆顶，要么全是方顶，要么全是平顶，总之，一个集体只有一种模式的房子，区别只在大小豪华，每所房子都有庭院和花园。

他领我穿过一片建筑群，走过一条架在河上的小桥，进入一片青翠山林。山林树木十分茂盛，花朵非常饱满芬芳。我感到它们的青翠鲜艳很有神采，是我以前从没见过的。

那人告诉我，这里的万物都有灵性，树和花也不例外。我恍然大悟，原来有灵性的植物和花卉的青翠鲜艳这样特别。我问，这个世界难道不是我生活的那个世界？那人笑而不答。

不一会，我眼前出现一栋非常壮观雄伟的建筑。那人说，那是他工作的地方。它是一座寺庙。这里的庙宇有用石头建成，有用木头建成。那人说，在这里，石头代表真，木头对应善，光对应美。

眼前这座寺庙，建在一块大如小山，被青翠树林和芬芳鲜花包围的青色石头里，巨石被凿空，工匠在凿空的石头里雕出殿阁和神像。

在石头里雕出一座寺庙！我从没见过这么出色而奇特的建筑设计。

我随那人走过一座小桥，桥下流水清澈见底。那人说，这是护庙河。走过小桥，再走七七四十九步，就到了巨石里庙宇的台阶边。里面很明亮，灿如日月。寺庙建在七七四十九级台阶上，我跟那人迈上四十九级台阶，来到高大壮观的门庭前。

寺庙有三扇大门，中间门关着，两边门开着。左边门前一块平坦的圆石上，盘坐着一个着白色长袍者。“他是守门人。”那个像你的人，用眼告诉我。他向守门人微微颔首，从寺庙边门跨进去。我随他跨过边门走进庭院，刹时感到一股静谧和安详气氛扑面而来，庭院飘满淡淡的香味，我从没闻过这么好闻的味，不由深吸了几口。

青石寺庙的格局，和我在嘉洲见到的寺庙差不多。山门、天王殿、钟楼鼓楼、大雄宝殿、观音殿、地藏殿、藏经楼、法轮塔等一应俱全。只是这里的房子更雄伟，庭院更宽敞，树木更青翠，鲜花更灿烂，工匠手艺更好，各个殿阁飞檐画壁，美轮美奂。

从门庭到大雄宝殿，有一条长长的青石路。青石的古朴和清幽增添了庭院的宁静。那人走在前面，我跟在后面。走到大雄宝殿的七级台阶前时，那人停住脚步。

我仰望宝殿大门，忽然感到自己身上“噼噼啪啪”发生了一种变化，好像自己体内有如尘般的东西在纷纷扬扬掉落。那东西是什么，我不清楚。一阵蜂飞蝶舞的剥落后，我的身心变得十分轻盈，内心充满清净喜悦，好像什么都没有，但又什么都有。我往脚下如明镜般纤尘不染的地面凝神寻找，但什么都没找到。

“那些剥落的尘土，是你的贪欲、恐惧、烦恼、嗔恨、傲慢……”那个像你的人说。

“那些东西是不是从此都从我心里消失了？”

“只有站在这个世界的这座庙宇前，才会掉落。”他说。

“为什么？”

“人要仰仗上天的雨露和眷爱，才能获得克服自身愚笨和欲望的力量。”他说。

我忽感自身如蝼蚁般渺小……我好奇宝殿里的秘密，想迈步走上台阶，但一股力量阻止了我。“到此为止，不能再往里走。”那人说。

“为什么？”

“里面不是你现在能进去的。”他说。

“为什么？”

“里面是智慧光明的世界，是心无任何粗尘细垢、妄想执著的彻悟世界，有着非凡的力量，非凡的智慧，和非凡的慈悲，隐藏着宇宙星辰的所有秘密，隐藏着这个世界的所有秘密，隐藏着所有生命的善恶是非、贫富贵贱、寿命长短、亿万劫生死轮回的秘密……”他说。

“我的秘密也隐藏在里面？”

“当然。”他说。

“什么时候，我可以进去？”

那人没有回答。

我站在台阶前，望着他，望着那个自称是你的人。你还是原来的样，只是眼里闪烁着极富魅力的光，那光芒吸引着我不自觉地向你靠近。但是，我又觉得你十分虚幻。

“姊姊，我是佳骏。我现在是灵明之体，不像姊姊那样拥有粗糙的物质之身，姊姊现站在灵明世界里，但暂时还不属于这个世界。这个世界的这座庙宇需要一个敲钟人，所以，我就离开姊姊，到这里来了。钟声能唤醒人的觉醒，安慰人的心灵。”你说。

“佳骏，我们以后还会相见吗？”

“会。等完成这里的任务后，我会和姊姊重续前缘。”你说。

“多久？”

“不会很久。等到有人来顶替这个位置时，我就去找姊姊。”你说。

“到时，怎知是你？”

“我来找你时，会把它戴在左手腕，作为相认凭证。”你说。你从手腕褪下一串饱满圆润的菩提念珠，一分为二，将其中半串递给我，说：“姊姊，这半串有八颗，我会戴在左手腕来找你。”

我接过半串珠子，想哭，但我心里的负面情绪都剥蚀掉了，当我的泪流出来时，变成两串洁白珍珠，珍珠掉落到地，旋即化为乌有。

“姊姊，该回去了。”你说。

但我不想回去。这里的一切如此美妙舒适，如此光明智慧，如此纯净清澈，如此安详宁净。

“姊姊，你要回去，去爱身边的人。他们需要你，他们用心爱你，佳骏和姊姊很快会重逢。现在，请姊姊闭上眼。”你说。

我顺从地闭上眼，感到自己被你推了一下……

我睁开眼，看到白白的天花板上晃动着白白的灯光，那个自称是你的人不见了，庙宇不见了，光明世界不见了……我躺在琉璃医院的病床上。

“英子……你终于醒了！”有人在我床边嘶哑着嗓音说。

我转头一看，是原晓。我脑子里还依稀晃动着奇特的庙宇、沐浴在光明里的你，晃动着你给我说过的最后一句话。我向原晓要了纸笔，把那句话写在纸上。

原晓看得莫名其妙。

二〇〇四年九月二十九日，于嘉洲

信六十二 小三子的生命奇迹

英子与弟书

贤弟佳骏，我梦到了你，梦醒后发现自己仍躺在医院。我醒后，第一句话就是打听小三子的情况。原晓说，琉璃医院的医生试过所有办法，决定让小三子转到市医院蛇伤科，市医院蛇伤科三位医生已到琉璃医院来会诊，他们察看了小三子的情况后，现正在诊室讨论研究。

我挣扎起身，要原晓带我去诊室。我拖着原晓手臂，踉跄向诊室走去。诊室门虚掩，我站在门外，竖起耳朵倾听里面的谈话。里面的人正在交换意见，商讨后得出结论，说由于医学上对病人自主呼吸停止十二小时以上，瞳孔散大至边缘的症状予以考虑脑死亡，恢复希望渺茫，已不具备转院条件，建议就地尽力抢救。

我听罢，不顾一切推门而入，呜咽着对其中一位白发老医说："你们不要放弃，你们要救他。"白发老医望了我一会，淡定地说：“你的心情我们理解，问题是病人就是转到市院，采取的也是这些措施。”他说罢，思索一会，又说：“有时，会有奇迹出现。我行医三十多年，崇尚科学，但也看到过一些用科学无法解释的病例，有极少数人在停止呼吸几天后都能苏醒过来。科学把握不了这种起死回生现象，靠的是病人自己的造化。”

这话让我看到一线希望，我内心有一丝暖意流过，问难道就这样让小三子戴着呼吸机，期待奇迹出现？白发老医说，这个时候，除了靠呼吸机维持病人呼吸外，医学已无能为力，只能靠病人自己的造化，病人的求生意志很重要。

“病人这样了，还有求生意志？”我问。

“有。作为一个医生，在这里说句不该说的话，就是病人自己要挣扎着走回来。”白发老医说。

会诊后，市院医生离开了琉璃医院。望着绝尘而去的车，原晓眼泪“刷刷刷”流。这时的我，反而坚强起来，我对原晓说，就是医生放弃了，我们也不放弃，医生说过还有一线希望，还可以靠小三子的求生意志，小三子很坚强，他一定会走回来。

我要原晓去我的病床上歇会，我去照看小三子。疲累不堪、精神几近崩溃的原晓，依言离去。我搬张小方凳坐在小三子病床前，看着他。小三子在呼吸机帮助下，呼吸平稳起伏。我握着他的手，心想，现在能做什么哩，只有呼唤小三子了，如能把小三子叫回来，就是叫上千遍万遍，我也在所不惜。

我深吸一口气，平定心绪，然后对着小三子耳朵，轻声说：“小三子，你去哪了？快回来！别走了，快回来！英子姐和你哥原晓都在这里等你。”

“小三子，小三子，快回来……”

“小三子，小三子，别玩了……”

“小三子……”

我不断呼唤着，不让自己停歇。小三子没丝毫反应，我鼓励自己不要放弃。

半夜十二点，原晓醒了，过来要我去休息。我说心里焦虑，没有睡意。于是我和原晓一左一右在小三子耳边轮流叫唤小三子。

凌晨一点，小三子一只脚趾动了动。

“看，看，快看……”我欣喜地对原晓说，起身跑去叫医生，说，有反应了！有反应了！

值班医生过来看了看，鼓励我们死马当成活马医。

“小三子，你快醒来，你很坚强，有毅力，乐于助人，街坊邻居都喜欢你。小三子，你要回来，听哥哥的话，快回来，小三子……”原晓在弟弟耳边呜咽。

“小三子，快回来……你要不回来，我下半辈子都不知怎么活下去呀……”我鼻头酸楚，泪流了出来。

这时，小三子的右手小手指动了动……

接下来，小三子仍然一动不动躺着，没丝毫反应。“不要放弃，不要放弃……”我给自己打气：“要坚持，坚持……”

“小三子，小三子……”

“小三子，小三子……”

一夜过去了。一夜未眠的我和原晓，在小三子耳边叫唤了一夜。

第二天，一整天过去了……我们在小三子耳边叫唤了一天。我和原晓轮换着休息，吃饭；第三天，夜晚来临时，我躺在病房的陪护床上休息，原晓负责呼唤小三子。半夜时分，原晓忽然摇醒我，声音颤抖着问：“快看，这是怎么回事？”

原晓的双手冰凉，把我的睡意全部凉醒。我起身，跌跌撞撞下床，来到小三子床头，看到小三子眼角有一些湿润慢慢地、慢慢地凝结成珠，再慢慢地、慢慢地沿眼角淌了下来……“小三子——”我有些害怕，颤抖着叫了一声。

原晓也感到害怕，叫来值班医生。医生来到病房，观察了一下，说病人正在挣扎，要我们不要慌不要急，更不要放弃。“他不会有事吧？”原晓有些失态地扯住医生衣服。我掰开他揪住医生的发抖的手，向医生说了声对不起。“你们再坚持叫他。”医生没有怪罪原晓的失礼，理理被揪乱的衣服，离开了病房。

第四天凌晨，当晨光透过窗子照进病房时，我好像看到小三子的眼皮动了一下，我心里一惊，又仔细盯着小三子，他的眼仍然静瞌着。

“是幻觉吗？”我揉揉眼。“小三子，睁眼呀……”我着急地叫了一声。

小三子一动不动。

过了十多分钟，我看到小三子的眼皮好像又动了一下。“小三子，睁眼呀……”我叫。

又过了二十多分钟……当窗外传来几声小鸟清脆的啼鸣时，我清清楚楚地看到小三子闭着的眼，静静地，睁开了一条缝，然后缓缓地、缓缓地一点点张开，露出了瞳仁……

“不是幻觉吧？”我揉揉眼，再看。没错，我看到了小三子黑黑的瞳仁。

“医生，医生……”我冲出门大叫，脚尖重重地碰到门，也没感到痛。

值班医生跑了进来。“他醒啦？太好了！”医生兴奋地叫了一声，马上给小三子量血压、量体温。消息瞬间传遍医院，不一会，小三子病房里站满了穿白大褂的医生护士，他们争先恐后来看睁开眼的小三子。

“奇迹。”“太好啦！”“好造化！”“祝福你们。”“在停止自主呼吸三天多后再度复活，这是本院前所未有之事。”

医生护士交口感叹。一个医生往本子上记录着这事，一个医生拿来相机替小三子拍了好几张照片。值班医生将原晓和我叫进值班室，询问了一些情况，开了几剂中药，说病人只要能醒过来，就无大碍。“把这些药带回家，调理一段时间。”他说，在处方单上签了个龙飞凤舞的名，递给我们。

“可以出院了？”我问。

“是的。”医生笑眯眯说，脸上洋溢着过节一样的喜庆。

“我现去办出院手续。”原晓说。

当原晓在住院部替小三子办出院手续时，本地的报社记者闻讯赶来医院，堵住正站在交费窗口的原晓，要进行采访。几个摄影记者跑到病房，对着小三子一阵猛拍。接着，琉璃古城鹅石巷的街坊来到医院，在医院门前“噼噼啪啪”放了几十响鞭炮，将一面写有“妙手回春，华佗再现”的锦旗送到院长手中。

踩着铺满一地的鞭炮红纸屑，嗅着飘得老远的硝烟香味，我和原晓搀着还很虚弱的小三子，乐呵呵坐上街坊来接他的三轮车。街坊把我们送回鹅石巷原家，交口说小三子有大福，嘱咐小三子好好休息，待完全康复后，再来原家喝酒庆贺。

街坊散后，我让原家兄弟歇着，自己卷起衣袖开始忙碌。我将饭厅窗子大开，窗外汩汩流动的琉璃河水，像一条长软缎，也像一个贵妇人从遥远处款款走来又款款走去。窗框上挂着的红灯笼，因久未清洁已蒙尘不浅，我拿来湿抹布，抹去灰尘，灯笼立马鲜艳起来。做完清洁，我开始做晚餐。我已熟悉这个家庭的许多日常行为，我捞起饭厅活动铁板下沉在河里的渔网，网里有一条大鱼和三条小鱼。我用这些做了鱼汤、红烧鱼，还做了两个青菜。

我将晚餐端上桌，三人围桌而坐。我拿出装满琉璃酒的可乐瓶，倒满两小杯，至于小三子，我说等他完全康复后，再喝不迟。原晓连饮三杯，饮完抹抹嘴，悲喜交加说，这段时间，原家大难迭起，在生死无常里打了好几个滚，幸运的是一切风波都平安过去，也是原家造化，现在要做的事，就是好好吃餐饭，好好睡个觉。

我们在清风微拂里吃饱喝足，洗漱后，就各自去睡了。

半夜时分，我从睡梦中梦来，听到从原晓房里传来一阵接一阵的呻吟。我披衣下床，走到原晓房前，推门进去，看到躺在床上的他满脸通红。我摸摸他的额头，像火一样烫手。“得赶快送医院。”我不想叫醒尚处虚弱状态的小三子，就去敲开邻居的门，和邻居一起将原晓送进医院急诊室。

医生检查后，说是太劳累太焦虑的缘故，打几针，吃点药，好好调养和休息即可。

“英子，对不起。你第一次到我家，就遇到这么多事，还差点遭遇性命之忧。”坐在急诊室里打着吊瓶的原晓说。他声音嘶哑，眼里有欲滴未滴的泪光。

“一切愧疚都不必有。或许这是我必须要经历的一难，不在这里遇到，也会在别处遇到，不以这种方式遇到，也会以别的方式遇到。现在大家都平安，就是好事。”我握住他的手，内心有一种深深的感激，说：“谢谢你和小三子救了我。”

“你说一切愧疚都不必有，那一切感谢也都不必有。所有的，都是我应做的。”原晓说。

“此次来琉璃城，不虚此行！”我说：“街坊、你、小三子……

都让我有好多感触。当我躺在医院时，我曾在心里反复掂量，如果将我和小三子换位，我会毫不犹豫冒生命危险去救他吗？当我不能肯定时，我哭了……”

“英子，你明天就回嘉洲。你在琉璃城停留的日子长了点，回嘉洲去好好休息。我在这边照顾小三子，等他完全康复，把他安顿好，就去嘉洲找你。”原晓望着我，像望着一起走过奈何桥的生与死。

“好。”我说。

佳骏贤弟，姊姊从琉璃城回到嘉洲后，对在琉璃城的经历感念颇多。姊姊静坐桌前，将在琉璃城的经历，一五一十，叙述于你，让你了然并放心。姊姊知，你在听，在看。你在天堂，惟多保重。姊姊忆弟念弟，手书于此。

二〇〇四年九月三十日，于嘉洲

第七章

两地书

信六十三

我和易宝在海天岛

英子与夫书

夫君原晓如面。我带我们的儿子易宝离开嘉洲，启程去海天岛小住。

临近中午，飞机降落在海天岛附近的机场，下了飞机，转车去码头，坐船去岛上。一上轮船，易宝就特别兴奋，一直滞留在甲板上，望着波涛汹涌的大海。“风大，回舱吧。”我拉拉他的白嫩小手，心疼他。

“我要看海。”他说。

“第一次出门，是不是什么都新鲜？”

“海好大呀！”他把小手从我手里抽出来，对着大海指指点点。

“那妈陪你站甲板。”

“那些追着船尾浪花飞的是什么鸟？”他指着几只正在反复

俯冲回旋的鸟问。

“海鸥。”

“为啥它们追船尾飞？”“觅食。”

“海鸥很漂亮。”“远看漂亮，近看丑陋。”

“为啥？”“近看，一只只身材肥胖，目露凶光，看到水面有鱼就冲下去，把鱼叼走，吃掉它们。”

易宝听了，沉默不语。

我有些累，搬了两张椅子放在船尾甲板。易宝不肯坐，他站在栏杆边，两只小手握着栏杆，一直盯着波涛汹涌的大海和追着船尾飞的海鸥看。我的视线落在易宝的左手腕上。他左手腕上有八粒非常明显的如戴了串念珠般的咖啡色印记，让我回想起他刚出生时的情形。

他刚出生时，护士发现小家伙左手腕上环状分布着一些淡色小点，以为是污渍，用水去洗，洗不掉。护士把那只小手伸到我眼前，说，你儿子长了串很特别的胎记。“有胎记好，丢不了。”我说。我躺在床上，看着护士手里那个皱巴巴的小小老头。小小老头正闭着眼，沉在他自己混沌迷糊的世界里。

我问站在旁边的夫君你：“想好名了吗？”你说：“易宝。”

“简单了点。”“人生，本应简单。”

“好。”我说。易宝就成了这个小小老头的名。

不过，小小老头来到充满阳光的世界，见风就长，皮肤很快舒展，褪去了小小老头的一切特征，像春天初绽的新芽焕发出喜人娇嫩。我看着儿子的变化，心想，这人呀，是不是在母亲子宫里是一生，来到阳光世界后又是一生？

易宝的到来，让我觉得生命内外都有了一种变化，变成熟了，变大了，觉得肩上的担子重了。易宝满月时，他外公兰扬威给他办满月酒。酒席上，小家伙一直安静睡觉，好像知道这是对他的庆贺，他要好好配合，不能搅了场子。酒席上，易宝外公将小家伙抱在怀里，仔细数着他左手腕上的印记，说，有八粒，不细看就像戴着半串菩提念珠。我告诉易宝外公，说印记比刚出生时大了点，刚出生时每粒只有半粒米大，颜色也浓了点，刚出生时印痕很淡，细看才能发现。

“小家伙上辈子是不是做和尚的？”易宝外公笑说。我说，印记只是胎记，和他上辈子有啥关系？易宝外公说，他见过不少人身上的胎记，据说都和上辈子有关，暗示着这个人命运里的一些密码。

我说，人有没上辈子，谁也说不准。不过我为小家伙的胎记感到担心，担心印记会越长越大，没有止境，到时可能会影响到他的外表。易宝外公说，人的胎记长到一定程度就会停止生长。

他外公的话是对的，随着小易宝一天天长大，那八粒小印迹也跟着长大，颜色渐深，最后变成咖啡色，到易宝四岁时，那八颗小米粒长到珍珠般大小，就停止了生长。我舒口气，对易宝说，小家伙，这辈子你逃不了啦，就是跑到天涯海角，老妈都认得你。

易宝很好养，小家伙聪明，不淘气，使我省心，且越长越俊美。我很得意这个杰作，觉得他在娘胎里时，就懂得拼命汲取父母优点，长大后肯定帅如明星，当然也胜过他父亲了。

易宝满四岁后，我看着他白纸一样的童眸，忽心生一念，想在这张白纸上画出一幅美丽的图画，作为他的学前教育。“怎么画呢？”我寻思。“行万里路，读万卷书。先带他远行，开阔视野。”你说。

你的话让我有了目标。对小家伙的第一次出游，我琢磨良久，选择了海天岛。海天岛位于大海中，有山有海，山海一体，山声潮声共存，按仁者乐山、智者乐水之说，是一个仁者智者都悦纳之地。

在轮船去海天岛近一个小时的航行中，我们的易宝就一直站在甲板上，盯着澎湃的浪花和飞翔的海鸥看个不停。他兴奋的状态，让我觉得来海天岛的选择没错。

船一抵海天岛码头，易宝欢快地跳下船。岛上天气很好，阳光明媚。我带他去坐岛上的公共小巴，但易宝只坐了两站，就要求下车，说想走路。“你不怕累？”我问。“不怕。”易宝的劲头十足。我牵着他的手下车，带他在岛上漫步。岛上依山势分布建筑和自然景致，洞幽岩奇，古刹林立，清一色壮观宏伟的红墙琉璃瓦。“红墙琉璃瓦好看，为什么家里房子不用它？”易宝看着一栋隐在树林里的寺庙，仰着小脸问。

“红墙琉璃瓦要用在尊贵之处，家宅只是普通民居。”我说。

“都是人住，为啥要分普通和尊贵？”他又问。

对他这个“出人意料”的问题，我一时怔住，不知如何解释。我们这个儿子好奇心强，喜睁着童眸用童心看世界，在他能用语言表达后，碰到什么都要问几句，得出的结论常令我意想不到，说出的话往往让我一愣一愣。我在想想后，简而言之说，寺院是佛菩萨住，佛菩萨比人尊贵。

“为啥？”他继续发问。

“佛菩萨比人有更多的智慧，更多的慈悲，更强的能力。”

“原来有更多的智慧，更多的慈悲，更强的能力，就表明尊贵呀？”他问。

我语塞，应付儿子的问题要花脑筋。这种问题只有孩子会问，成年人不仅不会问，连想都不会想。不过，我发现儿子有些话能一针见血。或许越纯真的人越接近自然灵性，而成年人整日被红尘烟熏火燎，湮灭了纯真，淤塞了心窍，只能看到皮毛。

“妈，这岛上住着谁？”儿子见我不语，问了另一个问题。

“很久很久很久以前，曾住过一位菩萨。他在岛上修行，讲经说法，普度众生。现在住着修行人，他们住在红墙琉璃瓦房子里。”

“什么是修行？”他问。

我想这小子怎这么难打发，就随口说：“就是修心。”

“什么是修心？”易宝并没放过我。

“小祖宗，你有完没完？”我有些心烦。

易宝眨眨眼，看着被问得瞪眼板脸的我，得意洋洋说：“你答不出来了。”

“易宝，知道回家的路吗？”我心里有些气，问他。

“我不必知道，妈自会带我回家。”他说。

“小祖宗，修心就是修自己的真心，就是让自己找到回家的路，就是在滚滚红尘里找到清净安详，就是求智慧破无明断烦恼得解脱。”

“什么……无明……”易宝在我的一连串话前茫然。

“就是愚痴颠倒。破无明，就是让自己获得智慧，不再被愚痴颠倒烦恼捆住。明白吗？”我说。易宝无语。我想他肯定一头雾水，会安静地闭嘴。没想到过了一会，他又张开了嘴巴，问：“他们为什么不在家里修，在家里修，就不用找回家的路了。”

“他们回家，和我们旅游完后回家，不是一回事，他们要回的是心灵家园。”我有些哭笑不得。“什么是心灵家园？”他穷追不舍。

“就是心灵安宁，拥有慈悲、智慧、喜悦。”

“什么是慈……悲？”易宝复述，却复述不全。

我想再这样下去，他非得把天问出个窟窿不可，就说："小祖宗，慈悲就是怜悯人的悲苦，给人快乐，拔除人的痛苦。你还要问啥？"

易宝歪着脑袋想了想，问："妈，他们怎样回家？"

我按捺住性子，打起精神回答："他们自己抱持灯火，照亮脚下之路，步步前行。"

易宝的嘴努了努，不再张开。我看着易宝因走路和兴奋而红扑扑的小脸蛋，有些担心他走不了多久，问他累不累。他睁着炯炯发亮的眼摇头，说他的脚劲好，老妈走多远，他的小脚丫子也能走多远。

"我老了？"

"对我来讲，你是老的。对外公来讲，你是年轻的。"易宝说。

我心里一乐，笑出了声。

在经过路边一家餐厅时，易宝站住了。餐厅门前放着几个大水箱，箱里游着活泼乱跳的鱼和海鲜。他盯着生猛的海鲜看了会，问："妈，这些鱼为啥养在这？"

"给客人吃。"

"家里吃的鱼，和它们是不是一样？"他问。

"一样。"

易宝盯着浮游的鱼儿，怔然站着，过了一会，他问："妈，他们为什么在菩萨住的地方杀生？"

"啥？"我猛然愣住，仿如石破天惊般看着儿子。

"你刚说过慈悲和安宁，杀生应是不慈悲不安宁的吧？"儿子若有所思说。

我看着儿子，他的双眸一片纯真，或许，这是一个再简单不过的问题，可做母亲的我连想都没想过。我默然，牵着易宝离开餐厅继续前行。儿子的话提醒了我，我想，在岛上，我要带他茹素，在他内心种下悲悯之种。

走了一会，一家茶楼出现在我的视线里。茶楼在路边，门前站着一个胖姑娘。胖姑娘热情对我招手，要我进去喝茶，还大声称赞易宝："小朋友，真能干，能走这么远。"易宝听了，兴奋地扯我的手往茶楼走。

"她是在招徕客人。"我说。"我累了。"他说。

"你终于累了。"我调侃他，随他走进茶楼。

茶楼的装饰有几分雅致，藤桌藤椅蓝花桌布。我靠窗坐下。胖姑娘泡了壶"云雾佛茶"，说这茶是岛上僧人种的。我嗅着飘过来的茶香，慢品了几口，茶汤入肠胃，有种如被冲洗的爽快。"好茶。"我说。

"好茶。"易宝学我的样也品了几口。

胖姑娘眉开眼笑坐到我对面，手拿一只泥塑小熊仔递给易宝，说："小朋友，送给你。"易宝一把拿过，把玩起来。胖姑娘接着和我拉起家常，在聊了一下茶和岛上风情后，她指着茶楼前那条蜿蜒小路，告诉我，说路尽头有个岩洞，洞里有个算命的，很灵。"好多带孩子来岛上的妈妈，求的都是对家庭的护佑，我见得多了。"她说。

我本无此意，被胖姑娘一提醒，临时起了兴致，问路怎么走。胖姑娘说，沿那条小路走三百米，就到了，洞叫灵石洞，离海边只有两米。一个离海边只有两米的玲珑小洞，已在我脑海勾勒成型。我喝完杯中的"云雾佛茶"，结了账。临走前，我心里忽然一激灵，问胖姑娘："你是不是认识那个洞里的人？"姑娘像被人揭穿老底般瞬间红脸，坦承那是她表姑。我笑笑，带易宝离开茶楼，沿胖姑娘指的路走去。

“胖姐姐，再见。”易宝手握泥塑小熊仔热情对她挥手。“再见。”胖姑娘挥手回应。

“胖姐姐真好，送我小熊熊。”易宝玩弄着小公仔。我刚想说，钱算在账单里了，但转念又想，还是别破坏孩子的天真，就把话咽了下去。

这时，太阳被云层挡住，天阴了下来，但仍感觉得到透过云层射到大地的灼热。我给儿子戴上宽边帽，问他累不。他摇头。我说，累了就说，别硬撑。儿子点头。走着走着，出现一个岔路口，我停住脚，该往哪边走？我犹豫了一下，想起姑娘说洞在海边，就朝海的方向走去。走了好远一段路，还没到海边，也没看到什么小洞。姑娘说只有三百米，我起码走了七、八百米了。

易宝脚步明显慢下来，身子几乎吊在我手上。但这时只能往前走，折回去的路程不短。阳光掀开云层露出了脸蛋，我感到灼热，很疲惫更心疼儿子。我环顾左右，看到附近有棵大树，树下有块巨石。我带易宝去到巨石背阴处坐下，从包里拿出水和面包，和儿子吃起来。

易宝边吃边说：“要是爸爸一起来就好了，下次我要爸爸来。”我说：“好，要爸爸来。宝宝，吃完后你睡一觉，醒来后我们再走。”

易宝说他不累，但小家伙吃饱喝足，很快依在我怀里睡去了。我拿件衣服盖在他身上。四周寂静无人，我想，要是儿子他爸在，我就不会迷路也不会这么疲累了。想到儿子的父亲，你，原晓，我就觉得人生真是奇妙，偶然邂逅的一个人居然变成了一家人，彼此都改变了对方的生活。

易宝之父，今日已累，远足情形，暂叙于此。再聊。顺祝吉祥，易宝之妈亲笔。

二〇〇九年九月十日，于紫竹宾馆

信六十四 初涉嘉洲

原晓与妻书

爱妻英子慧览。出门在外，一路小心。

来信收悉，谈及我俩相识相知，倍感奇妙。过去之事，如电影回放，一一涌至脑海。犹记在母亲去世，惜别弟弟小三子，追随你来到嘉洲之情形。那一天，阳光普照，我像只负重骆驼，拎着大包小包，下了火车，双足站在从没来过的嘉洲土地上，望着来来往往的人和车站建筑，心里居然没有陌生感，仿佛梦里见过，或在记忆的网络里早已粘贴着它的影像。

我知道你在出站口等。我拿出小镜，理理头发衣衫，叫个搬运工，把大包小包行李放上手推车，在此起彼伏的喧嚣声里往出站口走。走在出站的甬道里，我忽然生起一种不能预知未来的忧虑。目前的我，没有职业，只有手推车上那堆行李和一个银行存折，却迈出了要在这座城市扎根的第一步。

验完票走出闸口，一眼就看到站在接站人群前排的你。你的灿烂笑容和温暖的阳光一起，传递给我一股力量，我感到心里那股忧虑瞬时消解。你喊了一声原晓，快步走到我面前，替我拎行李，带我来到你住的“嘉洲阳光”小区。

一进你的家门，我就被客厅满墙的大照片吸引。我放下行李，连水都没喝，就开始逐张欣赏。照片是你的模特舞台照，在看到它们前，我并不知你有这个爱好。我问，为何对我守口如瓶。你说，昔日事，当年勇，不提也罢。

看完照片，接着参观你的居室。你的居屋陈设精致，干净整洁，地板光亮鉴人，处处体现出布艺的柔软温馨，连床都是布艺的，床有两米宽吧？湖蓝色，爽心悦目。“房子多大？”我问。“九十八平方米。”你安排我洗脸洗手换上家居拖鞋，待我洗去一路风尘歇在沙发上时，从储物柜拿出花生、桂花糕、巧克力，要我吃些点心。又拿出一套青花茶具洗净，从一只青花茶罐里拿出一颗形如美人扣的普洱。“这叫东方美人。”你说，将美人扣在我眼前晃晃，然后放进紫砂壶，烧水洗茶泡茶。

在开水的暖意里，东方美人缓慢柔美舒展身姿。你将茶汤倒进公道杯，再将公道杯里的茶倒进细白如玉的茶杯。在白玉般杯壁的衬托下，茶汤如陈年红酒。我待茶稍凉，端起茶杯，呷了几口，连叹茶好，茶具精致。

“力所能及内，生活应精致。”你说。

你让我慢慢品茶吃点心，你去洗菜做饭。半小时后，你端出了两菜一汤。“菜都洗好切好，只等你到后下锅。”你说。看着你脸上渗出的细密汗珠，我猜想下厨对你非易事。说实话，菜一般，但我吃得津津有味，可能肚饿，或者爱屋及乌。

吃完，我要去洗碗。你让我歇着，说没有让客人洗碗的理。

你的“客人”二字，让我内心有些沉，仿佛看到中间的距离。为去掉这段距离，我脸上堆起笑容，模仿戏曲《白蛇传》里的腔调，叫了声“娘子——贤惠！”

“我不是那条从断桥下探出头的千年白蛇，你也不是白面书生。”你说，些微的嗔中带笑。在你的笑里，我感到那段距离消失了。可能本就没有距离，是自己多心敏感。我问：“你说，白娘子和许仙现会在何处？”

“找时间，去西湖断桥边找找，看千年后的他们在做什么。”你说。

我说：“肉眼凡胎，找不到的。不过，又或许在子夜时分，守候在断桥边，说不定真能看到。”我在你的突发奇想里，心里有种东西在飞扬，“和异想天开的人在一起，很有趣。你现在逞能，当真正看到蛇妖出洞时，说不定会被吓个半死。他们的故事因结局不幸才流芳百世。人很奇怪，希望自己一帆风顺，却喜欢看别人的悲剧。”

“悲剧会让人记忆深刻。”你说。

吃完休息了一会，我拎起行李，往门口走。“去哪？”你问。

“你家没客房，出去找间酒店。”“有沙发床，我睡沙发床。”“沙发床我睡。”“我个头比你矮，睡沙发床好。”“我是男人，哪有男人委屈女人？”“你一路舟车劳累，需好好休息，我是这屋主人，我说了算。”

我本是装的，见你如此，忙不迭放下行李。

你给床换上干净床单、枕套、被套，说洁净气味有催眠功效，要我先休息两天，缓过劲后再去游览市容，如果住腻了，随时都可走。“如住不腻，怎么办？”我问。你莞尔一笑，说：“凉拌。”

“委屈你了。”我说。

“想起在琉璃城给小三子添的麻烦，我就是睡地板都不委屈。”

“太记恩记情，会很累，忘了吧。”我说。

来到嘉洲的第一夜，我睡得很沉，睁开眼，已是翌日早上，阳光透过窗帘纤维细缝照进房间。我躺在床上，望着天花板，感慨万分，我怎么到嘉洲来了？这座城市，自己以前从没涉足，现在却躺在它的一张床上，如此心安，命运就是这样奇妙，出其不意把我带到这里，要我在此生根发芽。

我在这座城市的这间屋里，足不出户睡足三天，才把因母逝弟病导致的严重缺乏的睡眠弥补回来。第四天，我随你去嘉洲的大街小巷转悠。走在陌生的街上，举目四望，我的内心没有陌生和排斥感。“气场吻合，你可以在这座城市生活。”你说。

“是的。”我说，直觉告诉我，我喜欢这座城市。

晚上就寝前，你仍要睡书房的沙发床。我说，自己再睡床，实在不像话。你依了我，将沙发和床的枕头床单进行了调换。在你关卧室门时，我叫了一声“英子”。你回头探询地看我。“你这样，很像个小主妇。”我说，心里有种想随你进房的冲动。

“晚安。”你说。

“晚安。梦到我时，记住翻转枕头，梦就会传到我梦里。”

你莞尔一笑，反锁上卧室门。

我躺在沙发床上。沙发床虽柔软，但没床宽阔。我看了会书，有朦胧睡意袭来，如果顺势不动，我会很快入眠，但我放书在桌上并关掉台灯的动作，赶跑了睡意，一小时两小时过去了，脑子越来越清醒。失眠的我，起身拧亮台灯，点燃一支烟，烟头亮光在馨黄的灯光里，像星星之火闪烁。

抽完一支烟，我看到你从卧室出来，站在书房门前，说：“好大烟味，把人熏醒啦。”我熄灭烟头，二话没说起身，毫不客气拥你入怀，悄声问：“梦游来找我？”“厚脸皮！烟味好大。”你推开我。

“你已熟悉我的拥抱。在玉城医院，正是这样的拥抱让你汲取力量，驱逐病魔。”我说：“我想睡床上。睡沙发，脚会伸出沙发外。”

“我睡沙发。”你说。“我们都不睡沙发。”我说，把沙发上的枕头被子抱到床上，将被子卷成筒，说：“咱们井水不犯河水，泾渭分明。”

你看着两条与其说泾渭分明，不如说像两条没有交叉的铁轨般的被筒，乐了，说：“那你要老实点。”我说，会的。

我躺在床上。床很宽很柔软，窗帘严实拉着，帘子虽厚但不完全遮光，房里仍浮动着从门缝、窗帘纤维缝里透进的光亮。时间一分一秒过去，卧室很静，连根针掉在地上都能听见。蒙在被里的我，一动不动躺着，努力控制自己的呼吸、血流、心跳，不让它们发出异于平常的声音。大约半小时后，我感到呼吸堵塞，觉得若再不深呼吸就会被憋死。我不顾一切，一把踢开包裹自己的被筒，长呼一口气，转身想揭开你的被筒。“别吵！”你叫了一声，声有睡意，却很坚定。

“不吵不吵。”我看着你耷在额前的头发，眼里迷离梦幻般的光，停住手。

过了片刻，我想揭开你的被筒。“别吵！”这次，你的声音更尖利。

“好。”我看到你眼中有恐惧、惊悸与害怕，停住手。

片刻后，我又忍不住想揭你的被筒。“别吵——”这次，你怒声而喝，隔着被狠踢了我一脚。我感到你的抗拒来自内心，坚定且无商量余地。瞬时，我体内的躁动如遭遇冰雪般冷却，我安静躺好，躺了一会，问："是不是心里有厚而深的伤疤？杯弓蛇影？"

你的被筒悄无声息。

"我只想抱着你说话，就像在玉城医院那样，只是说说话。"我说。幽暗的光里，你的面容带有孩稚般的天真可爱，我想，单凭这张面容，就会令男人难以拒绝。

"别吵！"你声带哀求。

"好，不吵。"我说，在心里对自己说："总有一天，我会让你不再说'别吵'二字。"我在被筒里静默片刻，问："能说话吗？"

"能。"

"你这样，像小羔羊，也像窗台上那朵花，如我不小心对待，我怕辜负花的娇嫩。"在你客厅窗台的白色花樽里，种植着一株姿态优美的百合，翠绿的叶，喇叭形粉红的花。

"吹捧。"

"真的，你这样，讨人喜欢。"

"哦？睡吧。"你说，不再理我。

有倦意袭来，我也很快沉入梦乡。

二〇〇九年九月十三日，于嘉洲

信六十五 暗香浮动

英子与夫书

夫君原晓，信收悉。阅罢，惹来满腔回忆。

记得第一次带你回家，你西装革履，穿戴整齐，双手提满礼物兴致勃勃跟着我。走到兰家大宅时，你抬头注视着宅外的高墙，停住脚步。“跟堡垒似的，阳光照得进吗？”你研究了一下，说。

我说，房子是祖先留的，我父亲对它感情深，不肯再搬。

我父亲兰扬威和新继母笑眯眯站在门前迎接。父亲满头白发，新继母站在他身旁，像父女。你虽有心理准备，但我看到你眼里还是闪出一些吃惊。父亲看到你第一眼，脸现欣喜，脱口一句：“好标致的小伙子！”

我暗喜，明白父亲对你第一印象不错。你一脸谦恭说：“伯父好，伯母好。”然后自我介绍。“好，好。”新继母笑容可掬把我们请进客厅。

你将所拎之物放在沙发旁，坐在沙发上歇了一会，我便领你楼上楼下参观。兰家宅屋虽结构古老，采光也没现代建筑好，但经过重新装修后，和时代还不算脱节。参观完后，新继母过来对我们说，花园小茶室已收拾干净，茶和点心也都备好，她要我俩去小茶室陪我父亲喝茶。

我带你去到小茶室，父亲已坐在茶室里用开水泡洗茶杯。我俩坐在父亲对面的藤椅上。“真精致。”你环顾花园和小茶室，赞叹。花园里点缀着小巧精致的小桥流水，小茶室曲径通幽，竹桌竹椅，桌面玻璃下压着蓝格子桌布。

“这道茶于我，是考试。”你对我耳语，尔后打起十二分精神，端容正坐。

我父脸上洋溢着笑，以审视的眼光望着你，随意和你聊天。你在这随意的聊天中应对得中规中矩，大方得体。当我父亲问到你的工作时，笑容有些凝固，说没个稳妥工作，生活怎么办？你信誓旦旦请我父放心，说绝不会让英子受委屈。

我父要你拿出实际成果，他才放心。

我见父亲说得实际且直接，脸有些挂不住，说，所谓稳妥不稳妥，都是相对的，父亲和爷爷不也没稳妥工作，不一样过得不错？“那不一样。你爷爷和我经营的是家里已有的产业，而他，既无产业也无固定工作。”我父严肃地说。他不怕你面子挂不住，他的满头白发，让他说这话时挺胸抬头，中气十足。

“他原有工作，想追求更好的发展，辞了。”我说。

你把决心和真诚放在脸上，要我父亲看你的实际行动。

“英子老大不小，个人事总悬着，始终是我一个心结，现在可放心了。”我父说，将面前那杯茶一饮而尽。

我心里窃喜，明白你已顺利通过考试。

见过我父亲后，你开始紧锣密鼓找工作。你不想利用兰家在嘉洲的人脉，想靠自己。让人欣慰的是，你应聘嘉洲国际旅行社商旅部经理一职，三十人竞争，你最终凭借幽默敏捷和经验拔得头筹。你说，做回本行，上手更快。我说，你正在运上，走在街上都会被算命先生主动拉住衣袖，说桃花正盛，事业宏图正展，算不准不要钱。我说，要庆贺一下。

“要请扬威伯父吗？”你问。我知你想早点证明自己，但我说稍安毋躁，没到孔雀开屏时。

我俩去的酒楼，门前一年四季挂红灯笼，铺红地毯，喜气洋洋像过年。涂猩红唇膏、笑容像熟透的樱桃、一咬就汁液四溅的穿大红旗袍的咨客小姐，把我们领到一张靠窗位。

我要了壶酒。酒是酒楼自酿，醇香甜美，色泽温赤，入口让人留恋，几杯后会有些微醉。“像女人酒。女人喝了它，不会醉，因女人不会为女人醉。但男人喝了它，会醉，因男人会为女人醉。”你喝了一杯，这样评说。

“有点拗口，却是妙言。”我说。

你接着喝了三杯。“心里有事？”我问，和你相处不短，我知你这种表情后有情绪。“想到琉璃城的小三子，即使请了人照顾，但还是不放心。”你说。

“让小三子搬到嘉洲来？”

“他不肯。”你说。在你离开琉璃城时，要带小三子走，小三子婉拒了，说琉璃城有太多东西留住他，原家祖屋、原小三电器修理店、亲戚朋友……街坊都熟，况且他早就学会一个人面对生活。你替小三子找了个保姆，每月工钱由你支付。那是个农村妇女，老实本分，手脚勤快，有两个孩子要读书，丈夫身体不好，对能在城里挣钱感到很高兴。

我也牵挂小三子，小三子是我的救命恩人。记得临离开琉璃城前，我把那块“水晶凝露”白玉送给他，说这是一块能给人带来健康、爱情和运气的玉，希望小三子早点找到如意伴侣。小三子坚辞不收，说不能夺人之爱。我告诉小三子，这块白玉是他哥和我一起找到的，不叫夺人之爱，若不收，我会难过。小三子这才默然接过。

“过段日子，我们去琉璃城看他？”我提议。

你在醉意中点头。本是庆贺的聚餐，我却感到你心中有沉重的惆怅，饭吃得有些闷。离开酒楼时，我扶你进出租车后座。车一启动，你就歪倒在我肩上，满嘴酒气嘟哝说：“我到底，哪些方面，不能让你满意？我真的，那么差劲？你为何不在心里接受我？”

我一惊，说，别瞎想。“没瞎想，实话实说。我们同住一屋，那么久，你还是拒绝。我难道那么不入你眼？我心里难受……”你闭着眼像睡着了，但嘴里的嘟哝不断冒出：“心里话，平时不敢说，今天说了……”我难为情地看看司机，司机像啥都没听到。我用手捂着你的嘴，把你下面的话捂了回去。

车到楼下，我扶你出车，架你上楼。我不知你是真醉还是假醉。说你真醉，你只把五分之一重量压在我肩上，说假醉，你走路歪歪扭扭，不是头碰到墙就是脚踢到墙。

你进屋后，躺在沙发上。我绞条热毛巾替你擦脸，泡杯热茶端到你唇边。你喝进几片茶叶，把它们嚼烂连同茶水吞进去。你枕着柔软的沙发，不一会就打起呼噜。窗外吹着凉风，我关好窗，拿被盖住你。

我确信你睡了，才去洗漱休息。我喝得不多，但酒在血液里也发挥作用，我体热，四肢乏力，脸泛胭脂红，头一挨枕就睡了过去。不知过了多久，我醒了，发觉自己被人抱住，睁眼一看，是你躺到床上来了，你头发有些湿润，像刚洗过，看起来洁净柔软。你看到我睁开眼，毫不客气抱住我，你的脸赤红，眼里燃烧着灼灼火焰，容颜在朦胧幽暗的灯光下很迷人。“好香，什么东西？”你打了个喷嚏。

“这香，你日闻夜闻，今天记不得了？”我说。你酒已醒七八分，能清晰嗅到浮在黑暗里的香，香是从干花抱枕发出的。“再香你一下。”我拿过床头柜上的香水，朝你喷几下。

你被呛得本能朝后仰，拿起被子拭擦，说：“一点点，好闻，多了就呛。什么香水？这么好闻？”你拿过瓶子看看，有些迷糊说：“看不懂，全是外文。”

“法国产，牌子叫‘摩尔之香’。”“鬼名字，像香烟名。”“那种细长的女士烟，优雅。”“鬼名字，难听。”“里面有故事。”“说来听听。”“你躺好。”

你松开我，躺着。我说，这牌子的创始人叫摩尔夫人，摩尔夫人极富想象力和对美的敏感能力，特喜花之芬芳，认为花乃大自然纯洁美丽之物，一朵花本身就是一个美丽纤敏的灵魂，是一个世界、一张面孔。摩尔夫人决意发掘花的灵魂。她从中国茶叶的提香受到启发。她看到中国茶叶的制作，先采摘，后晒青、凋萎、搓揉、烤制，好不容易焙制出香气，等到了喝茶者手中，还要用开水泡，壶里沤，且要讲究水质水温、壶和杯的材质，才能泡出令人迷醉的香味。摩尔夫人悟到世上万事万物都要历经揉捏和磨难，才能激发出内在精华。人们既能从茶叶提香，那么同样可从鲜花中提香。每一种花都有独特香味，就像每个人都具独特气质。摩尔夫人穷其一生提炼花香，创造了“摩尔之香”香水系列。她将不同鲜花提炼成不同香味的香水，制成茉莉香、桂花香、米兰香、玫瑰香、晚香玉香……或是百花香。她的香水，纯粹是从花中提炼的芬芳，因此价格昂贵。

“这是啥香型？”你听完，问。

“茉莉。”我哈哈大笑。这故事是我编的，我喜欢编故事。

“笑得这么不淑女！牙全露。不过这故事好听。”你嗅了几鼻子，说：“好闻，像在花园里。”

“你这么不绅士，一嘴酒气。”我说。

“喝多了，向酒借胆。”你说罢，把我抱进怀。

“忘了要做柳下惠的承诺？”

“做了那么久，现在不想做了。”你说。在酒精作用下，你的舌头变得不太灵便，一个字一个字吐，有点奶声奶气，脸上释放出孩子气，嘴唇红润，下巴流露出婴儿般的纯真。

“虽喝多了，但每句话都清醒。”我说。

“我只是神经兴奋，但脑子清醒。”你抿嘴笑笑，迷离的双眼燃烧着火焰。

“别吵！”我推开你。

“又是‘别吵’。”你又抱过来。

“别吵！”我再推开你，力气有点大。

“生气啦？”你嘟哝。

“别吵，快睡。”我说。

“好，别吵，快睡……”你在被我推开手臂的瞬间，响起了鼾声。

听着你的鼾声，我却无睡意。我侧过身，凝视着睡梦里的你，心里有种爱怜。我好久没有这种爱怜之感了。我想，这是不是就是爱来临的感觉哩？爱还会再来的？人生中还会有新的爱的？茉莉花香飘浮在黑暗中。我品尝着夜之浮香，体察着自己内心在黑夜里的变幻，想起弟弟佳骏，想起小三子，想起小依丽……小依丽说："姐姐，这玉是你的……它等了你很多年……"

"它等了我很多年？"我默念着，想着那块正伴随着小三子的"水晶凝露"白玉，觉得那小女孩有强烈的巫性，可这世上，有那么可爱聪明的小女巫吗？小依丽现怎样了？她知不知道在这个寂静黑夜的一隅，有个躺在茉莉花香中的姐姐在想她念她？

我想着念着，不知何时进入梦乡。醒来时，窗外已熙熙攘攘、热闹一片。

"昨晚梦到我没？"你也醒了，睁着晶亮的眼问。"亲近的人，很难在梦中相遇，梦是满足那些在白天不能达成愿望的人的。"我说。

"你曾说，你在梦里常处险恶之境。"你说："当我在你身边时，你还做过那些梦吗？""没有。"我实言相告。

二〇〇九年九月十六日，于紫竹宾馆

信六十六

天使之心

原晓与妻书

爱妻英子如晤。信收悉。

我一直认为，你是我命中福音。我到嘉洲后，在你的福运笼罩下，工作芝麻开花节节高。在嘉洲辛苦工作一年后，公司发年终奖，我去银行柜员机上查询那个数字，喜得“哇”地叫了一声，马上给你电话，要你速来，陪我去逛时代商场。

“这么急？要买啥东西？”你问。

“你来就知了。”我说。

时代商场是嘉洲最高档商场，我一般不去那购物，那是钱多得懒得数的人去的地方，不过我承认，时代商场里商品质量也上乘。我在时代商场门前等你，你很快便到了。我带你直奔五楼珠宝柜台。珠宝柜台华贵耀眼，琳琅满目的金银、翡翠、宝石、珠玉等在柜台里闪闪发光。此时，偌大的珠宝柜台除了服务生，没有客人，像一张涂满脂粉、富可敌国但孀居多年的寡妇落寞的脸。

“想送你个戒指，你自己挑。”我说。

“还没到生日。”你说。

“不过生日，就不能送了？”

“如你钱多，花不完，我帮你花。花钱是件快乐事。”

看到我们，年轻女服务生笑若桃花走过来。她的妆化得很好，深红唇膏像温情的带水果味和甜味的葡萄酒，长睫毛弯弯的像一轮虹影。服务生顺着我们的眼光所及，介绍柜台里的商品。柜台里摆放着多款戒指，服务生一只只拿出来，让你试戴。一只只珠光宝气的戒指，在耀目的灯光下，轮换着在你手指上戴上脱下，脱下戴上。服务生一个劲夸你的手圆润白皙，戴什么款式都好看。那段时间，没别的客人，服务生一心一意服务我俩，把柜台里所有戒指都让你试戴一遍。没有难看的，只有最好看的。那是一只祖母绿镶钻铂金戒指，在心形铂金中镶着一颗翠绿如春天竹叶般的祖母绿，切工非常完美，天然钻石清澈剔透，铂金光芒冷艳耀眼，线条像天使飞翔。

我细看这枚戒指商标纸上的字，它的名叫“天使之心”。

“天使之心”戴在你左手无名指上，灯光下真是高贵美丽！那绿，赏心悦目，在钻石闪耀下，像孩子天真脆弱的眼，迷茫，晶莹欲滴，散发出致命的诱惑。服务生介绍说，戒指上的祖母绿来自哥伦比亚，质量很好。她说，质量上乘的祖母绿有魔力，能喻示恋人对爱情的忠贞变化，恋人如果忠贞不变，它就像春天之绿永不褪色，恋人如果变了心，它也会像树叶一样变色。

“戴上，可测试他。”服务生鼓动你。

“是我戴它，是他在测试我。”你说。

“那只是传说。”我说。

你弯腰扫了扫绿色小标签上的价钱，哇了一声，二万九！服务生暧昧笑笑，说，只要喜欢，不要计较价格。“你以为我家开银行？”你说。

“看你的气质，不是一般人家出身。”服务生巧舌如簧，说完又温柔如春、笑脸如花转向我，说：“先生，这只戒指，适合她。”

我同意服务生的观点，问你喜欢吗。“喜欢。”你说。

“开单吧。”我吩咐服务生。服务生喜笑颜开填好销售小票，边填边夸你好眼力。我接过小票，去收银台刷卡付款。

服务生将戒指放进红丝绒心形锦缎小盒递给你，你接过放进拎包。服务生脸上的笑几乎要滴下来，腰弯成九十度，说着“谢谢光临，慢走”之类的话送我们。

走到商场大门时，你停住脚步，从包里拿出锦缎小盒。“忍不住那种美的诱惑了？”我问。“是的。”你说，打开小盒。你细瞧了一下，脸色有些变，说：“你欺负我眼睛不好使呀？”

我笑而不答。

“我少看了一个零，否则怎么都不会让你买。挥金如土，以后过日子也这样，就惨了。”你说。

“钱可再挣，但它不能马虎，它在我一生中很重要。”我说。

“这么贵重之物戴在手上，做啥事都得小心翼翼。心为物役，哪还有天使之心哩？”你叫苦连天。

“不是心为物役，是它把你衬托得更美。”我说。

“你哪来的钱？”你虎视眈眈问。

“自己挣的，来路光明正大。”

回到家，我拿出“天使之心”，小心翼翼替你戴上。“这是求婚吗？”你问。

“是。现在才提，是因我现在才买得起它。它不仅要好看，还要耐久。戴上了，就戴一辈子。”

“没人能保证一辈子。”你说。

“能，我能。”我说。

“哦？”你眼里闪着游移躲避的神情，说：“别保证，那东西不可靠。”

“戴上它吧，英子。”我说：“戴上前你是女友，戴上后你是新娘。我舍弃一切，随你到嘉洲，是要娶你做新娘。”

“让我想想。”你说。

我忽然有了情绪，问：“你为什么犹豫？我从没犹豫过，看到你第一眼，我就想，我要娶这肤如凝脂、眼如墨玉的女子！”

“为什么？”

“第六感，第六感告诉我。”

“你靠第六感过日子？”

“人的第六感是心灵自然的呼唤。”

“我要想想。你再等一个晚上。难道你一个晚上都等不及？”

“一千个晚上也能等，我生气的是你为什么犹豫。我知道，我离你有距离，虽不知靠什么交通工具能抵达你的内心，但我想，有一样东西能帮我。”

“火车？飞机？还是轮船？”

“真诚。真诚能让我抵达你内心，我要让你明白，我是全心全意关心你，我们相处融洽，没有隔膜。”

“工于心计。”

“这叫用心。”

“狡辩。”

“你最想做什么？”

“吃自己想吃的食物，去自己想去的地方，做自己想做的事……”

“随心所欲，但不能逾矩。我只能等了。”我说。

那晚，于我而言，即使有一个世纪之长，也要等。床上还是两条泾渭分明、互不干扰和碰触的被筒，我乖巧地躺进自己的被筒。熄灯后，我静躺着，谛听着旁边被筒的声音。过了一会，从你的被筒传出轻微鼾声。我伸出手碰碰你的被筒，问：“不是要想吗？怎么就睡了？”你的被筒毫无反应。

我坐起身，拧亮台灯，从床头柜上拿张白纸和铅笔，几笔勾勒出一只笼子，笼里关着一只小胖动物。画好后，把你推醒，让你看那纸上的图画。“猜猜，画的是什么？”你睡眼蒙眬看那纸。我画的线条有些夸张和变形，你辨认了一下，说是牢里的犯人。我摇头。你说，是笼子。

“是家字。家就是把小猪关在笼里，想吃就吃，想睡就睡，养得胖嘟嘟。这是我的笼，你就是笼里的这只小猪。”我说。

“把我关进笼，我不是没了自由？”你说。

“这是门。门里，你绝对自由，可素面朝天，可架脚，可横坐，可竖躺。”我在笼边画了扇门。

“这么好？”你嬉笑。

“是的，比你在门外自由多了。你在门外，要受限制，要穿戴整齐，行坐有序有礼。你在笼里，绝对自由，不受限制，无需顾虑。”

“不用顾虑你？”

“当我透明。”

“哎哟，口渴……”

“想喝什么？饮料？水？茶？”

“笼要舒服点，小猪要养得白胖点。”

“放心。虽没太多钱，但每天给小猪喂牛奶，喂得起。”我欣喜不已，明白已获答复。我看看钟，离天亮还有三小时，我熄掉灯光，钻进自己的被筒，一觉睡到大天亮。

二〇〇九年九月十九日，于嘉洲

信六十七 在一起

英子与夫书

夫君原晓，信收悉。信中的你，犹如玩童，忆起过去，乐不可支。不过不讳言，我的内心也甜丝丝。在你把“天使之心”送给我的翌日，我们去民政局办了手续。办完手续后走在街上，你边走边念叨：“我俩名字写一起，合影贴一块……”

“捡到宝了？”我笑。“是的。”

“这宝能让你乐成这样，看来有点价值。”

“办西式婚礼吧？在神面前起誓，有神圣味。嘉洲人办婚礼，吃吃喝喝，油烟味太浓。”“我们不是基督徒。”

我们举行的还是油烟味浓的酒宴，但只有三桌，均为至爱亲朋。不铺张，是我的建议。我记得爷爷说过，幸福不能大张旗鼓，最好悄悄藏着，否则可能会溜掉。

酒宴结束，送走客人，我们回到新居。新居就设在嘉洲阳光小区的居室里，重新装修，搬进新家具，贴满彩条红双喜字，喜气洋洋。进屋后，你脱掉鞋袜，赤脚踩着木地板，从玻璃水樽倒杯凉开水，“咕咚咕咚”灌下肚，然后进到洗漱间，三下五除二洗漱完，换上一件前后襟都印有篆文“福”字的蓝色桑蚕丝睡衣。睡衣质地优良，价格不菲，是我的礼物。你对我说了一句“太累”，就一头卧倒，打起呼噜。

当我洗完上床时，你的呼噜却戛然而止。

我取下项链和手上的祖母绿镶铂金戒指，放在床头柜上。“戴着它们是不是觉得累赘和束缚，有心理障碍？”你冒出悠悠的一句，酒气随着话语飘进我鼻孔。

“喝了不少，感觉却不钝。”我的内心承认是这种心情。

“你做得对，要创造一个专心致志、心无障碍的环境。”你伸手关掉台灯、屋顶灯和壁灯。屋内没有光源，却仍有朦胧幽暗的光游移闪动，忽明忽暗，那是从窗帘纤维缝和门缝透进的。

我推开你伸过来的手，去洗漱间拿来一瓶薄荷味漱口水，让你漱去嘴里的酒气。你漱完口，问：“今晚不用泾渭分明两个被筒了吧？”你眼里颤动着一层光，如盈着一层浅泪，也如夕阳映照的湖面在微风里的潋滟。

“嗯。”

“终于等到云开见日出。等得心都碎了，花都枯了。”你面色泛红，眼里流火，一翻身拥抱过来，定定看了我一会，说：“这么紧张！别紧张，放松一点……”

“嗯……”

“想别的事，想我们在玉城遇到的可爱的小依丽，想那块奇幻的丹朱白玉……”你的声音如催眠曲般在我耳边响着：“闭上眼……”我依言闭上眼，依言想着小依丽家中那块丹朱白玉的奇幻色彩……我也真的感到放松，僵硬的肌肉柔软下来。嗅着我已熟悉的你的体味和微醺的酒味，我终于突破了自己心理上重峦叠嶂般的障碍……

在你的激动里，我又睁开眼，望着你，充满情意。我看到你脸上有种从未见过的欢悦，那欢悦好像不属这世界，不属此时此刻，只属浩瀚无垠的太空……我望了一会，再闭眼，放松身心，在黑暗中感受自身如美味雪糕被含在暖唇里缓慢融化的变化，感受每个细胞在你的安抚下，柔软开启并随旋律轻柔翔舞的曼妙，感受在没有光的大海，你带我驶向春暖花开的彼岸的飞翔……春暖花开的彼岸是那样美丽，犹如在春天水草丰美茂盛、泥土柔软肥沃的沼泽地，在万物勃生的季节，蒸腾出热气和湿润……春暖花开的彼岸是那样温柔，我仿如变成一条鱼，消融在蔚蓝的汪洋，在一阵接一阵汹涌激情的浪花里，酣畅淋漓地畅游……又如站在丽日沙滩，如黄金般美的沙粒以无尽温柔包容我；也像一粒泥土里的种子，在润无声的春雨里，悄然将嫩绿枝丫伸出地面，无限欣喜地看着大地……春暖花开的彼岸是那样明媚，我仿如从一个黑暗的房间走出，站在没有阴影的阳光下，昔日内心淤积的结块，在朗朗晴空里如冰雪消融……

那些遥远的尘封往事，在这时，都模模糊糊从意识深处跳上来，在脑海依稀晃动，如雾中花，水中月，如隔岸观火的静虑。那些依稀的影子在脑海晃动一会后，便在越来越多欢悦的海洋里，消失得无影无踪。接着，又跳出一幅画面……一个冰雪世界，万绿丛中，一朵花色如雪、叶色如碧、含笑怒放的雪莲，在赤橙黄绿青蓝紫不停变幻的各色光下，流泻出无限美妙……那幅图，那样美，那样迷人！

我仿佛听到丝竹之乐，从缥缈的太虚传来……音乐之声在我耳边回旋，似有似无，似无似有……我不由欣喜地叫了一声："太妙了……"

"怎么啦？"我听到有人在我耳边说话。那是你的声音，接着我被你的摇晃惊醒。我睁开眼，回到现实世界。"走神了。"我说。

你拿开搭在我肩上的手，起身去洗漱间。

我闭上眼，耳边似乎还留有丝竹声。我的恍惚在渐行渐远的丝竹之乐里慢慢沉静。我平和安详躺着，仿如婴儿躺在母亲怀抱，没有恐惧害怕，没有焦虑担心，甚至没有爱恨情仇……我不由微叹了口气。

回到卧室的你，听到叹息，问怎么啦？"喜悦也是可以叹息的。"我说。

"很想听你的故事。相识这么久，你从没谈过。"你用手臂当我的枕头，说。

"好。"我思量一会后，把我的故事和盘托出，包括孤寂的夏枫荻，离岛上的刘珍果以及早逝的弟弟兰佳骏。你听完，将枕在我头下的手臂抽出，挥舞几下，缓解发麻状态，说："听完后，有种感觉。"

"什么感觉？"

"你很善良，但清冷。"

"继续说。"我鼓励你。姑且不论你的洞察是深是浅，洞察结果是对是错，但这份细致用心，让我感动。

"不怪你，环境使然。我想做园丁，把力所能及的关怀给你，让那清冷的种子窒息？"

"清冷有何不好？"

"对生活在红尘浓烈烟火味中的我，不公平。因为爱，爱你。

爱与清冷，如矛与盾。我想走进你的情感之门，还想走进你的精神之门。”

“为何？”

“里面的世界，精彩。”

“你头脑太清醒。”

“清醒爱，比糊涂爱要好。会让彼此更亲密，感情发展更健康。记得在琉璃城时，我们看过的那座青石城吗？我们之间，要如青石般长久。”

“梦想永恒者，都内心幼稚。”

“你不信我？不信我一辈子都会对你好？”

“谁都不能保证一辈子，能保证现在就行。”我说：“我要谢你，谢你陪我度过疾病期，谢你的关怀理解，谢你让我对人生有了更好的理解。在与你相遇前，我是一粒孤独的种子，虽饱满结实，但没有适合的土壤，不会生长发芽。与你相遇后，你让这粒种子获得了抽枝发芽的力量……”

“善哉，善哉！”你坐起身，端正身子，双手合十。你念完，躺下，不一会便响起鼾声。

我却没能很快入眠，我睁眼躺着，看着室内的黑暗。我熟悉这种黑暗，我在这种黑暗里孤独地躺了很多年。但在这个黑夜的黑暗里，发生了一件事，让这个黑暗和以前的黑暗有些不一样。我想起与米杰在一起的那个黑夜里的黑暗……相距，竟如此漫长……

我悄悄拿开你在睡去后仍环抱我的手臂。我知你拥抱的手和关爱的眼都发自内心。在你的臂膀里，我内心无隔。在你面前，我没想过要掩饰缺点，坦然让良莠都表露，也不觉得自卑和不自在……“这种状态，有神圣之味吗？”我自问。记起古代有种传说，说每一天都由一位神司管，人们在这一天只适宜做这位神所司之事，这样生活才会神圣。我想，如人的每一天都能与关爱、理解相结合，那每一天都会变得神圣。自己在玉城吃了霉变食物引发急性肠炎，你紧抱我时，病魔居然退走，这是不是就是生活变得神圣后的结果哩……

二〇〇九年九月二十二日，于紫竹宾馆

信六十八 重返玉城

原晓与妻书

卿卿英子如面，来信收悉。

记得我们举办喜宴时，小三子来了，带来了一位温柔结实的姑娘。“我的未婚妻，春晓。”小三子介绍。这是我俩收到的最好礼物，给我们带来极大喜悦，让我们放下一件心头大事。小三子和春晓在嘉洲住了一个星期。这一个星期里，我们，特别是你，力所能及让他俩玩好吃好，心情舒畅。我俩给小三子和春晓的回礼，是一份去看大海的旅游订单。

小三子临走前，拿出“水晶凝露”白玉，要还给你，说这玉真如你所言，能给人带来爱情、健康和运气，现他已找到另一半，玉应完璧归赵。你哭笑不得，说覆水若能收，这玉就收回。你把玉放回他手中，说小三子是值得拥有它的人。你告诉小三子，等他结婚时，婚礼由我们出资操办，到时你要包下琉璃城最好的酒楼，亲朋好友全请到，要请戏班子在郡主祠给街坊乡亲唱一个星期的戏。小三子喜笑颜开，说琉璃城还没人这样隆重办婚礼的，在看完大海回去后，就开始装修房子，看家具。

将小三子和春晓送上回琉璃城的车后，我俩走在回家的路上。你走着走着，忽然说，还有几天假期，应出去走走。我问，去哪。你说，懒得费脑，一切由主定。

“我俩把想去之地，分别写在手心。”我掏出笔，在手心写下几个字，将手捏成拳。我们将两只拳头并在一起，同时展开。你看罢，倒吸一口凉气，说，果然互为对方肚里的精灵。

“现在去买票，收拾东西，明天就出发？”我问。想到要去的地方，我心情复杂，有盼望感谢，还有别的说不出的情感。我俩写在手掌心的字都是“玉城”。那块一面红如烈焰、一面白如凝脂、十五座城池也换不来的丹朱白玉，一直在我心里珍藏。那个精灵女孩，是我感激的人。那块“水晶凝露”白玉给我俩和小三子都带来了幸福和运气。当愿望实现时，要感恩，我们彼此都有这个心愿。

翌日一早，我们坐飞机到西山市，转长途汽车去玉城。抵达玉城后，直奔玉街。太阳当空，大街像刚来了一场沙尘暴般落满黄沙，遥远处，晶莹雪峰在明媚的阳光下熠熠生光。

来到玉街，我要司机放慢车速，我俩凭记忆，一左一右扫视玉街两边的店铺。玉街比原来热闹。很快，我看到一家店铺的门楣上写着“宝玉阁”三字。我叫停出租车，下车，向宝玉阁走去。

宝玉阁挂着厚重的酱色门帘。我掀开门帘进去。柜台里站着一个二十出头的姑娘，一个五十多岁的男子。看到我俩拖着行李，姑娘笑容满面，问：“来玉城旅游呀？想买玉？慢慢挑。”我将行李放在柜台边，眼望柜台。柜台里的陈设和记忆里的差不多，四米左右的柜台里，前后左右亮着雪白灯光，玉手镯、玉戒指、玉耳环、玉项链、玉佩……在灯下熠熠生光。成堆小玉籽皮子各异，有雪之白、翠之青、粟之褐、梨之黄、丹之赤……柜台里放着一只大保险箱。

只是站柜台的人，我们陌生。

姑娘用一次性纸杯，装了两杯温开水放到我们面前。我想，这可能是依丽的姐姐，就问："小依丽在吗？"

"你们找人呀？"姑娘有点吃惊："我这儿卖玉。"

"我们找一个叫依丽的女孩。"我说："两年前，我们来玉城旅游，遇到小依丽。她带我们来到宝玉阁，说是她家开的店铺，她让人从保险柜里拿出几块珍贵的宝玉让我们欣赏。其中有块丹朱白玉，能自动变色，白色一面正对阳光时，整块玉静如白雪润如凝脂，带丹朱皮子一面正对阳光时，整块玉赤如烈焰，艳如鲜血。你是小依丽的姐姐吧？"

姑娘听罢，把中年男子扯进里屋。过了好一阵，他们才出来。姑娘问我们："你说的依丽，多大年纪？"

"十二岁左右。"

姑娘静默片刻，说："你们可能找错了，我家没人叫依丽。"

你愣住了，有点懵然。我镇定些，问："你有妹妹吗？"

"有，她叫玫丽。"姑娘转头叫了一声。

不一会，一个小女孩掀开门帘出来。我一看就知不是依丽。小玫丽和小依丽年纪相仿，都漂亮，是两种漂亮。小玫丽的漂亮比较普通，小依丽的漂亮充满灵气，能让人一眼记住且不会忘记。我用手比划着："是一个双眼充满灵气的小姑娘。"

柜台里的姑娘摇摇头，说："我家没你找的人，你们是不是记错了。"

你有些糊涂，茫然说：“那时，小依丽还带我们去了一个生态农庄，她爷爷奶奶住在农庄里。我在那儿找到一块羊脂白玉。依丽说那块宝玉会给人带来健康、爱情和运气。果如她言，白玉给我带来了健康、爱情和运气。我们此行专程来谢她。”

“我家真没叫依丽的女孩。”姑娘坚定否定：“我爷爷奶奶也不住什么农庄。”

“那时，小依丽还叫人从保险柜里拿出一块奇玉让我们开了眼界。”我细细描述了丹朱白玉的奇幻色彩。

中年男子开口了，说：“在玉城采玉人和收玉人中，流传着一些玉的传说。传说里，是有这么一块神奇的丹朱白玉，但没人见过真容。我家不可能珍藏它。”

“玉街上，还有其它叫宝玉阁的店铺吗？”我问。

“就这一家。至于有没新开的，我不太清楚。”男子说。

“是不是店家换手了？”我问。

男子没吭声。“我家没丹朱白玉，也没叫依丽的女孩，你们记错了。”姑娘说。

我感到困惑。你一脸真诚表白说，小依丽喜欢用数码相机照相，我们想送她一台数码相机，还给她带了一些小礼物。但你的表白没起到丝毫作用，中年男子以拒人千里之外的口吻说：“你们记错了，宝玉阁没丹朱白玉，也没叫依丽的小女孩，你们走吧。”

你张嘴还想说，我制止了你，对店家说了句“不好意思，打扰了”，就拉你离开了宝玉阁。走在阳光明媚的大街上，我回头看那家铺子，“宝玉阁”三个大字历历在目。你问，要不要去找找那个三面环山的生态农庄。

“不必去了，绕来绕去的地方，更找不到。”我说。

“怎么突然物是人非了？”你困惑不已。

“可能他们不愿承认，才否认一切。丹朱白玉价值连城，你想想，会有多少人觊觎它，会有多少人绞尽脑汁想得到它……或许，你和我十分幸运，当年能眼见那块现代和氏璧。别想这事了，回嘉洲吧。”

“千里迢迢来玉城，就只在玉街转一圈？心有不甘，住一晚，明天再走。”

“没找到想找的人。再多停留，也没意思。”

“再去玉街找找！或许我们记错了地方。”

“不要找了，你存有小依丽照片，回去后，洗几张嵌进相框放在桌上，就能天天见到。把我们与小依丽的相遇当成一场美好的梦吧。”我说，拉着你当天就离开了玉城。

二〇〇九年九月二十五日，于嘉洲

信六十九 我的父亲和新继母

英子与夫书

夫君原晓慧览。夫君记忆良好，细节犹如在目。其实，回嘉洲后，我很快淡忘了在玉城的遭遇，没将小依丽的照片嵌进相框。我觉得自己开始了新生活，这新生活不仅是有了一个家，更是内心有了一个更新。

从玉城回嘉洲后的那个周末，我们去看望我父亲。

我父亲仍住在兰家老宅。嘉洲城市建设发展很快，我家那栋老宅在城市快速扩张里，仍占有树木葱茏、原野开阔的山水之形胜……虽流经门前的河水，已没我曾爷爷时代那般清澈，但日夜不停地流动，仍预示着生命生生不息。

我俩到家时，新继母生的儿子正站在门前拍皮球。他看到我们，“嘻——”地笑了一声，丢下皮球，蹦跳着跑进屋，用稚嫩的声音大喊：“妈，大姐姐大姐夫来了。”孩子的欢声和跑动，让兰家这栋沉寂的老宅充满活力。

新继母的儿子叫念骏，是父亲为纪念兰佳骏起的。

正在厨房忙碌的新继母笑眯眯走出来，双手在围裙上擦了几下，接过我们手中的大包小包。“快坐，快坐。”她说，声音很热情：“饭菜快好了，你父亲昨天告诉我，你们今天来，他今天一大早就陪我出去买了许多菜。”

我这个新继母虽文化不高，没工作，长相平平，但温顺宽厚脾气好。我要去厨房给她帮忙，我对她说：“父亲一直赞你的厨艺，菜做得好，每天的汤都变换口味，什么西洋菜瘦肉汤、排骨煲熟地、羊肉当归汤、骨头冬瓜汤……轮着来。”

新继母带着任劳任怨的笑，说：“今天是羊肉当归汤，等会多喝点。你们要多回来，你爸常念叨你们。花园小茶室已收拾干净，厨房不用帮忙，你们去陪你爸喝茶。那茶室上次使用的时间，是你们上次回来的那天。”

“好。”我拉着你去到花园小茶室。

小茶室里，父亲正用开水清洗茶具，我俩坐在父亲对面。我说，爸，我来泡。

“你们坐。”父亲说，动作娴熟地将清洗好的精致细腻的青花茶杯一只只排好在雕花紫檀木茶盘上，认真按泡茶程序，泡了一壶铁观音。“品茶，品的就是感觉。在不同环境和心情里，茶有不同香味。这是今年新茶，正好和今天晴明的愉悦相配。”父亲将茶倒进三只青花茶杯。

我端起面前的那杯，呷了一口后，双手捂杯，端到鼻下嗅闻，静心体会杯香茶香，体会茶香茶味给舌尖带来的，或暖意或绿阴或别的感觉。“品茶的功夫有长进了。”父亲看我的动作，笑盈盈说。

“爸，以后每个周末，只要在嘉洲，我和原晓都回来，坐在小茶室陪您喝茶。”我说。父亲抬眼笑眯眯看我一下，悠悠说：“英子终于是我女儿了！”

我一听，骤然愣住，不明父亲话中含义。“以前，心不在此。”父亲轻轻说，仍是笑眯眯。父亲温和的话语重击着我的心，我内心刹时充满愧疚。我虽和父亲同在嘉洲生活，却不常回家。

“这是我的错。英子，在你小时，我忙于工作，没照顾好你，等你长大后，我发现自己已无能为力。”父亲说，还是笑眯眯。

“你要挣钱养家，腾不出时间和精力。”我说。

“英子善解人意。”父亲的笑更加开怀，笑得嘴角咧出几道深深的皱纹。

我看着父亲。父亲头发全白，身子有些佝偻，让我倍感人生沧桑与瞬变，虽有年轻继母带着新弟弟陪伴他，但他看我的眼神仍流露出许多寂寞。我在这一刻，觉得父亲就是一个脆弱的孩子。“爸，对不起。”我在父亲这样的笑里，泪如泉涌。

“父女之间，哪有对不起这个词？”父亲说。

“爸……”我的泪水继续流。

“傻孩子，哭啥？你再哭，我也要哭了，喝茶，喝茶……”父亲打断我的话，往我杯中添茶。我止住哭，用纸巾擦干泪，涩着眼，端起茶杯一饮而尽。

喝了几杯后，我迟疑一会，才说：“爸，我去找了一个人。”我轻言细语，心里忐忑，不知此时说出那件一直藏于心的事，是否合适。我一直想把那件事告诉父亲，却一直未能启口。

“找了谁？”父亲并没留意到我的小心。

“夏枫荻。”我声音很轻，像正在小心翼翼拆卸一个定时炸弹。

父亲的手颤抖了一下，杯中茶溢了一些出来。他放下茶杯，用酱色棉茶巾抹去茶桌上的茶水，凝神一会，才问：“啥时的事？”

秘密抖开后的威力没我想象的大，我等了一会才说：“有一段时间了，之所以现在才告诉您，是觉得您现在生活平静，没必要再扯出从前。”

“都一把年纪了，还有啥放不下的。不妨，不妨。”父亲往我们杯中添茶水。

“对，都一把年纪了，要放下不愉快，彼此祝福。”我说。

“她……还好吧？”父亲端起他面前的茶，喝完，轻问，眼一直望着面前的茶和杯。

我把夏枫荻的情况一五一十陈述给他。父亲仔细听着，沉吟不语。阳光照进茶室，照着他的白发、他的沉静、他的衰老和虚弱……过了好一会，两滴老泪从他眼角缓缓淌了下来。一阵心酸涌上我的心，呛进我鼻孔，我用手捏捏鼻子，把那股酸味捏掉，伸手从纸巾盒抽出一张纸递给父亲。父亲接过，拭去老泪，抽了下鼻子，继续慢慢喝茶，眼仍盯着面前的茶杯。

我拿过茶壶，给空了的茶杯添茶。

良久默然后，从父亲纹丝不动的身子里发出一声叹息。那声叹息透过呼气落在他面前那杯茶的茶面上，吹起一阵细如毫丝的涟漪，涟漪随着茶的热气散发到空中，袅袅婷婷散去。接着父亲的喉咙发出一阵哽咽，哽咽了一阵，在用纸巾擦掉哽咽出的鼻涕和唾沫后，父亲面上的悲戚有所缓和，他用低沉得像是闷在葫芦里的声音说：“兰家对不起她，我对不起她，她那样活泼的性格，在兰家是受了极大压抑和委屈……”

我被父亲愧疚的气场传染，也感到悲戚，在鼻里的酸味淡去后，我轻声问父亲："想见上一面吗？"父亲不语，过了一会，摇头，轻吐一句："不必了，我和你阿姨现在的日子很平静。"停了会，他用同样分贝的声音说："英子，你要常和她联系，你是她亲生女儿，要常去看她。她对你，没抚养之情，也有生育之恩。她不容易，她过得好，我的心才安稳。"

"好。"我答应。

父亲像是凝固在低分贝的声音和凝重的神情里，接着说："还有，你代我去看看你珍果阿姨，看她有什么困难和需要，多带些钱去，看是不是要交什么费用。对她们，我都愧疚。"两行老泪从父亲眼里缓缓流下。

我的视线在袅袅飘起的茶的热雾里模糊，父亲一动不动的身躯在我模糊的视线里模糊。"让原晓陪你去。"从父亲模糊的身影里飘出一句话。

"嗯。"我用鼻应声。

"爸，您不要过分自责愧疚。各人有各人的命，各人有各人的福。生活就是这样，酸甜苦辣，喜怒哀乐。"坐在旁边的你，安慰我父亲。

"好女婿，好女婿。"父亲说。他模糊的身影，在我眼里有了一些清晰。

二〇〇九年九月二十八日，于紫竹宾馆

信七十

我的生母和旧继母

原晓与妻书

英子如晤。至今记得，陪你去看你生母夏枫荻和继母刘珍果的情形。那两个女子，在我内心引起的感慨，至今记忆犹新。

陪你去看夏枫荻时，我们下了飞机搭乘出租车直奔英华园。坐在车后座，我紧握你的手，感到从你手心传递出紧张不安。“放松。”我说。

“我总是不自觉紧张。”你说。

“生活里的障碍，都取决于心念。把你心里设置的对你生母的屏障放下，紧张自然消除。”我说。

“什么屏障？”

“怨她决绝，怜自己苦。这道屏障，虽随年龄和经历在变化，但你始终没放下。放下屏障，隔阂自然消除，关系自然融洽。英子，改变自己，改变自己的内心，生活自然会随之改变。”

“嗯。”

车到英华园，我带你下车。此时的你，表情像一个畏缩害怕的孩子，好像前面要去的地方，是一座难以攀登的高山，让你非常不自在。你站在英华园小区里，想了一会，才记起夏枫荻家的位置。“在那。”你指指小区里的一栋楼。我走在前面，穿过小区一条花园小径，带你往那栋楼走。

我们来到那栋单元楼前。“这间屋。”你指指铁门上“102”按钮。“记住，等会见到她，先叫一声妈。”我叮嘱。

“嗯。”你点头。

“上次你来时，叫她妈了吗？”

“没。”

“这次一定要叫。深呼吸，做好准备，我按门铃了。”我在你深呼吸后，抬手往那个绿色的“102”键按下去。很快，里面的人没问我们是谁，就开了门锁。我们走进楼道，站在102房前。102的门已经打开，一个半老女人隔着铁门探头往外看。

“你们找谁？”她看到站在她家门外的我们。

“妈。”我叫了一声。

她吃了一惊。我让开身子，让她看到我身后的你，让她看到我牵着你的手。

“妈。”你跟着我叫，声音有些怯。

“哎！”门里的人反应过来，大声应着，脸笑得像一朵花般将门大开。“快进屋，快进屋，难怪今天一大早，窗外树上的喜鹊一个劲儿叫得欢，原来大喜临门。”

“我和英子还担心您搬家了哩。”我站在客厅，说。

“妈不会搬的。妈搬走了，你们来找我时怎么办。”夏枫荻说。“坐，坐……”她把我们让到沙发上坐下。“怎么不事先打个电话，我好去机场接……”她说。

“一路车很顺。”我说。

“小伙子叫什么名？”她问。

“原晓。”我说。

“这么好的小伙子，我真是高兴。你们饿了吧？去洗个脸洗个手，歇一会，我们就出去吃饭。”夏枫荻手忙脚乱泡茶，拿点心，安排我们洗脸洗手。客厅里喜气洋洋，一切都很自然，在你和生母之间，好像什么都没发生过，什么隔阂都没有过，你俩多年失联导致的陌生，在你张口叫出那声“妈”后，似乎自然消失，什么歉意、客套和解释，都不需要，一切顺理成章……你们是亲生母女，血脉原本相连……

这时，从一间房里走出一个八九岁小女孩，睁着好奇的眼看着屋里人。夏枫荻叫小女孩：“小英子，姐姐看你来了，快叫姐姐。”小女孩用清脆的童音叫了声“姐姐”。

夏枫荻解释说，她丈夫中风死了，留下笔遗产，她想收养个孩子，跑遍全城福利院，一眼相中这孩子，带回家后取名夏英子，告诉她，她还有一个姐姐，叫兰英子，漂亮能干。“小英子问有没姐姐照片，我把上次你来看我时，我们的合影给她看。小英子说，姐姐长得像仙女。她老问，姐姐啥时来看她。我说，姐姐工作忙，有闲了一定会来。”夏枫荻说罢，转身对小女孩说：“快唱支歌，唱那支你最爱唱的歌给姐姐听。”

小英子毫不怯场，奶声奶气唱起来：“在那山的那边海的那边有一群蓝精灵，他们活泼又聪明，他们调皮又灵敏……”

“我把她领回家后，就教她唱这首《蓝精灵》。”夏枫荻说：“我现在有三个孩子了，一个大英子，一个小英子，还有一个帅气懂事体贴的女婿。谢谢老天爷，一下子给我这么多！”夏枫荻边说边用衣袖擦去滚出的泪水，边擦边说："我是高兴，高兴，喜极而泣。"

我看着活泼可爱的小女孩，忽然问你："小英子长得有些像谁？"你盯着小女孩看了一会，摇头。"当局者迷，旁观者清。她长得有点像你呀，你看那眉眼，是不是和你有点像？"我说。夏枫荻听后啧啧称赞说，我女婿好眼力。

看着小英子，你眼睛忽然发红，说："妈，对不起……"

"嘘……"夏枫荻举起手指，阻住你下面的话，用欢快的声音说："饿了吧？出去吃饭，附近有家餐厅，对你胃口。"

"你怎知我的口味？"你问。"我是你妈呀！"夏枫荻说。

果不其然，那家餐馆让你大快朵颐。吃完后，我们回到家，你看到夏枫荻对小英子呵护备至，背地里对我嘀咕了一句："我长这么大，都没得过这样的关怀……"声音虽不大，但我忙制止你。夏枫荻像啥都没听到，乐呵呵招呼我们。然而我却发现，她三番两次转过有些苍老的身影，迈着有些蹒跚的步子，到一个角落偷偷抹着眼睛。

我们在英华园住了一个礼拜，看你和生母暖意融融，我也喜悦不已。临离开京城时，夏枫荻带着小英子把我们送到机场。我们办完登机手续，临安检前，夏枫荻牵着小英子的手，对我们说："谢谢你们，你们来看我，我就心满意足了，心满意足了……"

"我们会常来的。"我说。

"想去嘉洲见见我爸吗？"你问。夏枫荻沉吟一会，摇头。

"那我和英子会常来看您，您多保重。"我说。

"好，好，好……"夏枫荻满脸是笑，站在安检黄线外，挥手和我们道别。

从京城回嘉洲后不久，我陪你去了离岛。这是我第一次到离岛。走在鸟语花香、优美怡人的宁静小径上，我怀疑走错了地方。阳光正照，小岛寂静，没有人影，没有人语，树上小鸟的啼鸣是唯一的声音。“是这里吗？嘉洲精神康复医院在这里吗？”我问，望着如无人空城般耸立的几栋建筑。

“是的。”你说，语气肯定。

我跟着你走，感到空气中飘浮着一种死命的寂静……当我被寂静弄得内心有些发毛时，看到了一栋大楼外墙写着的血红的三个大字“济爱楼”。

你说，就这。

我跟你走近静悄悄的济爱楼。“你们找谁？”突然冒出一个声音，吓了我一跳。我转头一看，是个年轻女护士。你说找刘珍果。女护士不假思索说，是十七床。“她还是十七床？”你问。

“她住这里，永远是十七床，直到临终，或者出院。”女护士边说边打开铁门，让我们进去，带我们上到三楼，站在一间病房前，用手一指，说，就这间。

病房里空无一人，但里面的整齐让我有些吃惊。与其说是病房，不如说像部队营房，每张床上的枕被叠得整整齐齐。女护士说，这间房里住着一个宾馆客房服务员，每天做的事，就是叠被铺床。

女护士带我们来到病人活动大厅。大厅里有不少穿病号服的人，却十分寂静。里面的人彼此没有交流，各行其是，有的坐着发呆，有的在黑板上写诗，有的侧头认真倾听，有的踱来踱去，有的站在窗前呆望远处……各自固定着一种表情，或呆滞麻木，或怪诞愤怒，或苦大仇深，眼神好像都在一个幽冥诡异之深处……

“他们看不到身边的世界。”女护士说，伸手指指窗前一个人说，十七床在那。

我看着窗前的女病人。她一动不动呆望着窗外的天空，她的头发剪得很短，梳理还算整齐，衣服也算干净。女护士叫了一声十七床，十七床没反应。女护士走到她身边，说了句什么。十七床听后，目光往门口扫来，定定望着我们，过了一会，好像有了些记忆般，跟着女护士出来。

十七床站在我们对面，定定望着我们，却好像没看到般面无表情。“珍果阿姨，我是英子。这是我丈夫原晓，我们来看你。”你说。

“大声一点，她听不到。”女护士说。

你将刚才的话喊了一遍。十七床好像听到了，落在你身上的目光有了一点点内容。

“十七床的病有些好转。”女护士说。

“圆脸护士长还在吗？”你问。

“你是说我们主任呀，她今天开会去了。十七床多亏了她悉心照顾。”女护士说。“你们去病房坐会吧。”她对我们说。

护士带刘珍果回到病房。我和你坐在病房凳子上，你拿出带来的日常用品，一五一十告诉刘珍果每一样东西的用途。刘珍果看着那些东西，偶尔点头。你把那些东西放进刘珍果床头柜，接着从包里拿出一本相册递给刘珍果。“都是佳骏的照片。”你说。刘珍果一听，身体顿时一激灵。“是佳骏从童年到长大成人后的照片，精心挑了二十幅，去相馆装订成一本影集。”你说。刘珍果一把抢过相册，喜出望外地翻看着里面的照片，脸上有一种和常人无异的渴望表情。“佳骏在天堂过得很好，他要姊姊代他向母亲问好，请母亲放心。”你说。我惊讶地看到，刘珍果听后，喜悦地笑了一下，接着慢慢说了一句：“他在、兰家，跟你、最好。”

“佳骏心里最挂念的是你，你是他母亲。”你大声说。

我的视线落在刘珍果手上，那双手如老树皮般干瘦粗糙，颤抖着翻看着兰佳骏的相册。你俯身用双手握住那双手中的一只，说：“珍果阿姨，你要快点好，我们全家都在等你，希望你早点回家。”

刘珍果眼里有火光闪烁了几下。

“那火光是对从你手心传递过去的信息的反应。她内心虽封闭如深井，但触觉十分敏感，能从你握住她的手的手心里，触摸到你的话是发自内心。”女护士说。

刘珍果眼里突然闪出惘然神情，说：“我好了，又能、去哪？我已、无家可归……”

“她封闭的心，被你手心的热量打开了一条缝。”女护士引导我们。

我唏嘘不已，泪水差点涌出，我从刘珍果脸上看到了向正常世界回归的表情。

“我们都是你的亲人，你怎么忘了哩？”你大声说。

“有、你、这、话——就、够、了——我、这、辈、子、就、住、这——这、里、好。”刘珍果一个字，一个字说。

“等好了，回家吧。”你的声音很大。

“不回啦。你们、来看我，我已、心满意足。你们、都好吧？”刘珍果说得很慢。

“好，都好。我父亲特别惦记你。”你的声音和刚才一样大。

“你父亲、叫啥名？”刘珍果问，表情像荡秋千，在正常与非正常之间，一下过来，一下过去。

“兰扬威。”你的声音没调小。

“有、印象。他现在、怎样？”刘珍果慢慢问。

“好。”你大声说。

“娶、新妻，生、新儿了？”刘珍果语速仍慢。

“是的，但他特别惦记你。”你的声音仍然大。

刘珍果眼里的惘然突然消失，代之而起的，是散漫的没有视点的呆直。接下来，你说了不少话，她都置若罔闻，像啥都没听到，啥都没看到。“珍果阿姨，珍果阿姨。”你叫了两声，刘珍果没有反应，双手只紧紧握着那本佳骏的相册。

“这是怎么啦，她怎会变得这样快？”你有些焦急转头问护士。“是不是说了让她伤心的事？”护士问。“她问我父亲是不是已娶新妻生新儿了，我说是。”你说。

“这次，她不会再和你们有任何交流了。你们回去吧。”女护士说：“这么多年，来看她的人很少。你们要常来。这里很多病人，一辈子都没亲人来探望过，你看他们的脸，一个个都是重度的晦涩无光。”

“我们会常来的。下次，得先向你请教和病人交谈的技巧。拜托你，多费心。”我对护士说。

“放心，这是我们的职责。”护士说。

我们向女护士告辞，离开了济爱楼。走在阳光明媚鸟语花香的离岛小径上，你告诉我，今天是你第一次碰刘珍果的手，以前你和她关系紧张，你从不碰她。我慨叹不已，说离岛这么好的环境，住在这里的人，却看不到，他们只有自己的内心世界。“他们内心世界里到底有什么，到底被什么主宰？”

“或许他们自己也不明白，即使明白，也不想把真相说出。”你说。

“根据相对论，宇宙里，时间、空间、质量等一切都是变量。那么，人的精神领域是不是也是相对状态？离岛上的病人，如果参照另一个标准，说不定他们是正常的，而我们却是非正常的。我们只是在以自己的标准，衡量他们，认为他们不正常。”

“这个问题太深奥，我们还是考虑离自己近的能想通的事吧。”你加快了脚步。

二〇〇九年十月一日，于嘉洲

信七十一 绯衣长者

英子与夫书

夫君原晓，信收悉。带易宝远足的这段时日，与你小别，彼此重温过去，那些日子里的酸甜五味，仿佛再度品尝。我与易宝小住在海天岛紫竹宾馆，一切都好。海天岛惬意而美，环境清幽，清爽宜人。白天我带易宝去岛上闲逛，晚上坐在宾馆客房给你写信。

我们在海天岛的情况，上次叙述到，我带易宝去灵石洞时，迷路了，坐在一块大石头背阴处歇息时，叙述搁置了下来，我俩另外起段加章，忆起以前的事情。

现在，我重新续上那个被搁置的叙述。

那时，我靠着大石头，易宝靠着我。只几分钟，他就睡去了，睡梦中的他抬手拍了一下我。我轻握他的小手，叹口气，心想，这是什么路呀，许久见不到一个人。幸好阳光被云层遮挡，但空气中流动的灼热仍让人难受。我感到热，但易宝睡了，我不想惊醒他，就拿出折扇打开盖在易宝脸上。易宝睡了半小时就醒了，小脸蛋被焗得红扑扑地睁开眼，小嘴巴在“吧嗒吧嗒”咂着。“妈，刚才梦到吃西瓜。”他说。我拿出矿泉水给他，他“咕咚咕咚”灌了几大口。我一筹莫展望着空荡荡的四周，等了好一会，才看到从路的一头走来一位老者和一个孩子。老者穿绯色长衣，精神矍铄。我又累又热，不想花心思去猜测他是游客还是本地人，只觉得老者的打扮有些特别。

老者走到近前时，我起身，询问灵石洞怎么走。老者停住脚步，说，你走错了，灵石洞不在这个方向。我顿时备受打击，茫然问，这路通向哪？

“潮音洞。客人，你去灵石洞干吗？”老者问。

“听说有个算命的，很灵。”

“是不是听了茶楼胖女的蛊惑？”

“您知呀？”

“住这里的人都知。”老者说：“潮音洞比灵石洞好看很多。这条路罕有游客走，一般游客去潮音洞走另一条路。”

我叹口气，想，既如此，就随了这份去潮音洞的缘吧。

老者看看易宝，说：“这孩子累了，但体谅母亲，硬撑哩。”我看看儿子，多嘴的易宝此时无精打采得像棵被阳光晒蔫的小白菜。老者说：“我和孙女也累了，在这歇会儿。”说罢，老者拉小女孩在我对面坐下。小女孩眉清目秀，唇红齿白，一副聪明伶俐样。我觉得小女孩有些面熟，但想不起在哪见过。“客人，你去灵石洞想问啥？灵石洞那人刚入门，连蒙带猜只能说个两成。我粗通命理，能说个七八成。”老者说。

真是有心栽花花不开，无意插柳柳成荫，我不由兴奋起来，因闷热和远行带来的疲惫顿时消散不少。我说：“那就麻烦您给看看。”

“想问啥？”老者问。

“随便。”

“那我就随便说。不过我的规矩有些特别，先收钱，后问事。”

“多少钱？”

“五百，这是一般的。特别的，五千。再特别一些的，五万。”

“狮子大开口。”我想。不过我已不想去灵石洞了，现既巧遇一个，看模样有几分道行，五百块贵了点，但我不缺这点钱，就问个一般的吧。我掏出五百块递给小女孩，小女孩接过，放进随身携带的小包。

老者端详着我，又端详着易宝，沉吟一会，说：“你和他有几世缘分。”

“和我儿子？”我有点惊讶。

“他暂时是你儿子。”老者说。

我听不明白。

易宝听到老者说到自己，抬起埋在我怀里的头，对老者的小孙女说：“小姐姐，你好漂亮。”小女孩手捧一本封面、封底都是水墨画的厚书，听到易宝称赞，羞涩笑笑。小女孩穿粉红色喇叭裙，白色上衣，和老者的绯色长衣相得益彰。

易宝向小女孩伸出手，说：“小姐姐，书借我看看。”小女孩用眼神向老者请示。老者拿过书，在易宝面前翻翻，说：“小孩子家，看不懂。”

“我已认得五百个字，能背诗。图画书就是给小孩子看的，老人家才不看图画书哩。”易宝说完，奶声奶气背起来：“空山不见人，但闻人语响。返景入深林，复照青苔上。”背完后，接着又背了两首。“白日依山尽，黄河入海流。欲穷千里目，更上一层楼。”“床前明白光，疑是地上霜。举头望明月，低头思故乡。”

“小朋友，这三首诗是啥意思？”老者问。

“能背就行，为啥要知意思？”易宝一怔后，马上说。我在家只教他背诵，认为等他大了，其意自通。

“你这小子，还这么执著！”老者说。

“你是小子吗？”易宝满脸孩子气问。我拍拍易宝，要他懂礼貌。

老者对我说：“我可给你看这本书里的两页。我这书是一页一画，一画一故事。”那书厚得像砖头。我问，书里是不是有很多个故事。老者“嗯”了一声，翻到书中一页，放在我眼皮底下，说：“这是给你看的第一页。”

这一页比较空，只画着两株并排生长的植物，衬着茫茫一片冰雪世界的背景，一株是有多瓣花叶的雪莲，一株是长着两根茎、茎上开着紫色小花的圆形仙人掌。“它是一朵生长在冰雪世界的雪莲，曾对一个尊者许过心愿，想去人间走一趟，体味情为何物……它旁边的仙人掌，被雪莲茂密的枝叶遮挡了凛冽寒风……当雪莲和仙人掌在轮回里相遇时，会成为鹣鲽情深的夫妻。”老者说。

“良缘。”我说。

老者又翻开一页，说：“再给你看一页。”

这一页画着一个衣饰华贵的女子，端着一碗热气腾腾的食物，递给一个衣衫褴褛的男子。“男子遇到危难，幸得女子相救，男子执着，滴水之恩总想报以涌泉。他们会在轮回里一而再，再而三相遇。当他们相遇时，会成为亲人。他们在轮回里的最近一次相遇，他会以半串念珠作为相认的标记。”老者说。

我听得丈二摸不着头脑。

“你不必懂，这是秘密。”老者说。说罢合上书，将书递给小女孩，小女孩小心抱在怀里。“能看看其他页吗？”我隐约感到书里藏着许多秘密，感到老者刚才的话和我关，感到老者有一种非凡的洞察力。

“够了。”老者说。

易宝忽然淘气地问：“‘这是秘密’，我有秘密吗？”

“别鹦鹉学舌。”我拍了一下易宝，心想，他老妈都听不懂，别说他了。

老者眼望远处，喃喃自语了一句。我没听清，不好意思再问，只得换种方式问：“老人家，能给些指点吗？”

“指点什么？”

“以后的路该怎样走？”

“有人已告诉你了。”老者说。

我愕然，记不起自己何时有这个经历，想问，但见老者神情，又把话咽了回去。

“一个人，要体验过生活的悲欢离合后，才能真正懂得生活，才知怎样去面对生活……”老者说罢，站起身，说：“休息够了，我领你们去潮音洞。”

“谢谢。”我牵着易宝跟在老人身后。老者带我们拐了一个弯，就到了海边。老者指着海边一个高大洞口，说那就是潮音洞。说罢向我告辞。我想给老者一些带路费，当我掏钱时，老者和小女孩已径自离去。易宝稚气十足叫了一声：“爷爷，小姐姐，再见。”小女孩回头向我们挥手：“阿姨，小弟弟，再见。”我抬头，见老者和小女孩已到百步之外，想他们怎走得这么快？我将钱塞回口袋，转身去看潮音洞。

潮音洞的洞口峭壁危峻，山色青翠，苍崖兀起，两壁险峻如削，相合如门。海潮一浪接一浪，气势磅礴拍击悬崖，有如万马奔腾。洞前游客不多，有三五个在拍照。洞的近旁有座高高的礼佛台，非常醒目。我看着礼佛台，走上台面的石梯蜿蜒曲折，依山崖而凿，虽近在眼前，实则要迂回攀走一千多级。到潮音洞，就一定要上礼佛台，这是易宝人生的首次出游，再累都不能留遗憾。我担心儿子脚力不够，问易宝，能否走到台上去。易宝问，台上有啥。我说有很大的佛像。易宝看看迂回曲折的长台阶，想了一下，说能。

我从儿子的回答里看到了你的影子，虎父无犬子，我甚感欣慰。

歇了一会，我带易宝开始攀登。每走几十步，我都停住，问易宝要不要歇歇，都被他一口回绝。易宝个儿小，身轻如燕，比我走得快，他几乎是一鼓作气走完了千级台阶。登上礼佛台时，易宝脸蛋红扑扑，像喝了酒般粉嫩娇柔。我累得上气不接下气，一屁股坐在石凳上。歇了好一会，我急促的呼吸才平定下来。气息平定后，我带易宝在佛前敬香顶礼。易宝仰望着高大的雕像，望了一会，摇摇我的手，问：“这是很多很多年前，在岛上住的那位菩萨吗？”他还记得我的话。“是的。”我说。

“我们为何拜他？他是石头雕成的。”

“雕像是一个象征，象征慈悲与智慧。我们拜他，是拜师，是要向他学习，学习他慈悲喜舍、智慧精进的品质，是要让自己朝那些美好的品质迈进。他是我们的老师，最好的老师。明白吗？”我说。

易宝频频点头，脸却一片茫然。

“你长大后，肯定记得今天登千级台阶的艰难。”我说。

易宝说渴。我带他到旁边一家茶室坐下，要了壶铁观音。易宝喝完一杯茶，砸吧了几下嘴，仰起脸开始说话。“那尊像为啥建在那么高的山上？爬那么多台阶，累坏我了。”他说。

“你知累啦？”

“刚才不觉得，现在坐下来，就不想动了。”儿子说。

“建得那么高，一是象征他拥有的那些美好品质的尊贵，二是说明人要到达那种目标，道路漫长艰苦。”

“要达到那个目标，要走千级台阶吧？”儿子问。

“千级台阶也是象征，象征路的漫长艰苦，但只要坚持，就能成功。”我爱怜地望着他。

“我是一鼓作气攀登上来的。妈，你要奖励我。”儿子说。

“你想要什么？”

“飞机，我要飞机。”儿子手舞足蹈。

“你已有很多架了。”

“不多，才五十架。”

“你要那么多飞机做啥？”

“在天空飞翔。”

“那你长大后当飞行员。”

“我想自己在天空飞翔。”

“做梦呀？”

“人要在天空飞翔，才能提升自己。”儿子盯着我，说。

我目瞪口呆望着易宝，几乎不相信这话是从儿子嘴里说出的。我们母子俩就这样坐在茶室里，边喝茶边聊天，快到傍晚时，才离开礼佛台。

走下千级台阶，我们从另一条路向下榻的紫竹宾馆走去。路上，易宝又开始像小麻雀叽叽喳喳起来。他拉着我的手，说：“妈，刚才那爷爷的孙女好漂亮，聪明又伶俐，我们啥时去他家做客？我心里惦记着她。”

“他家住哪？”我问。

“这？”小易宝有些张口结舌：“妈，你不知呀？”

“我怎知？”我又好笑又好气。

“妈，你怎会不知哩？”

“没问过他们，怎会知？妈又不是神仙。”我说。

易宝失望地吐吐舌头。但易宝的话却如一道闪电，唤醒我的一个记忆。我记起多年前，在玉城邂逅的小依丽带我们到了一个农庄，拿出一幅画让我们欣赏的情形。那幅画上，有座高山，山里有座寺庙，庙里有个花园，花园里有朵美丽的雪莲……小依丽说，“用心去爱，幸福就会开得像这朵雪莲花一样……”这事我差不多完全忘记，现在突然被儿子点醒，老者刚才说“已经有人告诉你了”，是不是指这个？

“妈，快看树上，那只小鸟！”易宝摇晃着我的手，打断我的回忆。

我抬起头，看到几只色彩斑斓的小鸟在一棵高大茂盛的树枝间跳来跳去，发出婉转清脆的啼鸣！我“嗯”了一声，拉着左手腕上有八颗如念珠般胎记的儿子，继续前行……

二〇〇九年十月三日，于紫竹宾馆

后记

我把兰英子的家书整理好后，命名《卿，见信如晤》，要把书稿给兰英子过目。她邀请我去她家。我来到嘉洲阳光小区，敲响她的家门。她仍住在婚前自己买的房子里，说，家有淘儿，屋里凌乱，多有慢待，等易宝上小学后，就换套新房子。

一个虎头虎脑招人爱的孩子，手拿一架飞机模型，从一个房间跑出来，看到家里来了客人，一双滴溜溜转的大眼充满顽皮和惊喜。“易宝，叫阿姨。”英子对小男孩说。

易宝依偎着他母亲，望着我，叫了一声。

“易宝，过来。”我对他招手。易宝有些害羞。他母亲推了他一把，小家伙才慢慢来到我跟前。我拉起易宝胖嫩的左手，看着他手腕上那八颗念珠般的胎记，粒粒饱满。

我搓了一下。

“天生的。”英子解释。

小家伙调皮地抽回左手，塞进裤袋，转身回到他妈身边。

“什么是智慧光明的世界，什么是心无任何粗尘细垢、妄想执着的彻悟世界，什么是有着非凡力量和非凡爱的世界？”我问。

易宝冲我咧嘴一笑，做个鬼脸，转身一溜烟跑了出去。

他跑到邻居家门外，大声喊“强强，强强——我来你家玩电脑游戏……”邻居家门开了，小易宝的声音隐进门里。

一切，复归寂静。

我一阵恍然，如在梦中……前尘多少事，都付嬉笑中。

我忽然觉得，人生要重新观照，生命要重新觉知。